U0787803

迷失在白垩纪

⑤

—— 林中之马的魔王 著 ——

浙江文艺出版社
Zhejiang Literature & Art Publishing House

图书在版编目(CIP)数据

迷失在白垩纪.⑤/林中之马的魔王著.—杭州:浙江文艺出版社,2023.3

ISBN 978-7-5339-5965-4

Ⅰ.①迷… Ⅱ.①林… Ⅲ.①长篇小说—中国—当代 Ⅳ.①I247.5

中国版本图书馆CIP数据核字(2019)第294138号

图书策划 柳明晔
责任编辑 诸婧琦 沈 逸
营销编辑 宋佳音
装帧设计 仙境 WONDERLAND Book design
版式设计 吕翡翠
责任印制 吴春娟

迷失在白垩纪.⑤

林中之马的魔王 著

出版发行 浙江文艺出版社
地　　址 杭州市体育场路347号
邮　　编 310006
电　　话 0571-85176953(总编办)
0571-85152727(市场部)
制　　版 浙江新华图文制作有限公司
印　　刷 杭州印校印务有限公司
开　　本 710毫米×1000毫米 1/16
字　　数 257千字
印　　张 15.5
插　　页 1
版　　次 2023年3月第1版
印　　次 2023年3月第1次印刷
书　　号 ISBN 978-7-5339-5965-4
定　　价 49.00元

第1章 暴龙

“这也太难了，”高辉说道，“除非我们能把它赶出来。”

他们此刻在新洲酒店西侧大约一公里处的一幢办公楼里，站在房间里，透过窗户就能清楚地看到那只暴龙。

正午时分，阳光炽烈，暴龙趴在一座厂房里，在彩钢瓦的遮蔽下惬意地打着瞌睡。

工厂的大门被粗暴地撞倒在地上，厂房门口的水泥地面上，积水正反射着耀眼的光。距离它不到三十米的地方就是另一条通往城南的下穿隧道公路，张晓舟他们之前到城南去进行侦查时，刘玉成带他们走的就是这条路。现在它同样被雨水灌满，周围的雨水在这个地方汇集，变成了一个小小的池塘。

最初进入远山的那只暴龙应该就倒毙在池塘边上，但现在，它已经完全没有了之前不可一世的模样，躯体的绝大部分都已经被扯得七零八落，一路从池塘边拖到现在那只暴龙所在的厂房里，啃成了森森白骨。即使几乎每天都会下雨，那条暗红色的污迹依然清晰可见。

许多昆虫在那些骨骸当中飞舞着，几只身材纤细的秀颌龙在其中快速地跑来跑去，不时地高高跃起，抓住其中的某只飞虫。在猎食者离开人们聚居的城北区域之后，这些杂食性的小恐龙也变得很少在那里出现，这让试图以它们为猎物的人又失去了一个食物来源。

如果能够抓住一些活的，是不是可以尝试着驯养它们？

张晓舟突然意识到自己又开始习惯性地走神，当整个联盟四千多人的生存压力突然聚集到他的身上后，他就无时无刻不在考虑如何解决食物的问题。

几乎已经到了病态的地步。

他把注意力重新放回暴龙身上。距离那只最为庞大的暴龙死去已经过了很长时间，已经有很多生物从它身上获取了足够的营养，但毫无疑问，从中获取最多的还是它的同类，这只暴龙显然很好地守护了这多达十吨的肉，并且到现在为止依然还在以那些已经严重腐烂的肉为食。

那些在张晓舟看来已经极其恶心的东西对于它来说似乎没有什么问题，而且很显然，在彻底吃完这些肉之前，它并不准备离开这个地方。

这对于张晓舟他们来说绝不是什么好消息。

面对这样的庞然大物，主动进攻简直就是自寻死路，像之前那样，在某个地形条件优越的地方设置埋伏，耐心等待它路过然后发起进攻似乎才是理智的选择。但对于联盟来说，杀死这只暴龙却有多方面的意义，而且极为紧迫。

联盟初成，虽然强制拆分康华医院可以算得上是一件展示了联盟力量的大事，从康华获得的那些粮食也暂时解决了一些已开始断粮的团队最迫切的问题。

但那同样也存在着不小的隐患。

那些原本居住在康华医院，现在却被强制迁走的居民且不用说，肚子里面肯定是强烈的不满，而那些本来和安澜、和张晓舟关系不错的有存粮的团队，却也在康华被拆分之后，变得小心翼翼起来。

一些团队主动送出一批粮食，声称是自愿捐助给联盟的，不必登记为借款，但张晓舟还是坚持让梁宇进行了认真的清点和登记。

他们都很清楚这些团队的担忧是什么，而要消除他们这种担忧，平息那些被强制迁走的人的不满，甚至要进一步平息那些依然挣扎在饥饿线上的团队的恐慌，联盟就必须要拿出实际的作为来。

就像张晓舟一直以来所坚持的那样，对于人们来说，没有什么比长久生存下去的希望更重要，而他要做的，就是尽快让他们感受到这一点。

但进入丛林不是一两天就能做到的事情，开垦田地却又面临着肉食恐龙，尤其是暴龙的威胁，难以真正大规模地展开。于是，杀死这只暴龙，消除城北最大的安全隐患就成了当前首要的任务。

他们当然可以耐心地等待它吃光这些腐肉，重新开始在城北巡猎时再仔细地观察并总结其中的规律，然后在它的巡猎路线上选择合适的地点设置陷阱和埋伏将它杀死。

但让它重新进入城北，很有可能会让人们心中刚刚树立起来的那一点点信心又被摧垮。这个过程，也不知道还要消耗多少时间。而他们现在最消耗不起的，恰恰也是时间。

最终，张晓舟决定，主动进攻，用最短的时间把它杀掉。

“周围能设置攻击点的地方太少了！”在高辉之后，齐峰也叹了一口气说道。

砍掉高速公路边那些挡住视线的植物，把隔离网拆掉一段之后，可以在那里设置一个攻击点，但距离稍稍有点远，而且要随时提防其他恐龙跑上高速公路对他们发起突然袭击。其他地方就更加不理想。这附近没有什么居民楼，只有几家工厂。大多数建筑都是用钢构搭起来的半临时性质的厂房和仓库，不够坚固。而那只暴龙又躲在其中一个厂房里，让攻击线路的选择变得越发受限。

严烨说道：“它受到攻击之后很有可能会撞破那间厂房的墙壁逃走，那样的话，我们就更没有办法追踪它的行踪了。”

的确如此，那些脆弱的隔板绝对不可能挡住暴龙，它们几乎挡住了所有攻击的方向，只留下一点点空档，但在暴龙受惊时，它们却起不到任何作用。在这样复杂的环境下，以弹弓可怜的远距离命中率，想要击中它简直就只能撞运气。

想在这里杀掉它几乎是不可能的。

“如果把它引出来呢？”张晓舟问道，“我们可以在周围寻找一个合适的地方，提前设下陷阱，然后把它引过去。”

“昌鹏家具！”几个人同时说道。

那是他们此刻所在位置背后的一家大型企业，让他们印象深刻的是它那三幢五层楼高的厂房，它们的构造看上去相当坚固，与周边这些薄弱的钢构厂房形成了鲜明的对比。

这里距离整个区域的中心非常近，很多厂房都明显出现了被某种冲击波破坏过的痕迹，但昌鹏家具的三幢房子却毫发无损。

不过让他们如此异口同声的关键点是，这三幢厂房紧密地排列在一起，形成了一个U型结构，而且U型中间那个通道又深又长。如果能够把暴龙引到那个地方，杀死它应该会是一件很容易的事情。

甚至不需要再使用燃烧瓶，把什么重物吊到楼顶放好，然后在暴龙被引进去之后直接扔下去应该就能把它砸伤，甚至是直接砸死。

张晓舟点了点头："好！我们先到昌鹏家具那边去看看！"

结果比他们想象的还要好。

张晓舟等人仔细地检查了房屋结构，认为它们完全能够挡住暴龙这样的庞然大物。那个U型结构也很理想，长度有将近两百米，尽头的通道足够人通过，但暴龙却绝对过不去。唯一的问题是，U型结构的入口宽度有将近三十米，比他们之前想象的宽多了。

这么宽的距离，他们之前设想的那些高空抛物就未必能够结结实实地砸中身处其中的暴龙了。

"得想办法把它困在这里。"高辉说道。

"用火！"严烨马上说道。

"好主意，"张晓舟赞赏道，"我们可以在U型结构的前半部分铺满易燃物，然后从最外面开始点燃。"

怕火是动物的天性，暴龙也不例外，只要在它意识到危险前燃起足够大的火焰，它就不可能违背自己的天性冒着大火硬冲出去。

之前他们在药店里烧死那几只速龙的时候，仅仅是一点很小的火焰就把它们逼进了店里，面对这些动物时，火焰永远是人类制胜的利器之一。

"那就简单了，"高辉的思维马上就发散开来，"火焰从最外侧点燃，自然向里面蔓延，当然我们也可以从两侧投掷火种把它们点燃。然后，把它逼到我们设置的靶心。最后……"他随手捡起屋顶上的一块小石头，把它扔向了U型末端的那个地方，"轰！"

听上去没有什么大的问题了。

"现在的问题是怎么把它引过来。"齐峰说道。整个计划到目前为止都没有什么明显的缺漏，但如果不能把它引进来，那就没有任何意义。

这里距离暴龙所在的地方直线距离大概七百多米，如果算上弯弯曲曲的道路，那就有将近一公里。暴龙当然不能算是行动很敏捷的动物，但身高腿长就是它最大的优势，在一公里这样的距离上，没人能跑得过他。

他们站在昌鹏家具距离暴龙最近的那幢厂房楼顶，观察着引诱它过来的路线。这条路是一条非机动车和机动车混用的城市便道，道路情况不错，对于他们的诱敌行动来说，甚至有点太宽了。

"我们要把两侧厂子里的车推出来，停在路中间作为障碍物，阻滞暴龙的行动，"张晓舟说道，"不用太多，只要能减缓它奔跑的速度就行。"

"好主意！"高辉说道，"那也就是说，我们只需要找一辆靠谱的电动车和一个靠谱的骑手就行了？"

"找个以前的快递员骑电动车去引诱暴龙？"钱伟强烈地表示反对，"你们是开玩笑的吧？刹车性能、加速性能、转向性能都不过关，那简直是让人去送死！再说了，现在还能找到可以用的电动车？摩托车还差不多！"

远山早在七八年前就已经向其他大城市学习，推行禁摩令，逐步淘汰市区内的摩托车，在远山市区已经很难见得到摩托车的影子了。但让城市交通管理者们想不到的大概是，限制了摩托车之后不久，无数几乎和摩托车一样，却归属于非机动车的电动车像雨后的春笋那样，迅速地在城市里蔓延开，数量很快就远远地超过了以往摩托车总量的十几倍。

这也导致了，现在要找一辆，甚至是十几二十辆电动车简单，但要找一辆摩托车却难。另外一个问题则是，这座城市已经断电一个多月，即使是停在原地没有用过，那些电动车的电瓶也已经自然放电。更不要说在极度潮湿的气候和富氧环境下，电瓶的触头和车子的电路几乎都出现了严重的氧化，已经变得非常不可靠。

说起来也是一件幸运的事情，他们来到的这个时代空气含氧量虽然远远超过现代，但却并没有超过人体承受的上限，更远远没有达到氧中毒的地步。相反，充足的氧气还让人们的运动能力比起以前来强了很多。

但从另外一个角度来说，在富氧而又极度潮湿的环境下，很多缺乏保护手段的金属制品都开始锈蚀，钱伟不止一次地在张晓舟面前担忧地说起，如果再不及时把那些可能有用的机器想办法糊上油脂或者是放置在干燥环境中，也许要不了多久他们就再也用不上那些东西了。

“现在到什么地方去找摩托车？”

“你忘了张孝泉以前是干什么的？”钱伟笑着说道。

正在忙碌地制作农具和手拉滑轮组的张孝泉很快就被找了过来，这个曾经的摩托车修理店学徒现在已经是钱伟手下手艺最好的焊工和技工之一。当然，所谓的手艺最好只能针对现在这种不求外形只求实用效果的时代。如果是放在以前那个年代，安澜大厦产出的物品大概百分之百都会被划入到残次品的行列当中去。

“摩托车？”张孝泉愣了一下。已经有多久没有人在他面前提过这东西了？他还以为，这辈子再也不会和摩托车扯上关系了。

“当然有，我干活的那家店里就有好几辆，而且是越野型的。不过我一直都没有回去过，不知道还在不在。”

这样的答案让张晓舟喜出望外，按照他的理解，摩托车这样的东西在这个时代应该不会有人要，他马上让张孝泉带着几个人回去看看，如果可能的话，彻底地检查保养一下，确保万无一失。

“要去引暴龙进入陷阱？”张孝泉很快就搞清楚了摩托车的用途，“让我去！”

当初一起认识张晓舟的人里，除去老王他们几个年纪大的不说，其他几乎都已经混出了一个模样。钱伟和老常不用说，李洪也早已经是安澜的管理层，就连那个唯唯诺诺的孙然也已经跟着梁宇去了联盟总部，继续发挥他会计的作用。而最让人想不到的却是高辉，这个当初在他们当中几乎连话都不怎么说，没有人会看好的宅男胖子，现在变得既精悍又干练，俨然成了张晓舟的左右手。虽然他在联盟里没有什么职务，但他和那个不知道从什么地方冒出来的小孩子一直充当张晓舟助手和传令兵的角色，任何一个团队的负责人看到他们都要客客气气的。谁都知道，未来他们一定会成为联盟当中说得上话的人物。

而他张孝泉和李彦成两个当初和张晓舟关系不错的人，现在却都默默无闻，泯然众人。

他勉强还算得上是钱伟在机械加工方面最主要的助手，手下还有几个人听他的指挥，李彦成则已经完全沦为一个无足轻重的人。现在这个世界，二手房销售员的经验完全没有任何能够给他加分的地方，而他大学所学的市场营销也同样如此。

“高辉那个位置本来应该是属于我的！”

这样的话李彦成曾经不止一次地在他面前说过，张孝泉知道他因为这个事情和王蓁蓁已经吵了好多次，他口口声声地说，当初第一个准备跟随张晓舟走出安澜大厦的就是他，但王蓁蓁却不同意他离开，用自己的眼泪瓦解了他的决心。

“如果当初我没有问王蓁蓁，而是直接跟张晓舟走了，根本就没有高辉那个胖子什么事。”

这同样是李彦成在他面前说了不止一次的话。但世事就是如此，想要安全稳妥的生活，害怕失去自己所拥有的东西，你就必须放弃那些机会。

今后就这么一直在焊机、切割机和各种手摇工具周围打转了吗？

当李彦成一次次后悔、一次次抱怨的时候，张孝泉也在想这个问题。当初为什么就没有选择站出来跟着张晓舟离开呢？

但他已经想不起来了。

他们都一样，看着张晓舟一次次地去冒险，一次次地成功，一步步地走到了现在这个位置。他们也经历了其中的很多次行动，但却始终只是看客，只是张晓舟、钱伟他们身后的背景板。

有谁知道，当初去食品批发市场抢运粮食的时候，安澜的那些车子，甚至周边那些团队所用的车子都是他和钱伟一辆辆焊出来的？有谁知道，抓住速龙的那个笼子是他和钱伟一起做出来的？有谁知道，烧死那只暴龙的弹弓和燃烧瓶里，至少有三分之一是出自他的手？有谁知道，他也参与了那次行动，还投出了赶走那些恐龙的燃烧瓶？有谁知道，是他和钱伟一起鼓动人们去营救被困在康华医院的张晓舟和老常？

没有！

因为他做这些事情的时候，总是混在人群当中，跟在别人身后，从来也没有单独表现的机会。

他做了这么多事，但有什么用呢？

没有人知道他，也没有人认识他。

“让我去！”他握紧了拳头，大声地对张晓舟和钱伟说道，“你们到什么地方去找摩托车手？没有人比我更适合了！”

机会终于摆在他的面前，而他，绝对不会像李彦成那样，做出让自己追悔莫及的决定！

“线路你应该清楚了？”齐峰再一次问道。

张孝泉点了点头。

他们现在所在的位置距离那条暴龙栖身的地方只有一百米，在城市里，这已经是能够确保安全而又足以吸引到暴龙的最短距离。

人们曾经讨论过别的办法，声音、光线，甚至是弄点新鲜的血。何必要冒这样的险？但一公里的距离听上去很近，实际上却很远，他们在安澜大厦这里试验，这些方法都不保险。声音在众多建筑物的反射下根本传不了多远，烟雾和光线未必能够吸引暴龙的兴趣，至于新鲜的血，之前他们猎杀速龙的那段高速公路距离暴龙藏身的位置其实也不过三四百米，但它完全对此无动于衷。

“估计它的鼻子里现在满满的都是那些臭肉的味道了。”高辉充满恶意地说道。

张晓舟猜想暴龙或许是有着强烈领地意识的动物，而现在，对于它来说，最重要的事情就是保卫自己的食物，防止那些小个子的窃贼在它离开的时候跑过来大快朵颐。

这也意味着，除非能够给予它足够强烈的引诱，否则的话，也许很难真正让它离开自己的巢穴跑到那么远的地方来。

用摩托车在一百米左右的距离处吸引它，这样冒险的计划最终被确定了下来。

道路上已经堆满了由那些临时抽调而来的人们推来的车子，一直延伸到要右拐的地方，如果暴龙一路追着他过来，想必会很为这些梅花桩一样的东西感到头疼。

现在是正午太阳最炽烈的时段，恐龙，尤其是暴龙这样的动物很少会在这种时候从舒适的栖身地点出来活动。这也是他们在这个时段来做准备工作的原因。

因为害怕惊动那只暴龙而提前把它引过来，摩托车推过来之后就放在路边，张孝泉和齐峰一路把等下要走的路线用脚丈量了两遍。

刚好就是一公里，路面平坦，而且在连续的雨天之下被冲刷得很干净，几乎没有什么可能让他摔倒的砂石。只是在靠近昌鹏家具的那一段，要从一个小厂的厂区里穿过去。但那里面都是平坦的水泥路面，不会有什么问题。

线路简单到了极点，直行，右转，穿过小厂厂区，然后便是直接驶入U形区域，避开地上那些洒了汽油和动物油脂的柴草等易燃物，冲到底，最后从旁边的小路离开。

没有什么问题。

唯一有可能出问题的摩托车，张孝泉已经亲自检查过好几遍，为了保证万无一失，他甚至在安澜大厦附近反复试了好几次，也在人们面前表演了一些特技技巧。这都是他以前在摩托车修理店当学徒的时候跟着师傅偷偷用客人的车子练的。

“花哨的技巧一概别用，你就老老实实地发动车子，弄出声音把它引出来，然后直接把它引到目的地去，明白吗？”齐峰继续叮嘱，“沿路的下水道井盖我们都已经打开了，近的七八米，最远三十米就有一个。如果中途车子出问题或者是摔倒，别逞强，你不可能跑得过它，马上跳到就近的下水道里，然后迅速离开井口。”

张孝泉再一次点了点头，但对于齐峰后面所说的事情却有些不以为然。车子经过他反复检查，不可能出问题，而以他的技术，这么点路，这样的路况，根本就不可能摔倒。

张晓舟等人都在忙着安排陷阱的事情，刚才他们过去的时候，看到那个从旁边车间里找来的巨大金属块已经被牢牢地用好几根钢绳固定在一侧的建筑上，然后用几个滑轮组配合吊了上去，并且试着从滑轨上推下来了一次。

钢绳绷紧时发出的“嗡”的声音让所有人都心惊胆战，钢绳设计出来就不是用来派这种用场的，如果任何一根钢绳在这样巨大的冲力下断裂，挥舞出去的断股都有可能造成群死群伤，但他们不得不这样做，以便找出要用火把暴龙逼迫到的那个地方。

当然他们还准备了不少两三吨重的机器，都用滑轮组吊到了两侧的屋顶上，放在抹了油脂的滑轨上。如果第一击没有打中，那这些机器将用来继续完成使命。

但所有人都对那个巨大的金属块充满信心，那是工厂里一条生产线的底座，它又大又重，只要那只暴龙进来，它的面前就只有死路一条，不会有别的结果。

“下面就看你的了！记住，安全是第一位的，知道吗？”

这样的话让张孝泉既紧张又激动，他抿着嘴，用力地点了点头。

“糟糕！”齐峰突然说道。

天空中的云彩突然涌动了起来，一场暴雨正在酝酿当中。

他们所来到的这个时代一个很奇怪的特点就是如此，天气的变化频繁而又突兀，很多时候，阳光明媚的天气突然就会来一场暴雨，而连续一个礼拜的绵绵细雨之后，天空往往又会毫无征兆地放晴，就像是从来没有下过雨一样。

这样的天气对于他们的计划当然很糟糕，大火有可能点不起来，那么陷阱就根本发挥不了作用。路面有可能变得湿滑而且看不清楚道路情况，让张孝泉面临更大的危险。暴雨甚至有可能让暴龙不愿意从厂房里出来。

“你等一下！”齐峰急急忙忙地向昌鹏家具那边跑去，想要确认计划是不是还要继续执行下去。他们离开的时候，人们正在奋力把那个底座重新吊到正对U型结构的那幢房子的顶上，因为那东西的重量，这至少需要二三十分钟的时间。他们一路走过来，边走边看已经花了十多分钟，不知道那边是不是已经一切就位了。

如果暴雨现在倾泻下来，那整个计划都会受到影响。

最起码，那些柴草还能不能点燃就是一个大问题。

齐峰的身影消失在建筑物之间的一条小巷子里，没有了电话和对讲机之后，沟通就是这么麻烦的一件事。事先约定好的事情还能通过旗语之类的信号来传递，但如果是之前没有说好的事情，那就只能派人去一趟。

“啊——”张孝泉从摩托车上立了起来，双手在身后合拢，用力地向后屈伸，以此来放松自己的身体。

他穿了一套大红色的衣服，虽然不知道暴龙对什么颜色敏感，甚至不知道它能不能辨认出颜色，但人们还是认为，它应该会对血的颜色比较敏感。

摩托车发动机的轰鸣声，大红色的衣服。段宏甚至还从几个志愿者的身上抽了点血让他带在身上，准备正式行动的时候用。

如果这些手段都没有办法把那条暴龙从那堆臭肉旁边引开，那就真的没有办法了。

天空中突然有闪电划过，几秒钟之后，低沉的雷声轰鸣了起来。

但雨点还在远处，暂时没有下到这边来。

天地之间突然就变得阴暗起来，一场大雨看样子已经无法避免。

他们会取消行动吗？

那些柴草上已经撒上了他们这段时间以来积攒的油脂，如果取消行动，赶在大雨之前把它们收到两边的房子里，不知道下一次还能不能用。

但他却十分不希望收柴草这样的事情发生。

就像是在世界杯的决赛赛场上，自己带球在对方禁区被人绊倒，裁判吹响了哨子，但就在他欣喜若狂地抱着球冲向罚球点时，却发现裁判吹的是自己假摔。

舞台已经搭好，却告诉舞者表演因为天气而取消了，这怎么行？

张孝泉惴惴不安地想着，同时双脚立在摩托车上高高地站起来向昌鹏家具的方向望去。那个大玩意儿似乎已经吊到了楼上，但隔着这么远有些看不清楚，只能看到如同蚂蚁一样大小的人们在那个东西周围忙碌着，应该是准备把它重新放置到导轨上。

看样子也就是几分钟的事情了，应该来得及吧？

就在这时，他突然听到，自己的身后传来了隐隐约约的惊呼声："小心！"

"轰隆！"

又一阵雷声，张孝泉转过身，却正好看到那只暴龙从它一直躲藏的厂房里走了出来，高高地扬着头，看着他这个方向。

即使是隔着一百米，张孝泉也感觉到了极度的恐惧，全身的血液都像是凝固了，整个人都变得冷冰冰的。

他当然知道在暴龙攻击安澜大厦的那一次，张晓舟曾经在距离暴龙的脑袋只有几米远的地方向它投出了燃烧瓶，这样的事情听人说起的时候纵然感慨，但也只是一晃而过，只有在真正面对这样的庞然巨怪时，才能真正体会这样做所需要的勇气。

张晓舟等人曾经用来侦查暴龙情况的那幢办公楼上不知道什么时候已经插上了代表危险的红旗，之前那声惊呼应该也来自他们。

张孝泉下意识地看了一眼昌鹏家具那边，一面黄色的旗帜扬了起来。

开始行动？

暴龙咆哮了起来，张孝泉慌张地发动车子，但检查过无数次的车子却发动不起来，几秒钟之后他才意识到，因为之前是把车子推过来的，自己没有把电门钥匙拧到位！

该死！

他不敢回头去看那东西已经到了什么地方，生怕因此而彻底失去勇气，像个懦夫那样丢下车子逃到最近的下水道里去。

脚又一次狠狠地踏了下去，而这次，发动机终于发出了他熟悉的轰鸣声。

行了！

玻璃碎裂，金属在地上摩擦的声音从身后不远的地方传来，把他的兴奋一下子彻底浇灭，他毫不犹豫地拧下油门，让摩托车向前冲了出去！

雷声隆隆，天空中已经有细小的雨点开始滴落下来。

但只要把暴龙引过去，一切都不是问题。

那些柴草引燃的火焰并不是杀死暴龙的武器，只要能在大雨真正来临之前……张孝泉这样想着，突然意识到，身后那些声音不知道什么时候已经停止了。

他鼓起勇气停车回头，却只看到一条又长又粗的尾巴在空中摇摆着。

那只暴龙在踩扁了两辆车子之后，竟然根本就没有继续追上来，而是直接选择了回头。

靠！

张孝泉狠狠地按下了喇叭："嘀嘀嘀！"但这样的声音根本传不了多远，也吸引不了暴龙的注意，它的动作看上去并没有多快，但只是几步就跨到了那个厂子门口，眼看就要回去了。

怎么办？

一股热血突然涌上张孝泉的脑袋，他咬咬牙，猛然发动车子，向着暴龙直追了过去。

"嘀嘀嘀！！！"

"你这该死的丑八怪！来追我啊！"

喇叭声和他的叫喊被远方不断传来的隆隆的雷声干扰，根本就听不清楚，暴龙根本就没有注意到他又重新追了回来，而是直接走进了厂房。

怎么办？

张孝泉把摩托车停了下来。

他距离那个厂子还不到五十米，但却看不清楚里面的情况，不知道暴龙是什么情况，他看着天空中那不断翻滚着，正在向南移动的黑色云团，心里纷乱起来。

现在该怎么办？

如果是张晓舟，他会怎么做？

张孝泉并没有读过多少书。他家就在远山市周边，距离远山市将近二十公里，并不属于那种可以凭借拆迁致富的地方。如果他们家愿意付出劳动，种菜或者是种植果树之类的经济作物，养猪养鸡供给城市里的人们，生活应该不会很差。但他的父母却在他很小的时候就已经离婚，母亲早就不知道去了什么地方，从未来看过他，而父亲则无心种地，也没有心思管他，把他扔给老人之后，就自己跑到远山，也不知道都在做些什么，只是每个月回来一趟，扔点钱算是他的生活费。

父母不管，爷爷奶奶没有精力也没有能力管，这种家庭环境之下成长起来的男孩，他的成绩能有多好，可想而知。初中毕业之后他就再没上过学，而是跟着一群社会上的朋友在网吧里厮混。好在他还没有彻底走偏到坑蒙拐骗的歪路上，在稍稍懂了点事之后，他便四处打点零工，最后在一家摩托车修理店一干就是两年。

他在生活中从来没有见过什么值得敬佩的人，甚至从来都没有听说过。对于他来说，人生一片混沌，最大的理想就是学到手艺，挣到一笔钱之后开一家自己的摩托车修理店。但他每个月的微薄工资却总是一不小心就花在了玩网络游戏和看直播上，所谓开店的理想，感觉上就像是一个永远也触碰不到的气球，脱了线，越飘越远。

来到这个世界，对于他来说，其实是一件无所谓的事情。游戏的确是不能玩了，直播也看不了啦，但身边那些曾经高高在上，似乎很不得了，对他这样的小年轻总是看不起的人变得比他还惨，这样的变化对他来说比玩游戏看直播要有趣得多。

吃的变差了，变少了，生活条件变差了，他也无所谓，反正他以前也习惯了吃泡面，啃光馒头度日，一个月洗一次澡也没什么问题，无非是从很差变成更差而已。反正大家都一样，别人能忍受，他就更没问题。

他甚至感到有些兴奋。

以前他觉得自己什么都不是，就像是路边的蒲公英，被风吹到什么地方，就在什么地方落脚，在什么地方发芽。能活下去，就停在原地，不行，那就等待下一阵风，等待它把自己带走。

但在现在这个世界，一切却都变得不同了。区分人们高低的，不再是出生于什么样的家庭，住什么样的房子，开什么样的车子，银行里有多少存款。那些东西对于这个世界已经没有任何意义。现在造就了人们之间不同的，是你会些什么，你的身体好不好，敢不敢拼命，有没有拖累。

知识依然受到尊敬，但受到尊敬的是那些能够帮助人们在这个世界存活的知识。那些曾经高高在上不可一世的人们，那些看到他这样的小混混就鄙夷地皱起眉头的人们，变得如同尘世里的泥沙，甚至还不如他。

他们已经开始变老，而他还正年轻。

真是个好时代！

他第一次感觉到，也许有机会挣脱那纠缠了他整个人生的命运的混沌，劈开它们，成为一个有意义的人。

张晓舟会怎么做呢？

不知不觉，张晓舟已经成了他的偶像。这个身材并不高大，也并不特别强壮的男子，看上去没有什么特别之处，却做了绝大多数人都做不到的事情。

张孝泉默默地看着他，跟随着他，一步步地走到了今天这一步。张晓舟过去的那些东西，张孝泉无法复制，但他可以像张晓舟那样，面对危险时奋力一搏。

他渴望着能够与张晓舟一样，成为人们心中的英雄，成为人们仰仗的对象，成为人们的希望。

于是他再一次驱动车子，到了正对厂房的那个位置。

暴龙已经舒舒服服地趴了下来，凭借生物的本能，它知道即将到来的会是什么。这样的天气下它可不想到外面去淋雨，把自己搞得又湿又冷。丛林里很难找到这样能遮风挡雨又保持干燥的洞穴，在这些肉吃完之前，它并不想离开这个地方。

它看到了张孝泉，但从刚刚的追逐中它已经知道这个红色的奇怪生物跑得飞快，不亚于那些试图从自己这里偷走肉的速龙、驰龙或者是羽龙。虽然它并不介意在吃腻了腐肉的时候吃点鲜肉换换口味，但如果这东西没多少肉还追不上，那对于它来说就没什么意思了。于是它只是张开嘴，露出里面那些巨大而又尖锐的牙齿，低沉地咆哮了一阵，然后便闭上了眼睛。

我靠！

怎么会是这样？

张孝泉焦急了起来。

又一道几乎铺满了整个天际的巨大闪电，随后是持续了十几秒的巨大雷声。

雨云已经到了远山，空气变得非常潮湿，大雨的到来只是时间问题了。

“你这该死的白痴！出来啊！”张孝泉继续徒劳地大声叫喊着，不断按着喇叭，但在隆隆的雷声中，他所制造出来的这些噪音根本就无足轻重。暴龙甚至连眼睛都没有睁开，似乎已经睡着了。

张孝泉把摩托又向前驶了十米。

现在他与暴龙之间的距离已经不到三十米，这已经严重小于齐峰反复告诫他的安全距离，暴龙的身长有十三四米，三十米的距离对它来说，只是猛地向前一蹿而已。

在这个位置上看，那个庞然大物即使是已经趴在了地上，依然是极其恐怖的巨大物体。张孝泉似乎能够感觉到它的喘息，地面似乎也在跟随着它的呼吸而上下起伏着。

他把那些血拿了出来，犹豫了一下，狠狠地拍到了自己的身上。

“来啊！你不是喜欢血吗？来啊！”他大声地叫着。暴龙的眼睛睁开了片刻，却很快又闭上了。

“你这傻×！”张孝泉破口大骂起来，但这对于暴龙来说没有任何额外的意义，张孝泉冒险从旁边捡起一块石头，狠狠地砸向它的脑袋，但这样的攻击相对于暴龙庞大的身躯和厚厚的外皮来说，根本就只能算是挠痒痒，它闭着眼睛抖动了一下身体，就算是已经回应过了。

该怎么办？

这种情况所有人都没有想到，在人们的预期中，暴龙这样的生物应当一看到目标就毫不犹豫地追上来，然后一头钻进他们精心设计的圈套。

不上当？

这怎么可能？

没有人告诉张孝泉这种情况下应该怎么办，如果他选择放弃，没有人会指责他什么，但他却不愿意就这么离开。

都已经到了这一步了！

他很清楚，人们正在不同的地方看着他，猜测着他会怎么做。

如果他放弃，那他不过是联盟那成百上千默默无闻的执行者之一，就像他以前一样。他没有任何错，是策划者们出了问题，人们不会说他什么。

但这就是他拼命争取这个机会想要得到的结果吗？

无功而返？

他已经默默无闻地活了二十二年，当一切终于改变，当那绑住他、让他无力挣扎的网终于破出一丝希望，他还要懦弱地继续按照别人给出的剧本演下去？

这是属于他的舞台！

幕布已经拉开，乐队已经就位，一切都已经就绪，等待着他！

这是属于他一个人的，独一无二的舞台！

也许他不会成为像张晓舟那样的人物，也许他甚至没有办法成为钱伟那样的人。

但在今天，现在，他就是所有人目光的焦点！

怎能让他们失望？

他把手伸向了摩托车的侧面，把挂在那里的两根钢管摘了下来，然后拧到了一起。

那是他替自己打造的武器，一根两截拼起来足有三米长的长矛。

他用左手握紧了它，末端紧紧地夹在腋下，然后深深地吸了一口气。

引擎轰鸣起来，却又一次淹没在了隆隆的雷声当中。

暴龙扭动了一下脖子，把脑袋放平在地上，冰凉的水泥地面似乎替它带走了白天的燥热，让它舒适地哼了一声。

油门被狠狠地转动到底！

位于工厂大门对面那幢办公楼里的哨兵们不太明白他要做什么，在他们看来，张孝泉已经尽了自己最大的努力。但他们却苦于旗帜信号所能表达的信息的限制，没有能力把这里的情况及时传递到昌鹏家具那边。

“他疯了吗？”其中一个人突然瞪大了眼睛，就像是被踢中了关键部位那样尖叫了起来。

那辆大小与暴龙比起来简直微不足道的摩托车突然向前加速，几秒钟后就已经达到了极快的速度……然后，暴龙巨大的身躯突然疯狂地扭动了起来。

愤怒而又痛苦的咆哮声甚至淹没了雷鸣。

他们看着那辆摩托车快速地从暴龙的身边掠过，然后小心地避开了它的爪子和尾巴，在厂房中漂亮地一个甩尾，把头转了过来。

“暴龙的眼睛！”另外一个人压抑着自己的声音狂吼道。

一根钢管插在它的左眼里，鲜血和透明的液体正从伤口不停地往外流。它已经彻底立了起来，脑袋不停地在空中挥舞着，却没有办法把那可怕的东西从眼睛里弄出去，反而给它自己造成了更大的痛苦。

张孝泉驾驶着摩托车小心地躲过它比人的身体还要粗的尾巴，沿着厂房的边缘向大门冲去，这时候，暴龙终于从那突如其来的痛苦中恢复了意识，并且看到了他。

它无法理解发生了什么事情，但这并不妨碍它把自己身体受到的巨大痛苦与眼前这只该死的“虫子”联系在一起。它愤怒地咆哮着，巨大的身体突然向前一蹿，巨大的脚爪就到了摩托车前面。

张孝泉的脑海里已经变得一片空白，在这一刻，就连恐惧也被下意识地从他的脑海中驱逐了出去。他所有的精神，身体的每一块肌肉和每一条神经都专注于眼前，集中在驾驶摩托车上。

激怒它，这只是整个行动中的第一步，将它引到昌鹏家具那三幢厂房间的那个地方才是最终的目的。

在此以前，我不能死！更不能倒下！

他从来不知道自己对于摩托车的掌控能够精细到这样的程度，暴龙的一条腿挡住了去路，他突然刹车，右腿狠狠地蹬在地上，双手扭转车头，加油，放开刹车！

在暴龙一口咬向他的同时，他险而又险地从暴龙的身体和两条腿之间的那个空间钻了出去，碾着暴龙的脚趾冲了出去！

那巨大的野兽突然从视线中消失，一切就变得豁然开朗。

张孝泉的心里从来没有像今天这么清明，他毫不迟疑地向左急转，几乎就在他改变行动方向的同时，暴龙的头颅像一座攻城锤那样擦着他的身体呼啸而过，挥空，将它自己带得差一点摔在地上。

加速！加速！

所有看到了这一幕的人们都在心里大声地叫着，摩托车上那个红色的身影在车流中一晃而过，而在他身后，暴龙巨大的铁青色身躯如同一部动画片中的机甲，咆哮着，怒吼着，将所有挡在它面前的车子狠狠地压扁，碾碎，撞到一边！

不用回头，张孝泉就知道那恐怖的东西与自己的距离正在拉近。

那震耳欲聋的咆哮，那些车子被粗暴破坏的声音几乎就在他身后，碎裂的车窗玻璃甚至已经飞到了他的前面,砸在他的背上。

如果他驾驶的是一辆公路跑车,情况也许会大不一样,但那种车对于复杂情况的应对能力却也更差。

什么样的选择在这种情况下都有可能出错,唯一能够仰仗而且值得依靠的,永远都是他自己。

坚持住!

他在心里大声地叫道。

直线路段几乎只是在一瞬间就走完了,他的精神高度集中,身体随着车体调整着姿势,几乎没有减速就直接向右转了过去。

成了!

他兴奋地想道。

在这里能够清楚地看到那三幢厂房,甚至能够看到正面那幢房子顶上那巨大的金属物,在一道闪电之下反射出耀眼的白光。

只要几秒钟……

一个东西突然重重地砸在他的背上,让摩托车扭动了一下,差一点就直接侧滑出去。

难以形容的痛苦,他的口中甜甜的,有血涌了上来,一个什么东西深深地刺入了他的脊背,随着摩托车的颠簸在他的身体里继续制造着痛苦。唯一值得庆幸的是,那一击没有打断他的脊椎,也没有从侧面把他直接推倒。

所有人的心都揪了起来。

那个红色的身影吸引了所有人的眼睛,就在他快速右转驶入厂区的时候,暴龙并没有跟着他跑到路口,而是直接粗暴地向挡住它的那幢临时厂房撞去。轻薄的石膏板和木板漫天飞舞,就像有一颗炸弹被引爆,整幢房子突然就变成了一堆向四面八方飞舞的碎块。

一块足有脸盆大小的墙壁碎块就这样在众目睽睽之下狠狠地砸向了那个红色的身影后背,摩托车在人们的惊呼中扭动了起来,但终于还是重新维持住了方向,向着他们这边冲了过来。

"快!快啊!"张晓舟站在U型区域的终点大声地叫道。

车子维持着高速驶过柴草堆，向他冲过来，但就在他张开双臂准备迎接英雄的时候，张孝泉突然失去了平衡，重重地摔了下去，连人带车一起摔在了路边，距离他们足足还有一百米！

张晓舟下意识地向他跑去，却被身边的人一把抓住。

暴龙已经到了U型区域的入口！

“一起叫！”张晓舟大声地说道，“大家一起叫！”

张孝泉摔在路边的柴草堆里，像是晕了过去，再也没有动弹一下。如果点火，他也许会被活活烧死！

怎么办？

“过来！”人们在他身边对着暴龙大声地叫着。

在这样的距离下，即使是来自新洲团队的成员们也感到极度的恐惧，但他们还是和张晓舟一起站在了这里。

“来啊！你这蠢货！”人们乱纷纷地叫着。

这或许激起了暴龙对于张孝泉的记忆和仇恨，它咆哮了一声，向着U型区域末端的这些人猛冲了过来。

“稳住！稳住！”张晓舟大声地叫着，同时紧紧地握着身边人的手。

将近十吨重的躯体在地面上高速奔跑，他们所在的地方就像是地震了一样，开始跟随着它跑动的节奏震动了起来。

“稳住！”张晓舟用最大的声音叫道，让他们知道自己跟他们还在一起！

暴龙已经近在眼前了！

“撤！快撤！”张晓舟终于叫道。

人们没命地向两侧逃去，暴龙想要跟着他们转向，到了面前才发现那是一条仅仅两米宽的通道，巨大的惯性让它一头撞在正面的楼房上，无数的窗玻璃瞬间爆裂，玻璃碎片像雪花一样落了下去。

“钱队长！？”楼顶上的人们叫道。

这一撞差一点就让站在边上的几个人摔下去，好在之前他们就在腰上绑了绳子。

“太近了！”钱伟咬着牙说道。

雨水开始滴落，但这时，U型区域末端的柴草也已经被点燃，火焰熊熊燃烧了起来。受潮的柴草开始散发出大量的烟气，把整个区域都笼罩在了里面。

人们被呛得咳嗽起来，但也正是因为这阵烟，一名队员从窗户爬了出去，把张孝泉拖了回来。

“点火！点火！”人们不约而同地大声叫了起来。

涂抹了油脂的柴草很快就燃烧了起来，幸运的是，雨虽然已经下起来，但却还不算大，大量的烟雾弥散之后，红色的火焰终于跳跃了起来。

所有人都在等待着钱伟的命令。

他紧紧地握着拳头，看着那只左眼插着一根钢管的暴龙在火焰和烟雾的驱使下向着他们专门留出来的那个区域走去。

三米，两米，一米！

“放！”他用尽全身力气大声地咆哮道。

三十个人一起拼命地拉动手中的绳索，钢轨的后部快速地升高，人们用长钢棒在后面用力地撬着，终于让它从静止状态缓缓地开始沿着钢轨向前滑动。

这样的趋势一旦开始，便再也没有什么东西能够阻止。

它的速度越来越快，几秒钟之后，它便彻底脱离了钢轨，脱离了屋顶，于是，重力瞬间就给了它无穷的动力，钢绳再一次呜咽起来，发出让人惊惧的悲鸣，而那巨大的金属块则不管不顾地，以摧毁一切的力量向那只暴龙撞了过去。

暴龙似乎是已经感觉到了自己的末日即将到来，但以它的体形和身体结构，在火焰的包围下甚至无法做出闪避的动作。

它绝望地立起身体，大声地咆哮，随后被那足有八米长的底座狠狠地砸在脊椎上！

即使是在隆隆的雷声中，人们依然可以听到骨头断裂的脆响。

暴龙一头撞在侧面的楼房上，随即便彻底倒了下去。

“放！”人们开始把其他机器往下推，暴龙已经彻底没有了反抗和行动的能力，每一击都重重地砸在它身上，但它却连叫都叫不出来了。

倾盆大雨终于下了起来，火焰很快就在这样的雨势下被扑灭，甚至连烟雾也被如同瓢泼一样的大雨压住，再也升不起来。

赢了吗？

“下楼！到房间里去，小心雷击！”钱伟大声地对人们叫着。

“找辆能跑的车子！”张晓舟在一楼一边急救一边大声地叫着，“快！快！”

一根足有大拇指粗的木刺从背后刺穿了张孝泉的肺部，张晓舟无法想象，他是怎么在受了这样的伤之后，还坚持把暴龙引过来的。

大量失血加上窒息，他早就已经休克了。

“快！”张晓舟大声地叫着，雨水混着眼泪悄悄地流了下来，没有人发现。

暴龙被砸扁的脑袋就在他们所在的房间外面，它的嘴不自然地张着，那些可怕的利齿露了出来，雨水正拼命地往它的嘴里灌进去。

张孝泉刺穿它左眼的那根长矛的矛尾甚至已经探入了房间，却没有人理会，甚至没有人注意到。

欢乐的氛围在整个城北联盟的范围内蔓延着。

随着最后一只闯入城北的暴龙被杀死，在这个区域内，真正能够对他们造成威胁的猛兽已经不复存在。

那些中型龙在新洲团队持续不断的打击下，已经对身穿盔甲手拿长矛的人类产生了强烈的戒心和恐惧感。一些团队用铁皮和塑料做成同样的盔甲穿在身上，组队行走于城市中央时，竟然也能把它们吓走。

对于人们来说，至少从安全这个角度，联盟已经实现了承诺。

不过对于那些缺乏食物补给的团队来说，比安全更让他们感到高兴的或许还是由联盟下发的暴龙肉。这次他们杀死的这只暴龙虽然没有最初侵入城北的那条大，但却比他们之前杀死分掉的那只大得多。人们从它的身上获取了将近七吨肉，大量的筋、皮、骨和羽毛，就连各种各样的内脏也有将近一吨。

对于已经有夜盲症患者出现的联盟来说，这无疑是一种极为重要的补充。

分肉的方式依然和之前类似，但这一次，政策更加宽松，只要是联盟成员，无论男女老少每人都获得了半斤鲜肉，对于某些人多的团队来说，什么都没干一下子就收获了四五十公斤鲜肉，这简直可以说是天降横财。

人们一下子对联盟赞不绝口。

在屠龙行动中出力的人员和团队当然也按照惯例得到了额外的奖励，在警示系统中认真履行警示旗相关职责的每个哨兵也获得了相应奖励。

大手大脚的一番分发之后，联盟剩下的物资竟然比之前那一次安澜获得的肉要少得多。仅仅是收获了一吨左右的鲜肉，如果制作成干肉，大概只有四五百公斤。

“但这是值得的，不是吗？”面对梁宇的抱怨，张晓舟说道。

联盟的整体氛围大大好转，这当然是值得的，但更让张晓舟欣慰的是，在这次行动中厥功至伟的张孝泉在经过将近四个小时的手术之后终于活了下来。

如果没有把康华医院收拢回来，真不知道结果会是什么样子。段宏这个科班出身的正牌外科医生虽然在康华医院这样的地方蹉跎了两年，但技术还没有完全放下。因为不能在短时间里弄到足够多的血，张孝泉一度濒临死亡，但最终，他还是幸运地活了下来。

对于联盟和张晓舟来说，接下来，就是更加重要，但也更加艰难的开垦田地和进入丛林这两项工作了。

准备工作其实一直都在做，从联盟成立的第一天开始就没有停过，但真正要开展这两项工作，仍旧需要大量的前期准备。

“小心何家营那边。”严烨和王哲最终还是没有勇气把发生在自己身上的真相告诉张晓舟，但他们却尽一切可能提醒人们注意城南的举动，“他们不可能那么容易就被吓回去，不可能的。他们一定在背后酝酿着什么。”

“我知道，”张晓舟答道，“我不会让后院起火的。联盟既然已经成立，那么，以联盟执行委员会主席的身份，我想地质学院那边应该会让我进去，也应该会和我们好好地谈谈了。”

的确是时候和他们接触一下了。

张晓舟对于地质学院的观感一直都非常复杂。

他从一开始就把地质学院列为他所认为的，最能够带领这些穿越时空来到这个世界的人们战胜所有困难，最终能够征服这个世界的希望。

但他们却从一开始就把城北的这些人拒之门外，专心地建设自己的国中之国，可以说冷漠和自私到了极点。

张晓舟可以猜测出他们这样做的理由。

对于地质学院的领导者们来说，来到这个世界的人从一开始就被分成了两类。

对于征服这个世界有用的人，包括医生、军人、工程师、技工等等，甚至还包括了在渡过最初的危机之后能够生下健康婴儿的年轻女人们，他们敞开大门吸纳。而对于那些在他们看来无用的人，年老的，体弱有病的，没有一技之长的，甚至是超过了适孕年龄的妇女，他们则拒之门外，让人们自生自灭。

他们甚至不考虑这些人通过学习获得技能的可能性，这当然是因为学校本身就已经有了大量正处于学习能力最强的时期，身体、精神、智慧等各方面都正在步入巅峰的学生的缘故。

对于他们来说，收容这些“无用的人”毫无意义，只是额外消耗粮食。接收他们，就意味着四千多人的消耗，意味着对学校应变能力和渡过危机能力的削弱。

从保守和防御的战略出发，站在冷漠和自私的理性角度，他们的想法也许是对的。但他们却没有想过，解决问题的办法并不仅仅是采取收缩和防守的策略，还可以积极地向外扩张。

这些人的确是消耗者，但他们同时也可以成为粮食和物资的生产者。

如果把人们活动、生产的范围局限在远山城，那很容易就会得出总的生活空间和资源有限，无法供养这么多人，必须把老弱病残和无用之人淘汰才能保全整体的结论。

但如果不把目光局限在远山这个地方，而是把目光放到整个世界，其实空间和资源都是无穷无尽的，而使用和开发这些资源，需要的是更多的人。

一个人死去，至少需要十五六年才能养育出另外一个可用的人。但这个在新的世界出生长大的人，在这样的条件之下，他的体魄能有多强？他所能接受的教育又有多少呢？

如果地质学院的领导者们不那么自私，以他们表现出来的组织能力和应变能力，以学生们的体能和组织程度，完全有可能在一开始就把防御线推进到远山城周边那少数几个与外界相连的区域。投入同样多的人力和物资，他们能够收获和保全的却是整个远山，而不是现在这么一点地盘。

在这个过程中当然会有人牺牲，而且牺牲的很有可能就会是站出来拯救其他人的那些勇士。但张晓舟相信，死去的人绝不会比现在更多。如果他能够带领这些被他们挑剩的人在绝境中杀死那些恐龙，为什么有着更好的组织和训练，更好的体能，更多资源和后勤支持的学校会做不到呢？

如果学校不那么自私，勇敢地带领师生把责任承担起来，那何家营根本就不可能成气候，把何家营的人口和粮食释放出来，配合地质学院的知识和技术能力，大家根本就没有必要承受这样的现状，走得这么艰难，这么危险。

但他们却偏偏在那个时候，选择了保全自己，保全少数人，龟缩起来。

人们的命运在他们做出决定的那一刻起就被决定了。

当他们用车辆堵住校门，把学生们武装起来防止外人进入，并且开始挑选自己需要的人，一切就已经变得无可挽回。

如果没有张晓舟这样的异类出现，远山现在的情况应该会更糟。也许城南的情况不会有什么不同，因为没有了张晓舟从食品批发市场运走二十多车粮食这件事，他们的情况或许还会更好一些。

但城北却肯定完全不同。

没有张晓舟，就不会有那次到城南去的冒险。没有张晓舟，就不会有预警体系，也不会有新洲这样的狩猎团队，也不会有后面一次次猎杀中型龙、两次杀死暴龙的事情发生。

那么，人们将没有获得大量存粮的机会，不可能像现在这样相对安全地外出，他们将没有办法采集树叶、野菜、草根、昆虫为食，也没有获得恐龙肉的可能。饥荒将来得更早，更凶猛，也更残酷。

他们要么因为饥饿、虚弱、营养不良和疾病而默默地死在家中，要么就只能铤而走险。当他们在饥饿的驱使和逼迫下不得已冒险踏出家门时，很有可能将会成为肉食恐龙的猎物。

这个区域将会依然危险，甚至远远超过城南，而在其中生存的人，也许已经只剩下一半，甚至更少。

几个月后，现在的四千五百人中，也许只有十分之一能够活下来。

但学校的领导者们也许还在沾沾自喜，认为正是依靠自己的明智选择而保全了人类在这个世界生存并且把文明传播下去的希望。

而有求于他们的城北联盟，渴望着能够分享他们的技术、知识，甚至是人才和物资的张晓舟，也只能把这一切不满强压下来，甚至提都无法提起。

“我们有什么是他们有可能迫切需要的？”张晓舟对联盟的管理者们问道。他已经决定由自己和老常，加上十名新洲的队员作为代表去和地质学院谈判。

作为城北联盟的代表，他们当然得准备一些礼物，证明自己的实力，也增加谈判的筹码。他们当然也可以专门针对学校的高层准备一些个人性质的礼物，但张晓舟并不愿意从个人层面去接触他们。

他希望着，地质学院在看到了城北联盟的成功之后，能够从狭隘的策略中走出来，真正在这场与这个世界的战争中发挥出它应有的作用来。

“种子？”梁宇说道。

“肉？”说这话的是高辉。

人们沉默了下来，过了很久，严烨才说道：“避孕套？”

这是他和王哲曾经想要用来与地质学院交换物资的东西，但因为学校拒人于千里之外的防线和那些在那附近活动的恐龙而没有付诸实施。

人们忍不住笑了起来，但笑过之后再回想，这或许真的是他们需要的东西。

他们连多余的人口都不敢接收，又怎么敢在这种时候开始生孩子？

但那么多血气方刚的年轻男子，在这样绝望的世界当中，面对着那些被他们吸纳进去的适孕年龄的女子，又怎么可能什么事都不做？

“康华医院的宣传资料可以带点过去，我记得赵康专门把它们收了起来。”段宏说道。

“也许可以带一些我们自己做的农具和武器？”钱伟说道。

“好吧。”张晓舟点了点头。

有这些东西，应该足够了。

第2章

地质学院

“站住！不然放箭了！”

张晓舟带着将近二十人逼近地质学院的大门，还没有走到那些绕成圆形的铁刺网前，就听到有人大声地叫道。

两名队员挡在了他的前面。

只见用四辆大巴车堵起来的学校大门那边，几名学生样子的年轻人正用像是弩箭的东西对着他们，而随着他们的这声叫喊，周围的人们正在往这边赶。

他们已经把弩复制出来了？

张晓舟不由得感到有些挫败。钱伟、吴建伟等人一直在尝试着把众人记忆中的弩复制出来，他们已经通过大大小小上百个木制模型弄清楚了弩的构造，但苦于手边的材料和工具严重不足，做出来的东西像是像了，杀伤力、射程和命中率却非常有限。做出来的与其说是军国利器，倒不如说是工艺品。

但随之而来的却是更大的愤怒。

你们已经有了这样的技术和武器，为什么还要憋在这么个地方？

难道你们非要等到所有人死去之后才肯出来收拾残局吗？

“你们是干什么的？”哨兵们明显有些迟疑。他们接到的命令是把那些来求救的难民挡在围墙外面，但这些人显然并不是普通的难民。

“我们是城北幸存者联盟的代表，今天来这里，是希望能和你们的管理层见面。”张晓舟把挡在自己前面的队员轻轻地推开，他不太相信哨兵会在这种情况下对他们发动攻击。

他一边说话一边走近了几步，仔细观察着他们手中的武器。

看上去像是钢制的，至少弩臂部位如此，而且看上去很光滑，不像钱伟他们用焊枪切割出来的那种钢条，歪歪扭扭不成样子。用锯子锯出这样既有韧性又有强度的钢板几乎是不可能的事情，那唯一的解释就是，学校里应该有车床、机床之类的东西，并且有驱动它们的办法。

但在聚拢过来的哨兵当中，张晓舟只看到了五把弩，正门应该是学校重点防守的地方，这或许说明，制造这样的武器对于他们来说并不轻松。

哨兵们明显对这样的局面没有任何准备，他们迟疑了一下，其中一个人说道：“等着，我们去汇报。”

张晓舟看到一名哨兵骑上一辆自行车向学校里面疾驰而去，他所经过的地方大多数都用木头搭起了简易的架子，上面挂满了深色的不知道用什么东西织成的网，应该是用来遮蔽过于强烈的阳光和挡雨的，下面则是不知道什么植物郁郁葱葱的叶子。站在新洲酒店的楼顶看不到这些细节，显然，学校这边对于土地的开发利用已经远远超过了他们。

双方没有继续对话，只是自己人之间小声地讨论着。如果张晓舟他们没有应对中型龙的勇气和办法，这样的等待或许就足以赶走他们。但他们现在当然已经没有了这样的担忧，而放在对方的眼中，那就是一种强烈的自信。

张晓舟听到对面的哨兵中有人在讨论着他们身上的盔甲，还有人注意到了武文达他们提在手里的装满了投矛的皮囊，上面花花绿绿的塑料箭羽暴露了它们的用途，但对方却不知道这是投矛，而是在讨论，这么长的箭怎么射得出去，为什么没看到他们的弓或者弩。

哨兵的营养状况应该没有新洲团队的好，虽然张晓舟今天带的人只是在加入新洲后的这两个星期才开始补充营养，但体形恢复得很不错。而对面的哨兵们脸上则多多少少有些营养不良的迹象。不过张晓舟也知道，以城北联盟目前最精锐的队伍去对比对方普通的哨兵，这样得出的结论没有什么意义。如果从联盟中随意挑出一名可以充作民兵的男子，除了安澜、康华等少数几个地方，其他地方的人，气色应该还远不如学校的这些哨兵。

周围渐渐热了起来，他们到达的时候大概是九点多，但到了十点半，学校方面还是没有任何回应，这让联盟的队员们开始站不住了。

“喂！你们那边怎么回事啊？”高辉忍不住问道，“问个话怎么这么久？让不让我们进去，这不是一句话的事情吗？”

张晓舟轻轻地拉了他一把，摇了摇头。

这是一种变相的示威或者是打压？但站在张晓舟的角度，他完全无法理解，这样做对于学校那边有什么好处。城北联盟并非何家营那样强势而又充满了侵略性的团队，即便是对他们抱有怀疑或者是拒绝的态度，也没有必要用这样的方式给他们一个下马威。

但对面的哨兵脸上却不由自主地苦笑了一下，他们迟疑了一下，然后问道：“你们要喝水吗？”

张晓舟他们自己当然是带着水壶的，不过有任何与对方接触的机会都是好的，于是在张晓舟的默许下，高辉和严烨走上前去，从对方那里接过来一个装满了凉开水的铝制大水壶。他们趁机和他攀谈了几句。

对方流露的信息不多，但对于张晓舟来说，最重要的是从哨兵的回应当中可以知道，学校方面对于外界几乎是一无所知。他们没有新洲酒店这样的制高点可以观察周围的情况，也没有接纳新的逃难者或者是派人到外面来调查情况，更遑论去外面搜集物资。

这很奇怪。

似乎学校的高层就做好了在这个区域内当缩头乌龟的准备，不想与外界有任何的接触。

但在现代社会背景下成长起来的人们应该对于各种各样的信息有天然的渴望。按照张晓舟的想法，他们就算是准备对学校区域外的人们彻底见死不救，让他们自生自灭，也不太可能放弃外面几乎整个城市的物资。

难道他们认为，就凭借学校和被他们圈进去的那些工厂、仓库和居民区的物资，就足以保证他们在这个世界活下去了？

怎么可能?

这很古怪。张晓舟忍不住对自己说道。

地质学院里一定发生过什么事情,才会让他们做出这种极其不合理的举动。

气温越来越高,人们心里的怨气也越来越大,但奇怪的是,学校方的哨兵们对于这样的结果却显然并不感到奇怪。

"你们的人是怎么回事?"高辉第二次去找他们取水的时候忍不住问道,"效率这么低?"

"你们可有得等了,"一名哨兵摇了摇头说道,"这种事情,没个一两天怎么可能有结果。"

这样的回答让张晓舟等人有些摸不着头脑,就在这时,之前骑着自行车离开的那个哨兵终于用自行车带着另外一个中年人一起回来了。

"抱歉,各位!"中年人一下自行车就小跑着往他们这边过来,"请问哪一位是贵方的负责人?"

"是我。"张晓舟说道。

"我是地质学院办公室的石建勋,请问你是?"

"我是城北幸存者联盟执行委员会主席,张晓舟。"

"啊?失敬失敬!"对方显然没有料到他会是这样的身份,本来准备好的说辞一下子全没用了,一时之间不知道应该怎么处理,"张主席,你看这个事情……让你们等这么久真是抱歉啊!但委员会正在讨论这个事情,一时之间出不了结果……这可真是!要不然,你们先回去?明天早上你们再派人过来?"他抱歉地说道。

"让我们在这里等了两个多小时,你就给我们带来这么一句话?"顶着烈日站了两个多小时的严烨愤怒了起来。虽然张晓舟一开始的时候并没有表明自己的身份是城北幸存者联盟的执行委员会主席,也没有说明联盟的人数和力量,但作为使者,当然不可能是联盟中的小人物,而他们这些人带着满满一推车各式各样的礼物到来,应该也可以表明联盟有着足够的诚意,而且力量并不弱小。

但对方就这么不疼不痒地几句话打发他们离开?

对于联盟的轻视和刁难也太过了吧!

"我们这个联盟已经集合城北所有的幸存者！代表了除你们之外城北所有人的意志!"他愤怒地说道,"我们张主席亲自过来,就是为了表示足够的诚意！希望你们也能回报足够的重视!"

"抱歉,这位是?"石建勋问道。

"我是张主席的助理!"严烨答道。

"助理小同志,你别着急,这个事情,我们这边真的是高度重视,专门召开委员会讨论……但你们也应该知道,任何事情嘛,它都得有个过程,得符合民意……它急也急不在这一天半天的,张主席,你看是不是这个道理?"

他的话让严烨越发愤怒了,都已经是什么时候了,还这么官僚主义？我方已经点明了是最高负责人出面,那你们就算是要拒绝我们进入,也应该是对等身份的人来吧?

但张晓舟却拉了他一下。"那干脆就明天下午吧。"他平静地说道,"石主任,我们四点钟左右派人过来了解贵方的讨论结果,可以吗?"

"可以可以！那时候应该有结果了!"石建勋连连点头,满脸抱歉地说道,"张主席,真抱歉啊……但我们也真的是有自己的规章制度和办事程序,真不好意思啊!"

"那打扰了。"张晓舟于是说道。

"唉唉,真是不好意思！你们慢走！慢走！路上小心!"石建勋连声说道。

"张主席！我们就这么走了?"严烨问道。

"那你还想怎么样？和他们打一场?"张晓舟摇了摇头。伸手不打笑脸人,石建勋的姿态放得很低,他们又有什么借口发作？更何况,以他的身份,带着队伍在这里与哨兵直接发生冲突没有任何意义。就算要发作,针对的也应该是学校的领导者,而不是这些哨兵。

更何况,从哨兵们的态度和石建勋的言行当中,他可以猜到一些情况,也许他们并不是真的要刁难他们或者是给他们颜色看看,而是有别的原因。

这件事情里他最大的失策就是没有考虑到这种情况。

如果同样的事情发生在联盟身上,那他一定会在知道这个事情的第一时间就做出一个决定,即使是要开会讨论,也一定会在短时间内先拿出一个态度。让不让对方进来,选择在门口或者是附近的某个地方和对方谈谈,摸摸对方的底细然后再做进一步的决定。他来之前并没想过能直接进入对方的核心区域，彻底搞清楚学校的情况，但在他的预期当中，对方的反应不应该这么迟缓，也不应该这么官僚。彼此之间会有一个一步步加深接触和相互试探的过程，但最起码，他们可以把代表善意，同时也展示实力的礼物送出去，而对方应该也会做出类似的举动。

在何家营，他相信也是同样的结果。

但显然，这套通行于这个新世界的做法并不符合学校的实际情况。从哨兵的神情和石建勋的表现里，他相信对方更有可能是无法对这个事情拿出一个统一的意见，甚至没有办法先拿出一个基本的态度，只能先搪塞过去，拖延更多的时间。

如果他一定要留在这里，对方也许最终会有一个高层过来和他会面，但那又有什么意义呢？

看来，地质学院也并非他之前所期望的乐土。

“怎么？对方连一顿饭都舍不得？”老常和梁宇在落实制作工具的进度，正在安澜吃午饭，看到张晓舟过来颇有一些吃惊。

“别提了，等了两个小时，连庙门都没摸到。”张晓舟自嘲地说道。

“怎么回事？他们的态度这么糟糕？”老常和梁宇都有些惊讶。

“来了个办公室的人，态度倒是很好，但没用。”张晓舟把情况和他们一说，两人都有些疑惑。

“他说民意？”梁宇问道。

“的确提过这个词。”

梁宇的表情变得有些古怪。对张晓舟之前在安澜大厦推行的那套管理办法，他一直抱着看衰和反对的态度，但没有办法，最终也只能硬着头皮捏着鼻子接受并想办法解决其中的问题。

难道说，学校那边的情况比安澜这边还要严重？

“既然他们要走程序，那就让他们走吧，”张晓舟说道，“我们这边的事情也不看他们的脸色。绳梯的情况怎么样？”

“已经做好六组，都有七米长，应该足够了，但拿这个东西爬上爬下，安全性保证不了。”

“只是一开始和应急的时候用，保证两三个人的体重就行了。”张晓舟说道，“吊篮、绞盘和滑轮组的情况呢?”

“钱伟那边说了,完工至少还要两天,测试至少又是一天,要么就给他找更多的木工和懂金属加工的人过来。”梁宇答道。

“老常,人员调查出来没有?”

“完成一半多了,但有很多人都在夸大自己的本事,真正用起来之后才发现根本就不是那回事。”老常说道,“现在问题还不大,我就怕有人不懂硬要装懂,在关键的地方弄出纰漏来。”

张晓舟不由得想起了地质学院当初挑人时用的办法,但他们不像学校那样有专业的人员可以问出专业的问题来进行鉴别,对于很多李鬼,根本就分辨不出来。

“现在只能硬着头皮上了。”他无奈地说道,“梁宇,这就交给你了。你得控制好这个度,既要鼓励人们站出来承担更多的责任,又不能让滥竽充数的人在里面浑水摸鱼。”

梁宇摇了摇头:“我现在手上已经一大堆事情了……行吧,反正债多不愁了。”

几个人都苦笑了起来。

张晓舟下意识地把目光投向了地质学院的方向。他们这里求贤若渴,已经到了半瓶醋都挑大梁的地步,而那里闲放着大量的专业人员,却没有发挥应有的作用。

极度的憋屈和烦闷又一次占据了夏末禅的身体,让他有一种强烈的想要大吼一声,掀翻桌子然后砸门离开的冲动,但他知道自己无法那样做。

如果说这一个多月来他学到了什么,那他的答案或许会是,让所谓的民主去死吧！死得越远越好!

所谓“城北幸存者联盟”的代表突然出现,对于整个地质学院来说都是一件非常轰动的事情。

自从五十天前彻底关闭进出通道,拒绝任何人入内之后,他们就已经处于事实上的与世隔绝状态。对于外界,他们所能看到,所能听到的,就只有护校队那些哨兵汇报上来的残酷而又血淋淋的故事。

恐龙肆虐,那些人想要来他们这里求助,但却在围墙外面被恐龙吃掉。

很多人其实都心有不忍,学校里某些极端的人甚至要求召开特别会议,要求重新开放通道，让那些人有机会逃进来。

“你们至少可以把那些挡住下水道的金属网栅给摘了！”他们在面对那时候负责管理整个学校事务的委员会时悲切地说道，“我们是人啊！那些死在外面的都是我们的同胞！是我们的父老！我们的兄弟姐妹！难道我们就这样眼睁睁地看着他们死去？如果你们不愿意敞开大门，那至少给他们留下一点希望啊！”

“你们知道那些水里可能会有什么病菌吗？”负责医疗卫生和防疫事务的委员叹息着说道。这场听证会是在学校大礼堂进行的，夏末禅至今依然记得其中的细节。“我们手头有多少药物，卫生防疫部门都已经张贴公布在宣传栏里了，大家都看得见。就这么点东西，我们至少得要坚持两三年，如果接纳了这些从下水道进来的人，如果他们身上带有病菌，那我们手边的药根本用不了多久。”

“那你们可以开放通道啊？！”

“那样会有什么后果，很久以前我们就已经开大会讨论过，并且有了结论，在今天这个会议上就不要再一次拿出来讨论了。”另外一名委员马上说道。

这些人的所有提案毫无疑问都被否决了。虽然内心并不好受，但大多数人都经历过最初的那次表决会，当时那些委员们拿出来的数据是实实在在的，很有说服力。他们的演讲让大家明白，想要让所有人都活下来根本是一种奢望。这座城市的大小和资源的体量决定了，它没有办法养活那么多人。在弄清楚发生了什么事情之后，大家认识到，要想在这个世界立足，要保全更多的人，就必须牺牲那些注定被淘汰的人。

为了避免人们的内心受到过多的煎熬，被这些人利用、扩大化之后造成内部隐患，委员会在这次会议之后做出了一项决议，禁止护校队的哨兵们继续谈论外部的情况，同时也禁止人们继续对外部世界的情况进行了解和讨论。

“你们应该知道我们身上背负的是什么样的责任。面对这样的责任，虽然很痛苦，但我们必须要做出牺牲！而我们所能做的，就是努力把自己分内的事情做好，把我们的文明传承下去，不要让那些牺牲变得没有价值！”他们最初的管委会主席李竹充满激情地这样说道，并且最终成功地把人们的注意力转移到了内部的诸多工作上。

这样的话在今天来看，很有一种吃人血馒头的意味，尤其是结合着他的下场，更让人感觉到极其讽刺。

人们对于外部世界所发生的事情的好奇当然不可能因为这样的禁令而消失，反而更加强烈了起来。但他们能够获取信息的途径却极其有限。

没有办法，地质学院当年建校的时候，这周围还都是不值钱的荒地和农田，上级主管单位又是地质厅，大笔一挥就拨了一大块地皮给他们。而地质学院的性质又决定了他们的办学规模不可能很大，于是他们的建筑风格就是，大规模地占地，但最高的主楼也只有六层。站在那上面，即使是用望远镜也只能看到学校周围几百米范围内的东西，而且视线还被房子和树木遮挡，根本就没法搞清楚周围都在发生什么。

他们所能看到的只有少数几幢高楼。新洲酒店，新洲酒店北边的那四幢居民楼，还有就是更远的汇通国际。

一开始的时候，都没有什么可看的。

新洲酒店和汇通国际在第一个夜晚亮灯之后，就再也没有亮过灯，而且很长一段时间都没有人们定居在那里的迹象。但大概在一个多月之前，新洲酒店那里突然出现了不同的情况，夜晚开始有微弱的火光在靠北一侧的房间里出现，而后来，则明显有了更多的人在活动。有好事者猜测，那里一开始住的人并不是很多，但后来人数很快就涨了上去。从晚上亮起篝火的房间和炊烟判断，那里至少有七八十人在生活。后来甚至有人看到他们在窗户外面活动，似乎是在拆卸空调上的什么材料。

不过最让人关注的还是远处那些建筑物顶上的旗帜，一开始的时候，地质学院的人们并没有意识到那有什么作用，但经过一番观察之后，他们很快就明白了那是什么。

一种预警体系！

那这是不是意味着，在他们对外界采取了一种不闻不问，甚至可以说是见死不救的态度之后，那些被他们抛弃了的人们，却依然顽强地找出了解决问题之道，并且联合在了一起？

那个时候就有人提出，地质学院应该组织一支队伍到外面去，调查一下外面发生了什么。如果那些事实上被他们放弃了的人们能够利用有限的资源活下去，那或许证明，他们最初通过那条决议的时候，论据都是错的！

如果真的是这样，他们又有什么理由继续这样闭塞下去呢？

但不巧的是，随着那场悲剧的发生，原委员会私底下所干的那些龌龊事一件件地被揭露了出来。那时候已经没有人有多余的精力去考虑学校外部是什么情况，人们的愤怒，人们对于这个世界的恐惧，对于那些辛苦劳作的不满，对于那些隐藏的黑幕，对于不公平的怨恨和那些潜藏在人群中的野心家们的煽动，种种因素混合在一起，最终引发了那场暴动，并最终导致一切开始脱离正轨，越来越向着闹剧的方向发展。

十一人委员会中，除了那几个在暴乱中不幸被杀死的人之外，所有人都被撤换，并且被安排去做最辛苦、最肮脏的工作。但不久之后，由于对新的十一人委员会的不满，也因为野心家们的推动，十一人委员会再一次被推翻，变成了十三人委员会，随后是十五人委员会，十七人委员会，然后是今天的十九人委员会。

就连夏末禅自己，也莫名其妙地就被推选出来，成了十九人委员会的一员。

这样就是所谓的民主了吗？

越来越多的人进入决策层，相互监督，真的就能把事情解决好了吗？

他并不这么认为。

事实上，从他进入十九人委员会的那一天开始，就感觉自己没有做成过任何一件事情，也没有做好过任何一件事情。

大多数委员都在推诿责任，生怕自己因为对于某件事情或者是某个人过于关注、过于热心而又被人贴上腐败和黑幕的帽子。每一件事情发生之后，大家所想的第一件事都是把自己先择出去，然后再来考虑各自背后那些人的利益。

推诿，扯皮，相互揣测，相互攻击。

真正的权力根本就没有掌握在十九人委员会手中，而是被那些动不动就散发传单，在食堂门口的台子上发表演讲的人掌控着，他们引导着学生们的情绪，动不动就带着大家示威、游行，以所谓的民意来推翻委员会的决议，让他们不得不一次次做出妥协。

学校能够维持到今天，真的可以说是一个奇迹。即便是对那个早已经死去的人的人品不齿，但夏末禅还是不得不承认，如果不是他在一开始的时候就建立了现在的这些部门，并且制定了那些计划，划拨了资源和人力，把它们推行下去，那今天，他们或许早已经从内部崩溃了。

今天地质学院的一切成果可以说都是由最初的那一批人确立，然后凭借各个部门自身的惯性驱使到现在而形成的，在那之后，任何一届委员会几乎就没有做成过真正对学校有着重大意义的事情，也没有能够确立或者是颁布任何一条全新的规则，所有的一切不过是在之前的基础上修修补补，然后把功劳据为己有。

真是可笑。

推翻前几届委员的那些人对于学校最大的功绩或许就是没有来得及把李竹等人制定的政策推翻，自己就首先被推翻了。而学校现在所谓的民主，唯一的好处大概就是没有任何人能够说服别人，把已经推行起来的规章制度和正在运行的部门废除。

很多人都已经对这样的局面感到厌倦而不满，甚至有人提出要重新恢复十一人委员会，把那几个人从后勤处的粪肥组解救出来，让他们重新带领大家。

但所有人都清楚，这也不过是另外一种不切实际的妄想而已。

风气已经彻底变了，即便是洗清一切罪名，再一次让李竹活过来站在讲台上也改变不了这样的现实。就连夏末禅自己也曾经散发过传单，站在食堂门口高声控诉过十七人委员会的尸位素餐、麻木不仁。当他这样做的时候，他确信自己代表的是绝大多数人的意见，代表的是正义和公理，他确信所有问题都是因为十七人委员会里的那些人已经变坏，成了权力的奴隶、腐化的蛀虫。但当他真的坐到了这个位置上，他才发现，其实他也什么都做不了，什么都做不到，而他之前所坚信，认为理所当然的那些东西，根本什么都不是。

就像现在，即使他对于石建勋重新回来之后说出的那个名字还有印象，即使他渴望着这个所谓的“城北幸存者联盟”能够给地质学院带来一些生气、一些变化，能够把他们从这样的内耗中解救出来，但他却没有办法说服其他人，甚至没有办法正确而又充分地表达自己的意见和想法。

无休无止的质疑和争执消耗了他所有的精力，让他只能瘫坐在自己的位置上，听着其他人说话。

算了，让他们都去死吧！

第3章 谈 判

“我们姑且不说这个所谓的‘联盟’真实意图是什么，代表着什么人，有什么样的力量，我只想问问大家，我们已经取得的这么多成果，和外部世界有什么关系？我们制定的措施，我们接下来的计划，又和外部世界有什么关系？”施远站在自己的位置上大声地说道，“我们真的需要从这个所谓的‘联盟’那里获取什么东西吗？”

“不！”他的手在空中有力地挥舞了一下。这个动作让夏末禅觉得很刻意，很假，但施远却对这样的动作乐此不疲。

与夏末禅这样的菜鸟不同，施远是“二次革命”后就已经进入十三人委员会的元老级人物了，他非常清楚，在这样的辩论中，一开始声音有多大根本就没有丝毫意义。在长达数小时，甚至是一两天的争执中，你的意见再好，再中肯，也一定会被反驳，被攻击。越早跳出来，就越容易成为其他人的靶子，很快就会被淹没在无穷无尽的辩论当中。只有在最后阶段，当所有人都精疲力竭时做出的发言，才是有意义的，既能够充分听取其他人的意见，扬长避短，又能高屋建瓴，给人们留下深刻的印象。

当然，要这样做，对于时间点的判断很重要。

“那些口口声声要‘开眼看世界’的人，你们首先要知道，他们主动来找我们，这就说明了一点：他们更需要我们，而不是我们更需要他们！不搞清楚这一点而贸然与这些人接触，就不可能确保我们的利益！”施远用手推了一下镜框，侃侃而谈，“第二点我们必须要清楚的是，必须要遵循我们一直以来对外的基本原则！这是经过全体大会表决而做出的决议，代表了大多数人的意志！它虽然很残酷，但也保证了我们这个地方的稳定，甚至可以说是我们今天能够取得这些成就的最根本的保证！绝不能因为我们当中某些人的意见而有任何松动！”

“即使对我们有好处？”有人说道。

“不可能对我们有什么好处！”施远说道，“我们虽然不知道外部世界的情况，但基本的逻辑推演是能够做到的，之前我们好几位委员也做出了非常严谨的分析和判断，我觉得，现在没有必要再重来一遍。我们有着众多的专业技术人员，有着得天独厚的耕地条件，还有从周围居民区和工厂、仓库、物流中心取得的物资和粮食，我们的政策也让我们丢掉包袱，可以轻装上阵，我们还想方设法把那些吃人的畜生挡在了外面，创造出了一个安全而又稳定的环境。但我们到现在也不过是勉强维持！外面那些人，他们有可能同时具备我们这样的优渥条件吗？”

但他们却没有“所谓的民主”，尤其没有你这样的人。

夏末禅在心里说道。

施远以前是学生会的宣传干事，当前人们动不动就散发传单、演讲煽动民意的风气，从某种意义上说，他们那群人正是始作俑者。即便是到了现在，施远和他的那些党徒们依然会经常动用这样的手段，煽动民意压迫其他委员通过本来无法通过的决议。

他就是一个政治流氓！

夏末禅以前从来不知道这个词，但偶然听到某个委员在施远讲话的时候低声这样说过，他突然觉得十分贴切。

可笑的是，在真正进入十九人委员会之前，他也曾经像现在依然执迷不悟的那些同学们一样，相信施远是委员会中唯一一个真正一心为公，对学校的未来充满了使命感、紧迫感和责任感，热情、清廉、正直，并且唯一真正代表了所有学生利益的人。

“没有！”施远再一次自问自答，“我可以说，外面的那些人，要什么没有什么！以他们的能力，根本就不可能控制那么大一块区域！他们那些可笑的旗帜不过是在虚张声势！那么，他们怎么可能给予地质学院任何好处呢？”他的目光尖锐了起来，看着之前那个质疑他的人，“还是说，有些人心里的好处另有所指？”

“我可没有这样说过！”那个人狼狈地说道，“你说得对！外面那些人的处境的确没有可能比我们更好。”

在第一个委员会的黑幕被揭露后，人们对于腐败的容忍程度变得低到相当病态的地步，而委员们在目睹了好几个前委员因为被人泼上这样的脏水而狼狈地成为粪肥组、伐木组的成员之后，对于这种指控的防备也到了病态的地步。

“施远，没有必要说那些与议题无关的事情，我们这里没有你所说的那种人，”委员会轮值主席不得不站出来说道，“那么，施远，你的建议是什么？”

施远傲慢地说道：“为了防止他们从我们这里获取任何有用的信息，收买我们当中的人，提出非分的要求，同时要摸清楚他们的底细，把他们那些不切实际的妄想从根子上斩断，我觉得，派出一个精干的使团进行回访是必要的。使团的成员不必太多，以军事人员为主，展现我们的实力，让他们不敢轻举妄动。我们的代表应该不卑不亢地面对他们，义正词严地揭穿他们虚弱的假象，驳斥他们的一切无礼要求！”

但对方根本就没有提出任何要求啊！

夏末禅忍不住腹诽着。施远的态度与其说是在替地质学院考虑，更像是在发泄某种个人情绪，这让他感觉有些古怪。

“那么，其他委员的意见呢？”

“我觉得这是一个难得的机会，除了这个‘城北联盟’的情况，是不是也应该一并搞清楚城南的状况？”夏末禅忍不住说道。

“当然！我刚才不是已经说过了，要摸清他们的底细！”施远马上说道。

“我认为派出使团可以，威吓和侦查也是本来就应该做的事情，但代表不应该被赋予那么大的权力。”另外一名一直与施远不对付的委员说道，“我们的最终决定应该在使团成员回归并且向十九人委员会甚至是全体大会做出详细汇报之后再来进行表决。在这之前，任何通过主观臆断而做出的判断和决定都是不可取的，也是草率和不负责任的。我们甚至都不知道对方的想法和要求，就要去‘驳斥’他们，是不是有点过分了？”

“真是奇怪了，万泽委员你这么偏向对方，这么希望和对方接触，难道和这个什么张晓舟认识？”

“施远，不要以为这种手段对什么人都有用！”万泽阴沉着脸说道。他是地质学院吸纳进入的专业人才的代表，目前负责机械制造相关的工作，在这一派中有着不错的声誉，并不是很怕施远的污水攻势。

“呵呵。”施远却笑了起来，“别以为我不知道你们在想什么。”

“我不知道你在说什么！”万泽马上说道。

但他的心里的确有鬼，或者说，他的想法的确不单纯。

地质学院的人员构成很复杂，大致上来说，分为学校派、居民派、外来派。

学校派的人数当然是无可争议的第一位，包括老师、学生、后勤职工等在内，有两千多人，而且其中绝大多数都是单身的年轻人，力量很强大。

居民派则人数最少，只有不到五百人，大多是学校当初构建防卫体系的时候，为了减少工程量和材料的消耗而纳入学校范围的那些居民楼的成员。他们的男丁人数少，老弱多，力量也最弱。

而外来派则居于两者之间，算上家属的话，大概有一千五百多人，但其中有将近五百人是单身的年轻妇女，其中绝大部分都已经在这段时间里成了学校派中某些人的固定伴侣，已经不能完全算作是外来派的人。

外来派的男丁只有不到三百人，与学校派相比，一直处于劣势，在学校内部也大多处于边缘位置。但他们凭借着自己的知识和技能，在这两个月的时间内渐渐接过了大部分技术性和专业性较强的工作，也在工作中与一些学生建立了相对稳固的关系。

随着学校内部形势的日趋复杂化和民粹化，许多学生实际上也开始对这样的局面感到厌倦，对于那些夸夸其谈但却没有什么实际贡献的人也开始反感起来，反而与自己工作中接触得比较多的师傅们走得更近了一些。

这让外来派的力量得到了一定的增强，而学校派自己内部又有很多不同的派系。院系、年级、班级天然就是一种分离和羁绊，而学生会系、教职工系，甚至是之前各自参与和隶属的协会、球队，甚至是来自同一个地区、同一个县市的老乡会等等都把人与人之间的关系天然地分出了远近亲疏。

人们并没有真的在明面上分离出绝对的派别，但在投票、制造舆论和民意，甚至是集合起来进行复杂的工作时，难免会因为远近亲疏而有着不同的倾向。这让外来派明显地感觉到，自己在地质学院这个体系内，是被排斥和低人一等的。

大部分工作都是我们带着干的，脏活累活甚至是危险的活也是我们干，但进行决策的时候，我们却成了绝对的弱势群体？

这样的现状让人数较少的外来派反而团结得比较紧密，仅仅是按照工作的性质不同而分成了三四个团体，相互之间也很少拆台。

但人数上的巨大差异却是他们始终无法弥补的，这就让万泽在听说城北已经成立了联盟之后，有了一些微妙的想法。

他们当然不可能牺牲家人和自己的利益来帮助这些人，但这些人当中或许会有他们在之前那个世界时的邻居、同事，甚至是亲戚、同学或者是校友。远山本来就不是一个非常大的城市，如果真的认真梳理，本地人之间或多或少都会有一些关系。

如果他们真的是穷途末路，那当然就没办法了。

但如果他们能够成事，为什么不能借用他们的力量，压制学校派的气焰，为外来派争取更多的权益呢？

这样的心思万泽当然不可能承认，但他的气势却不由自主地弱了一些。

于是施远就像是获胜了一样，无言地微笑了起来。

"还有人有意见吗？"轮值主席问道。

当然又有人站出来表达意见，但最终，人们的意见其实并没有太大的区别。派出使团，展现实力，尽可能地摸清城北乃至整座城市的情况，试探对方的态度和想法但不做任何正式的回应，回来之后再决定如何应对。

中规中矩的做法。

但就像夏末禅预料到的那样，使团代表的人选又产生了新的争议。

万泽当然不可能让施远或者是抱有和他同样态度的人去与城北联盟交恶，切断他们借助外力的希望。

而施远也不可能容许抱有和万泽同样想法的人去和外面的人暗通款曲。在他看来，学校愿意收容他们这些人，给予他们一份工作养家糊口，让他们的家属生活在这个安全的区域内，拥有一份活下去的希望，这就已经是足够的恩典了。他们应该拼命工作来回报这份恩情才对。但这些人却不知感恩，反而很快就因为与学生们工作强度和内容的差异而开始表示不满，并且还一直试图扩大自己的影响，这简直就无法容忍。

万泽真的以为自己不知道他打的是什么主意吗？想寻找外援？这简直就是吃里扒外！这些人就是贱！不知廉耻！一定要让他们知道厉害，彻底打消他们这些不切实际的妄想！

两人的争执很快就发展为另外一场无休无止的内耗，并且发展为十九人委员会的另外一场口舌之战。

幸运的是，人们已经在之前的争执中消耗了太多的力气，无法再继续这样争执下去，而这次的事情又不像他们之前的许多事那样，可以有很多时间给他们浪费。

最终，委员会做出了决定，由万泽和施远同时代表地质学院出使城北联盟。为了防止两人在外人面前争执而对学校造成危害，委员会决定由态度比较中立的夏末禅作为第三名代表，监督他们的行为。

这样的做法也是学校委员会无休止增加人手的原因。为了防止某个人徇私舞弊，就增加一个人监督，为了防止他俩爆发冲突或者是狼狈为奸，那就再增加一个人监督他俩，调和他们之间的关系。

火莫名其妙地烧到自己身上让夏末禅很不爽，但他对于学校外部的世界已经发展成了什么样子感到很好奇，于是沉默了片刻之后，他接受了委员会安排的任务。

这时天已经完全黑了，他们本应各自休息，但出使的事情依然没彻底定下来。

据说对方今天是准备了礼物而来，那他们的使团要不要准备礼物？如果要准备，带点什么东西？护卫队安排多少人，从什么地方抽调，配备什么样的装备？

会议又持续了将近两个小时才最终有了一个结果，使团最终由施远、万泽、夏末禅三名委员构成，护卫队从北侧的围墙处抽调二十名精锐的护校队成员作为随行人员和安全保卫人员，三名代表的服装不必统一，但护校队统一穿上军训时的迷彩服，五人配弩、五人配弓，其他十人持校办工厂统一打造的长矛和盾牌。

礼物方面，施远坚决拒绝了万泽送一把弩以证明学校机械加工能力的提议，认为这样的利器交出去对于护校队将是一个极大的威胁。最终他们选择了一把机制的长弓和十支箭，十根同样机制的长矛，学校大棚中出产的一些新鲜的蔬菜以及一整袋大米。

“寒酸了一点。”万泽摇了摇头。

“太便宜他们了！”施远则说道。

他们在第二天上午九点左右离开了学校的大门，小心翼翼地向新洲酒店的方向走去。虽然昨天对方并没有留下所谓联盟的地址，但城北这个地方本身就只有那么大，按照他们的判断，如果对方真的已经控制了城北，那这个制高点必然会是重要的据点。

两者之间的距离并不远。

负责护送他们的队员们小心翼翼地拿着武器，大气也不敢出一下。

虽然近一段时间以来，在学校周围活动的恐龙数量已经大为减少，但他们依然不会掉以轻心。长弓的最大射程大概是两百米，但那是抛射轻箭的数据，如果要保证命中率，他们试验的数据是六十米。而钢弩的最远射程则可以达到将近四百米，即使是平射也可以在两百五十米的距离上射中目标。这也是施远即使知道对方没有复制的能力，依然强烈反对把这种武器作为礼物送出去的原因。

但这都是面对固定靶子时的数据，在地形情况复杂的城市里，面对那些移动迅速的目标，这样的数据却显然没有很大的意义。哨兵们在这两种武器复制出来以后也曾经尝试着对那些胆敢在学校围墙周围活动的中型龙进行射击，但遗憾的是，除了有两次射中恐龙的躯体让它们受伤逃跑之外，并没有击杀它们的成绩。这也让队员们在脱离了铁丝网、拒马和围墙的保护之后，显得非常没有信心。

“连那些人都敢在外面行动，你们有这么好的武器还怕什么？”施远给他们打着气。

而其中一名队员却低声地说道：“他们可是有盔甲的……”

正说话间，却看到前面的街道上过来了差不多二十名手拿长矛、身穿简单盔甲的男子。

“你们是地质学院的代表吗？”当先的那个男子问道。

“不错！还不带我们去见你们的负责人？”施远抢先说道。

万泽狠狠地瞪了他一眼，却不好说什么。

对方打量了一下他们的装备，微微地点了点头，道：“跟我们来吧！”

夏末禅混在队伍中间，饶有兴味地观察着这些人。

他们的队列并没有像他们一样刻意地保持着两路纵列，而是呈一个并不紧密的半圆形，中间那几个人手中的矛明显和外围的人不一样，短得多也细得多，后面还有塑料片做成的尾羽，就像是特大号的箭。

投矛？

夏末禅这样想。

学校里也有人曾经提议过复制这样的武器，但却因为有更好的选择而没有被采用。

他们的加工能力显然无法与学校相比，这让夏末禅微微地有些自豪。但这些人对于周边环境的态度显然比自己这边的人要轻松得多，这是为什么？

他忍不住看了一眼前方不远处的新洲酒店，酒店顶上的绿色旗帜正在飘扬。

是因为知道附近没有危险吗？

“连一道围墙都没有……”施远鄙夷地说道。

他们已经看到了新洲酒店的大门。一楼的玻璃门显然是被暴龙之类的动物破坏过，有一大半都碎了，酒店的门直接敞开着，让从学校来的人都感到有些奇怪。

他们难道不怕恐龙跑进去吗？

“要围墙有什么用？”对方带队的那个人却笑了起来，“有那闲工夫，做点什么有意义的事情不好？”

他的话里带着明显轻蔑的意思，这让学校这方的人都有些恼怒。

“傻帽……”有人低声地骂道。

对方却冷笑了一下，就像是在看一群什么都不懂的傻瓜。“那就是我们的围墙，”他举起手指着远处那些房屋顶上的旗帜说道，“任何一个地方示警，我们马上就有人过去驱逐捕杀那些东西。现在唯一的问题是那些东西逃得太快，我们追不上，”他再一次冷笑了起来，“傻乎乎地建围墙有什么用？”

吹牛！

这是学校一方所有人的第一反应，就凭你们？！

但夏末禅却从对方那些队员们脸上自豪的笑容里感觉到，这或许并不是谎言。

酒店里则与外面不同，大厅里空荡荡的，什么东西都没有留下。

施远指着二楼和三楼之间那堆挡住了通道的家具冷笑着质问道：“那又是什么？”

“挡住它们，不让它们晚上进来的东西喽。”对方却很自然地答道，“白天我们说了算，晚上看不到了只能让它们嚣张一下，奇怪了，这很难理解吗？”

施远被气得浑身发抖，自从成为委员会的成员以来，他还从来没有受到过这样的奚落。

“高辉！”对方队伍中的一个人叫道。带队的那个人吐了吐舌头，带着他们从侧面的楼梯走了上去。

楼梯很陡，很暗，如果不是三楼开着门，根本就什么都看不到，这让施远等人又冷笑了起来。

但对方既不回应也没有恼羞成怒的样子，那样的态度让夏末禅越发感到好奇，而施远则更加不满了。

“请你们在这里稍等一下。”对方把他们带进三楼的一间会议室，从窗户看出去，依稀可以看到远处那些楼房上飘扬着的绿色旗帜。

“你们的负责人呢？”施远问道。

“不好意思，昨天你们的人没说你们会过来，我们张主席到东边去看新安据点的情况了。”另一个老成一些的队员说道，“你们从学校门口出来的时候我们就安排人过去向他汇报了，他应该很快就会赶过来。”

施远撇了撇嘴，不是很相信他的话。

昨天他们让这个所谓的张主席在学校门口晒了两个多小时的太阳，对方如果真的有点实力，怎么可能不报复他们？

不过这所谓联盟总算还是知道分寸，不敢把他们晾在大太阳底下，更不敢让他们在这种没有任何安全庇护的地方待着。至于之前那个被称为高辉的人的话，他当然早已经归入了吹牛皮的范畴里。

对方的人很快就都退了出去。

夏末禅不想和施远说话，于是干脆站到窗口去默数远处那些旗帜的数量。

他已经是地质学院的大三生，对于这片区域并不陌生，这些旗帜显然已经一路占据了除去他们学校之外一大半城北的区域。这是像施远说的那样只是虚张声势，还是真的已经做到了这一点？

如果每一面旗帜下面都是城北联盟的一处据点，那他们究竟有多少人？

万泽也踱了过来，施远开始和一名队员闲聊，没一会儿，有人敲了敲门，然后送了几壶开水，二十几个不锈钢杯子和一盘不知道什么东西进来，又退了出去。

一名队员好奇地走了过去。“这是什么东西？”他好奇地抓起来闻了闻，然后惊喜地叫了出来，“是肉干？!”

“肉干？”好几个人都聚拢了过去。

这东西可不常见，他们也设下一些圈套抓住了少量的秀颌龙和从旁边的丛林里飞上来的翼龙以及一些原始的鸟类，但这些东西的普遍特征是都没有多少肉。之前十一人委员会的时候，这些东西最终都成了委员们享用的美食，而两次暴动革命之后，这样的东西就成了病号才能吃到的了。

一名队员迟疑了一下，忍不住还是抓起一块咬了一口。

他们总不可能在里面下毒吧？

“好吃！”他美美地说道。

队员们一下子全都围了上去，这时候，施远冷冷的声音却传了过来：“不会是人肉吧？”

几个正吃得高兴的队员脸色一下子就变了，甚至有人突然干呕了起来。

但想想也是，这么长条的肉干不可能是从秀颌龙、翼龙或者是鸟类身上割下来的，那除了人肉，这还有可能是什么？

第一个吃肉干的队员终于扑到屋角狂吐了起来，他们作为哨兵已经见到过很多血淋淋的惨状，但吃人？这依然超出了他们的承受能力。

“我们走吧！”一名队员愤怒地说道。

这样的团队即使再怎么强大也不可能成为合作对象，对于他们这些年轻人来说，即使再怎么艰难，有些底线也是不能突破的。

夏末禅也有些愕然，但这同样是他的底线，于是他看着万泽。

万泽的脸色变得有点不好看，随即点了点头。

“我们走！”施远于是说道。

就在这时，又有人敲了敲门，之前那几个人推开门走了进来，随后，一个身影映入了他们的眼帘。

“是你?!”

施远和夏末禅同时惊讶地说道。

“是你们？”张晓舟同样惊讶地说道。

见到戴眼镜的施远他并不意外，上一次两人见面的时候，对方就已经在负责对难民的解释工作，而且也很自傲地说可以走后门把他带进学校去，却遭到了他的拒绝。

这样一想，对方在学校里担任某种职务也并不奇怪。

不过夏末禅这个救过他一命让他没有开着车直接冲下悬崖的人竟然也在对方的代表团里，这就让他感到有些惊讶了。

施远和夏末禅却都有些尴尬，尤其是在刚刚这种气氛之下，越发如此。

“你们这是要？”张晓舟略微感到有些奇怪地问道，随即走到会议桌前坐了下来。

那些肉干被胡乱地扔在桌上，这样暴殄天物的做法让他有些生气。

“你们不喜欢这些肉干？”

随着他的这个问题，来自地质学院的那名队员忍不住又冲到墙角大吐了起来。

“没想到你们是这样的，你们还有人性吗？”施远在短暂的愕然和尴尬之后，心里更多的却是大仇得报的欣喜。

你不是那么拽那么嚣张不理睬我，看不起我吗？但你即便是混到了城北联盟的主席又怎么样？还不是要来求我？而且你们吃人，这算是什么?!

张晓舟等人却被这样一句话和那个人的举动弄得困惑不已，几秒钟之后，高辉突然明白了过来，随即爆笑了起来。

“我靠！哈哈……我靠！你们不会以为这是人肉吧？哈哈哈！”

联盟一方的人都忍俊不禁，学校一方的人们则愣了一下。

“这不是人肉？”

“你们吃人肉还差不多！”严烨没好气地把那些被扔在桌子上的肉干一块块地放回盘子里，“这是暴龙肉！明白吗？暴龙肉！”

这样的回答甚至比吃人还更加难以让对方接受，张晓舟摇了摇头，让严烨去取一些暴龙的牙齿和脚爪过来。

“你们做不到的事情，就以为我们也做不到？”高辉摇了摇头，他回到楼上去把自己留下来作为收藏品的那一对驰龙的镰爪拿了下来，“这样的龙我们也不知道杀了多少了。之前我就告诉过你们，你们还真以为我在吹牛？”

这样的证据已经很充分，等到严烨骑着自行车从安澜大厦那边把暴龙的牙齿和脚爪拿过来，学校这边的人彻底不知道该说什么了。

尴尬？

或许有一点，但更多的却是无法相信的震惊。

“你们是怎么做到的？”万泽马上问道。

城北联盟的武器装备显然比他们差得多，如果他们能够杀死暴龙，那学校为什么不可以呢？

“这么简单的事情，很难理解吗？”高辉又一次尖酸了起来。

张晓舟在桌子下面轻轻踢了他一脚，简略地把最近一次行动的过程说了一下。

“就在昌鹏家具那边？”夏末禅惊讶地问道。

那个地方他当然知道，如果按照张晓舟的说法，在那样的地形下，用那样的办法杀死暴龙的确不是什么不可思议的事情。

但学校这边能够找到像张晓舟所说的那样，即便是身受重伤也一定要把暴龙引入陷阱的英雄吗？

尴尬的气氛在打了一个岔之后终于缓解了一些，但现在，也没有人准备吃那些当点心的暴龙肉干了。

“我们三人都是地质学院管理委员会的正式成员。”万泽对于施远和夏末禅都认识张晓舟这件事同样感到有些惊讶，但这对他来说却并非坏消息。身边的这些队员除了保护他们的职责，同时也有监督他们的职责。无论施远是继续维持对城北联盟的敌意，还是突然扭转态度，他认识对方最高领导者的这个事实都无法掩盖，对于万泽来说，大有文章可做。

态度变好，那就是因为私人交情而徇私舞弊；如果态度依旧那么恶劣，甚至是更加恶劣，那就是把个人的私仇扩大到公事上，同样是舞弊。

进可攻退可守，即便没有办法把施远搞臭搞垮，但甩他一身泥，让他不是屎也是屎，这肯定没问题了。

当然，从表面上完全看不出万泽的这种想法，他调整了一下心情，对张晓舟说道：“张主席，昨天的事情真是抱歉了，我们这次来是代表地质学院和贵方进行接触，希望能够增进双方的了解和往来。”

“那没问题。”张晓舟点了点头。

管理委员会的正式成员？那就是委员会的委员了？一次派三名委员过来，这样的诚意蛮足了。这样的错误认识让城北联盟一方的成员们昨天碰钉子的气一下子就消解了。

当然,在他们知道对方的委员会足足有十九名成员之后是不是还这么想,那就不一定了。

“我们等会儿可以参观一下贵方的主要设施吗?”夏末禅完全公事公办地问道。

在地质学院恶劣的氛围下,他当然也得要避嫌,但真正说起来,他那声把张晓舟从死亡边缘拉回来的大喊可以看作是救命之恩,不过的确也没有花费什么力气,更没有冒任何风险,就连他自己也不当一回事。他与张晓舟的交情这样算下来也没有多深,但张晓舟为什么会认识施远呢?

“这没什么问题。”张晓舟再一次说道。

在他的心目中,地质学院与何家营还是不同的。一方面是双方的力量对比不同,何家营再有万般不足,那将近两万的人口只要存在就是对城北巨大的威胁。而学校这边,按照他们平时对于学校里人流量的观察和评估,满打满算也不会超过六千人,双方的力量对比并不悬殊。

另一方面,学校一直以来的收缩政策对于幸存者们来说固然是一种残忍的漠视和放弃,但当他们是以组织为单位活动时,这样的政策无疑会让另外一方安心得多。

而更多的考虑则是,地质学院所显露出来的技术力量已经远远超越了他们,农业种植方面的进度也远远地超过他们,至于人力资源方面那更是毫无疑问地碾轧。在这样的情况下,他们并没有什么值得向对方隐瞒的东西,对方也不太可能从他们这里偷学到什么。

他们能够吸引对方合作的筹码,一是康华医院的医疗条件和相关的资源;二是猎杀恐龙、甚至是猎杀暴龙的能力,这一点张晓舟相信在未来对丛林的开发利用中会很重要;三是适合在热带种植的高产抗病的玉米种子,尤其是拥有宝贵的亲本,可以保证有源源不断的优质杂交种出产;第四则是城北的资源,可以与学校方进行交换,不管学校一方技术再怎么强,他们也不可能凭空变出各种材料来;第五则是双方可以分享各自的成果,尤其是在探索这个未知世界的时候,可以有更深入的合作。

当然,首要的,还是双方共同应对来自何家营的威胁。这也是张晓舟在这个时候与学校接触的最主要的原因。双方的人口加起来应该会有接近一万人,更重要的是,学校那边的青壮比例高得简直作弊，这样的人口配合上他们现在已经拥有的长弓和钢弩，完全有能力让何家营望而生畏。

“但是学校那边在搞清楚远山的情况之后，会不会生出吞并我们扩大力量的念头呢？”这是昨天晚上他和老常等人在讨论与学校有关的事情时，严烨提出的问题。

“可能性当然有，但应该不大。”张晓舟认真地思考了之后答道，“最关键的问题当然是粮食。如果他们要吞并我们，那看重的也只会是地盘和人口，可之前他们的政策一直都是舍弃我们这些人而保全自己，他们会在这个情况没有明显好转的时段突然彻底推翻自己的政策吗？我认为不太可能。我们双方之间的关系，更有可能像是富家遇上了穷亲戚，他们很有可能会嫌弃我们，觉得我们是有一定利用价值的帮手，可以帮助他们挡住那些在外面虎视眈眈的强盗，但不太可能直接把我们纳入他们的家庭。我们当然必须要证明自己有足够的合作的价值，而在双方的关系中，我们也可以弱势一些，但这种合作应该是在平等基础上互利互惠的合作，而不是一方对另外一方的压迫和利用。如果他们表现出这样的苗头，那我们就要坚决斩断它！哪怕是撕破脸也绝不退让！”

这样的说法得到了大多数人的赞同，而现在，张晓舟也是在按照这样的宗旨来行动。

但他这样的做法，在施远、万泽和夏末禅眼中代表的意义却各不相同。

“那么，我们先在口头上介绍一下相互之间的情况，然后再实地参观吧？”张晓舟提议道。

施远和万泽所透露出来的情况当然有着大量删减和隐瞒，不管再怎么狂妄无知的人也不会认为学校当前的情况是正常甚至是优越的。当然，对于万泽和夏末禅来说这或许是一种无奈，而对于施远来说，则是通往成功和大治之路一点点必经的坎坷。他们简单地介绍了学校的构架，管理委员会，下设的各个部门以及当前取得的成就。也许是因为在暴龙肉的事情上丢了面子，施远在讲述军工成果的时候夸大得很厉害，二十多架钢弩被他说成了八十架，而长弓的数量也从五十多张变成了一百五十多张。

吹牛！

高辉和严烨不动声色地对望了一眼。

即便这是真的，那又怎么样呢？你们还不是像缩头乌龟那样躲在高墙、拒马和铁丝网后面，根本就不敢出来？

双方的介绍仍在继续，但学校一方虚的东西多而实的东西少，而张晓舟的介绍却并没有太多的隐瞒或者是浮夸。

“张晓舟，那个戴眼镜的家伙明显是在吹牛啊，他们都这样了，明显是防着我们，那我们还有必要老老实实的，什么都抖给他们听？”高辉在中间大家休息上厕所的时候找了个机会对张晓舟说道。

“如果我们结盟，那夸大或者是隐瞒只会让他们误判我们的实力，做出错误的决断。如果我们不结盟，那夸大或者是隐瞒也没有任何意义。”

“但是，这样我们明显吃亏了啊！”高辉说道。

“他们把自己吹得这么厉害，那结盟之后他们当然应该承担更多的责任，甚至是主要的责任，”张晓舟说道，“谁更吃亏还很难说。如果不结盟，那就当听了一个笑话，对我们也没有什么危害。再说了，我据实告诉他们，你觉得他们又会全信我的话吗？”

高辉愣了一下，随即笑着摇了摇头。

施远、万泽等人向张晓舟他们展现的是一个团结、清廉、高效、强大的团队，他们在金属和木材加工、农作物种植和大棚技术、家禽养殖、军备防御和训练等方面都已经有了相当的成绩，而在知识、技能和人才的储备方面则有着更加强大的实力。但总体来说，这些东西，抛去吹牛的部分，大部分内容在新洲酒店都可以用望远镜看到。

要是你们真的有这样的力量，已经可以轻松碾轧这个世界了好不？

高辉和严烨继续腹诽着。

但他们对于其中的某些东西真的也是垂涎三尺，别的不说，施远声称他们还保有并且培育了两个鸡群，这就让他们羡慕不已。如果这是真的，那即使是付出再高的代价，他们也应该弄到一对。哪怕是他们此刻并不缺肉，哪怕要等上两三年之后才能吃到第一只鸡，但谁都清楚，狩猎和养殖相比，养殖的收益和效率都要高得多。关键是，养鸡没有任何风险！

之前从严烨和王哲开始的养蚯蚓的做法已经推广到了整个联盟，也许就在不久以后，蚯蚓就会成为他们手边最普遍的养殖物之一。但这种东西饿得要死的时候还能逼着自己下口，其他时候，真的很难把它当作食物。

如果他们能够弄到鸡苗养殖起来，这些蚯蚓就能转化为鸡蛋和鸡肉……简直不能更美了。

就在高辉和严烨走神的时候，张晓舟开始介绍情况，但与对方做法不同的是，张晓舟向其展示的，是城北，乃至整个远山的真实现状。

"我们面临很多困难，但在我刚才所说的那几个方面，我认为可以对贵方产生有益的补充。当然，我们需要贵方给予的帮助也很多，但请你们放心，我们一定会遵循等价交换的原则，不会要求贵方对我们无偿地进行支援。"张晓舟说道。

他一边介绍，一边观察着对面的三个人，三个人当中，夏末禅听得最仔细，万泽一边听一边点头，但显然在考虑着别的问题。而施远则一直都带着一种挑剔而又嘲弄的态度，就像是一名辩方律师，正在听着控方虚弱无力的证据，随时准备进行挑刺和驳斥。

自己弄错了吗？难道他们派三名委员过来，并非是要展现出合作和友好的诚意，而是出于别的理由？

"其他的问题都可以缓一缓，但现在，何家营是我们都要正视的问题。他们的先头部队暂时被我们吓走，但如果他们真的孤注一掷，对于我们双方来说都是一种极大的威胁。"

"何家营那么点地方，能挤得下将近两万人？"施远却保持着那种似笑非笑的表情问道，"这个数据是从什么地方得来的？"

"我从那里出来的时候，大家都这么说。"严烨压抑着不快答道，"到处都是人，有些房间里挤着七八个人，这个人数绝对只多不少。"

"之前何家营的何春华过来的时候，也这么说。"张晓舟补充道，"我们还一直在观察他们那边人员的活动情况……"

施远哈哈一笑："他们那么宣传，你们就相信了？"他一边笑一边摇着头，似乎是听到了什么可笑的事情，"这只是一种宣传战术而已！那个地方我去过，原先的村民顶多就一两千人，凭借他们，就能控制住将近两万人？早就暴动了吧？再说了，要是真的有这么多人，他们拿什么来养活？早就已经都饿死了！这只是一种宣传手段而已！你们还真信了?！哈哈！哈哈！"

"那你认为他们会有多少人呢？"张晓舟拉住了想要驳斥他的严烨，不动声色地问道。

“那个地方，顶天了一万人，不会再多了！”

“我可以问一下施远你判断的依据是什么吗？”

“这只要有点基本的逻辑就能推测得出来。”

“哈哈。”高辉在另外一边忍不住冷笑了起来，“合着我们有人在那里待过，说了不算。我们和他们对峙过，也不算。我们观察过他们那边人员活动的情况，还是不算。所有一切都比不上施远你在这里凭空推测一下准确？哈哈，这话真是太有意思了。”

“你是什么人？”施远的脸色一下子变了。他看了看张晓舟，意思很明显，这是什么阿猫阿狗？什么人都可以在会议里插嘴？

“施远，”张晓舟却无视了他的眼色，“也许何家营没有两万人，但从他们日常的人员活动和动员能力判断，再结合我们的队员之前在那里生活时看到的情况，人数绝不会少于一万五千人。他们的确是没有能力养活这么多人，所以他们采取的是一种上部高压，下部分化拉拢，通过温水煮青蛙的手段逐渐饿死老弱孤寡的政策。但即便是这样的政策也不可能让那么多人活下去，因此，他们从那个地方冲出来，占据城北，抢夺和破坏我们双方目前好不容易建立起来的体系，这是必然发生的事情。在这种情况下，我认为我们双方……”

“抱歉，张晓舟，”施远却无礼地打断了张晓舟的话，“是你们，而不是我们。”

“你这是什么意思？”高辉问道。

“这不是显而易见的吗？”施远皮笑肉不笑地说道，“以他们一万人左右的实力，打垮你们这样的队伍轻而易举，因为你们的人员和力量分散，又根本就没有建立起任何可靠的防御设施。你们也没有足够的远程攻击手段，更缺乏足够多的脱产军事人员，只有一群猎人和孱弱的民兵，本身还只是一个松散的，对于成员没有什么强制约束力的联盟……张晓舟，你们的确应该是感到担心的。但他们的力量也就如此了，面对地质学院的高墙、铁丝网和拒马工事，面对弩箭和长弓，他们不可能有继续进攻的勇气，也没有继续进攻的能力。”

“那么，施委员你的意思是，你们将坐视何家营吞并整座城市，然后与他们‘和平’相处了？”张晓舟尖刻地问道。他无法理解施远的逻辑，宁愿抛弃一个充分展现了善意和最大诚意、乐于合作的邻居，去与一个随时有可能抢劫自己的恶邻为伍？

“这本身就与我们无关。”施远抢在万泽和夏末禅开口之前继续说道，“当然，作为邻居，我们可以考虑对你们伸出援助之手，但这要看你们有多大的诚意。”

“诚意?”张晓舟终于笑了起来。

自己的诚意在他的眼里却变成了一种软弱吗?

“你想要什么样的诚意?”

“给我们亲本的种子，然后提供一部分医疗设备和药品。”施远答道，“这些东西在你们手里也发挥不了真正的作用，是极大的浪费，而在我们手里，却可以发挥出最大的效用！张主席，你把这些东西交给我，让我带回去，我保证在委员会替你们尽量争取。当然，如果你们还有更大的诚意，那我们这边也会更好说一些。”

他微笑地看着张晓舟，等待着他的恳求乃至是哀求。

他当然不会替城北联盟说任何好话，就像他很清楚，不到万不得已，张晓舟不会把亲本交出来一样。

学校中的外来派对于学校的发展有着非常重要的作用，施远很清楚这一点，正是因为如此，他必须要把他们的气焰彻底打压下去，让他们孤立无援，只能老老实实地为学校服务。

一个运作良好的联盟，一个能够作为他们退路和潜在支持者的团队，这是他绝对不容许看到的。与这相比，他反而更希望何家营真的有他们说的那么不堪，那么强大。

没有对比就没有幸福感。

如果一个人一天要埋头苦干十二个小时，自己和家人却都只能吃两顿粥，这样的生活当然是地狱。

但如果他知道另外一些人即使是干满十二个小时也不一定能吃得到两碗粥，甚至无法保护自己的亲人，活着都是一种奢侈，每天都有可能倒毙在路边死去，尸体被人粗暴地抛出去成为恐龙的食物，那之前那种生活显然已经很幸福了。

至少前者还是一种生活，而后者只能说是活着。

一个独裁、邪恶，充满了迫害和奴役，人口众多的对手，简直就是完美的镜子。它越黑暗，里面的人们越痛苦，才越能反衬出学校的幸福和光辉，也更能让人们明白幸福的来之不易，甘愿去为了维系这样的幸福而努力工作。

地质学院在这样的对手映衬下，更有可能抛开分歧和派系之争，紧密地团结在一个睿智而又深谋远虑的领导周围，成为这个灰暗世界当中，人们唯一的希望所在。

可惜的是，这不太可能实现。因为何家营绝对不可能像他们说的那么强大。

张晓舟对于何家营的描述在他看来不过是常见的夸大其词和威胁，也许何家营真的对所谓的城北联盟构成了威胁，但他绝不相信他们在战胜了城北联盟之后还有余力威胁到地质学院。

施远很清楚，任何坐到张晓舟这个位置的人都不可能轻易放弃权位，如果何家营真的向城北扩张，他们之间的竞争，甚至是战争将不可避免。

多么有趣，城北联盟和何家营，如今对峙的两方，它们的首领全都是当初无视、羞辱过他的人。而现在，他们将要自己先斗个你死我活，然后再由他来领导学校收取渔翁之利。

冥冥中自有天意吗？

张晓舟却根本没有像施远期望的那样，放低姿态求他，而是微笑了起来。

“那么，这是学校的意见，还是施委员个人的想法？”他直击要害地问道。

“当然是他个人的想法！”万泽抢在施远之前说道，“我们今天来只是和贵方做一个初步的接触，增进我们双方之间的交流和了解，委员会并没有授权我们对贵方的任何提议做出答复。张主席你放心，我们一定会如实、全面地把在你们这里了解到的情况汇报给委员会，帮助主席和委员们做出正确的判断。”

“那就好了，”高辉嘲讽地说道，“看施委员的样子，我还以为你们那里就是他只手遮天了。”

“施委员只是十九名委员中的一个，”夏末禅轻轻地说道，“和我们一样。”

“十九名委员？”城北联盟一方的人们惊讶道。这样算起来，那他们派过来的这三个人最多不过是相当于联盟执行委员的地位，拽什么拽？

施远恼怒了起来，叛徒！看我回去怎么收拾你们！

但夏末禅并没有说错。理论上，十九人委员会中，除了每周的轮值主席地位稍高之外，其他人都是平等的。

这也是让施远头疼的地方。

他是靠鼓动民意，反对腐败、集权和暴政才成为委员的，一直以来，他在学生群体中宣扬，让他们坚信不疑并以之收获声望的就是这些东西。这就意味着，虽然他根本就不想和其他人分享权力，但他要想实现自己的抱负，就不能简单地收权，而只能采取更加巧妙、更加隐蔽，也更加符合程序的手段。

引导舆论制造话题是他的强项，也是他死死抓着的东西，他很清楚，在学校现在这样的政治环境下，谁掌握了舆论，谁就掌握了民意，谁就成了这个地方实际上的王者。但这并非他真正想要的，他渴望的不是通过操纵民意而获得的权力，而是真正一言九鼎的力量，真正成为众望所归的头脑，但这，他还缺少足够的功绩和无法动摇的威望来支撑。

之前他一直尝试着整合学生群体中那些错综复杂的派系，并且试图通过压制外来派，让他们承担更多的工作和危险而获得学生群体的进一步支持，但现在，他发现自己有了更好的目标。

“我相信，大部分委员的想法将和我一样，”他坚持道，“学校不可能也没有理由为了你们而把自己拖进一场争端当中，万委员，你应该清楚，什么才是学校的利益。”

张晓舟站了起来：“那么，请跟我来，你们可以用自己的眼睛看一看，我们有没有说谎，有没有夸大其词。”

他首先带着从学校来的代表们去了安澜大厦，参观了由钱伟主持的机加工车间，这种程度的加工能力显然并不能让来访者们有多大兴趣，与校办工厂的设备相比，这里只能说是一个纯手工作业的小作坊。但夏末禅还是仔细地观察了他们做出来的那些简陋的农具和工具。

随后是位于楼顶的玉米田，安澜终于把整个大厦顶部都利用了起来。站在这里可以看到，远处的那些楼房顶上，人们正在用绞车和滑轮组把装满泥土的筐子吊运到楼上。

几个老人正在除草，疏松泥土，帮助玉米苗的根系生长。头几批种下的玉米苗已经长得蛮高了，但最新种下的一批还只是很小的幼苗。为了防止暴雨把它们冲倒、淹死，防止正午时分的烈日把幼苗晒死，人们制作了与盛土筐一样大的架子，立在上面，架子上面是可以透光挡雨的网。

但这样的举措远远没有学校那边的规模大，张晓舟从学校那边回来之后已经和老常、梁宇说了这个事情，让他们发动妇女和老人，利用身边的材料和空余时间编织更多这样的网。

来访者们对于这个东西的关注度就高得多了。

他们之前介绍情况时，并没有详细说明自己种了些什么。事实上，学校那边种植的品种并不少。

番薯、土豆、番茄、茄子、辣椒、西葫芦、扁豆、豌豆、大豆、南瓜、黄瓜、苦瓜、白菜、苦菜、空心菜等等。其中有一小部分是来到这个世界之前食堂的职工在食堂背后的空地上开垦了几块菜地自己种着玩的蔬菜，他们手里还剩下不少没有播种的种子。而大多数则是从食堂里存放的蔬菜当中获取的种子，甚至是直接用其中的某些枝杈泡水之后生根培育出来的。

这些东西当中，有很多都必须精心地育种，至少要几代之后，产生了足够的种子才有可能作为人们的食物。同样地，他们在学校商业街的水果店里也获得了不少水果的种子，并且已经种了下去，但比起蔬菜，大部分水果的收获周期就更长了，也许要等好几年。

一个很麻烦的问题是，这些东西当中，并没有什么真正能够作为主食来大范围种植的。他们曾寄予厚望的土豆的长势很差，炎热的天气下，这种耐寒作物的幼苗生长极其缓慢，即使是加了两层隔热网并且加强通风来降温也无济于事。番薯倒是很适合这样的气候，但用这种东西作为主食，怎么看都是无奈之举。

但玉米则不同。它本身就是重要的粮食作物之一，长期吃也不会像吃多了番薯那样烧心、恶心、消化不良。玉米粒磨碎之后还能用来喂鸡，玉米秆晒干之后也是不错的燃料。

可杂交玉米却无法留种，这也就意味着，粮食命脉掌握在了城北联盟的手里。

之前施远提出要让张晓舟交出亲本，也正是这个原因。

“我们已经准备好了一袋种子，有三十公斤，足够播种七亩多的土地。一会儿请万委员和夏委员带回去。”面对万泽的欲言又止，张晓舟微笑着说道。

这是明摆着给施远上眼药，他愤怒不已，但却没什么办法。

“那就多谢了！”万泽和夏末禅说道。这样的礼物在这样的时代可以说是很贵重了，与之相比，他们带来的礼物真的有些寒酸了。

地质学院可用的土地当然远远不止七亩，但大部分空地都已经想方设法地种上了作物，现在把它们铲掉或者是移栽也不现实，不过清除出七亩地设法赶种一季应该没有多大的问题。如果他们需要更多的种子，与城北联盟合作就能得到，这摆明了是一道筹码，但他俩都并不抗拒。

一行人在安澜简单地吃了午饭，来自地质学院的人们终于吃上了混合着肉干煮出来的粥。这样的香味对于其中的大部分人来说都是久违了。

“你们平时都这么吃吗？”夏末禅细心地问道。

“大体上差不多，无非是稀一点，多加一点草根树叶的差别。”张晓舟也不遮掩，大大方方地对他们说道。

下午的行程主要在康华医院，段宏带着他们参观了里面的设备和设施，介绍了当前的情况。

“没有电，很多设备都用不上，一些需要冷藏的药剂和试剂也已经失效了，”段宏一五一十地说道，“但常见病症和一般的外科手术没有什么问题。我们已经成功地完成了两例重伤员的救治，现在正在征集懂中医、会识别药草的人，也在寻找相关的书籍，希望未来能够通过更多的中草药来解决治病的问题。”

“但这有点困难，”张晓舟在旁边补充道，“城里有的那些草药基本上都被吃绝了，而丛林里的那些植物，要用上还有一个漫长的过程。虽然很多植物在现代都有类似的品种，但谁知道它们的药性和七千五百万年之后有多大区别？这需要大量的药理分析和临床试验，目前我们的设备、资源和人员都跟不上。”

万泽和夏末禅都清楚他话里的意思，地质学院那边也未必有这样的人员，但那些用来进行化学实验的设备，那些用来做矿物成分分析的设备和试剂用在这个地方也可以。双方如果合作，弄清楚丛林中那些植物的药性，对于所有人来说都是有益处的事情。

但他们却无法做出承诺，只能把这些信息带回去，让所有人来进行决断。

然后是距离康华医院不远处的前进基地。人们正在这里打地锚立龙门架，准备安装绞车、滑轮组和巨大的用钢绳编织的吊篮。

“你们这个地方的地势比我们好。”夏末禅忍不住说道。

地质学院边上的悬崖距离崖底的高度足有三四十米，这样的高度倒是能够确保丛林里那些有威胁的生物上不来，但他们要下去同样不容易。别的不说，有几个人有勇气吊着绳子从十层楼顶降到幽暗而又一无所知的地面?

到目前为止,他们所能做的只是用绳索套住周边那些高大树木的树冠,把它们拖过来,尽可能多地砍掉枝条作为燃料和木料。他们制作出来的长弓用的正是其中一种类似杉树的高大树木的枝条。

但即便是这样的工作也出了好几次事故,陆陆续续有四五个人掉下悬崖。

而康华医院这边的地势却好得多,六七米高的悬崖依然可以保证大部分动物无法从这个地方进入,但人们进入丛林的难度却小得多了。别的不说,绞车和吊篮所要用的绳索的长度就短得多,花费的时间必然会大大减少,而在半空中停留的时间越短,风险当然也就越小。

"我们可以联合开发,"张晓舟说道,"或者是你们出技术人员和核心部件,我们出劳动力和配件。"

他已经彻底不与施远说话,城北联盟一方的成员们也彻底把他当作空气。他们并不清楚地质学院内部的权力分配情况,也无从了解。但显然,今天过来的三名委员并非一条心,那么,他们当然要尽可能地争取对他们抱有善意的那一方的支持。

"张主席,"当他们往回走的时候,万泽不动声色地拉开了与其他人的距离,低声地问道,"你和施远有私仇吗?"

张晓舟愣了一下。

正常的回答当然是没有,但万泽的表情却表明了,他所想要听到的并不是这样的答案。

"除此之外,我们还观摩了他们对于专职军事人员的训练,按照他们的说法,那是专门针对二十个预备专职军事人员的训练项目,其中有很专业的健身教程、跆拳道训练和枪术训练,我个人认为,虽然他们的整体实力和装备水平远远比不上我们,但这支队伍的战斗力却超过了我们护校队的水平。如果与他们交恶,这支队伍很有可能对我们造成一定威胁。"

夏末禅尽量让自己的语气变得平淡,但他却没有办法完全掩盖自己对于城北联盟的认同感。

如果他能够决定地质学院的方针和走向,那他一定会毫不犹豫地决定与他们联合。

他很赞同张晓舟的一句话，世界那么大，他们这些好不容易才幸存下来的人完全没有必要为了争夺远山城里的资源而互相厮杀，而是应该把目光放得更远一些。

即使是对何家营，张晓舟也只是希望他们能够僵持一段时间，让城北联盟有时间种植出玉米，同时从那近乎无穷无尽的丛林中获取能够让大家活下去的给养，最终解决那边的问题，把那些人解救出来。

如果何家营真的像他们所说的那样有着将近两万的人口，以一个四千多人的团队去解放两万人，听起来简直就是极端不切实际的笑话，但夏末禅却相信，张晓舟说这样的话时，是很认真而且经过深思熟虑的。

这让他忍不住又想起了他们最初的领导李竹。

在那件事情发生之前，对于所有人来说，他也是这样一个领导。

博学、果敢、精力充沛而且意志坚定，施远演讲的时候其实很多语气和动作都下意识地在模仿他。

这样一个人，为什么会发生那样的事情呢？

他忍不住又叹息了起来。

没有对比就没有伤害。

当他看过虽然一切简陋，甚至可以说是什么都没有，但却充满了激情和希望的城北联盟，再回到地质学院十九人委员会的会议室，回到那无穷无尽的繁文缛节、质疑、争执和毫无意义的斗争当中，突然就被那深深的无力感给淹没，甚至有种将要窒息的感觉。

第4章 汇 报

“我的总体感觉是，虽然他们在大多数方面都不如我们，但在个别领域，他们已经走在了前面，可以与我们形成很强的互补。而在医疗和玉米育种这两个方面，我们没有超越他们的可能。与城北联盟的合作对于我们来说，几乎看不到什么坏处，而益处则非常明显，所以我个人的判断是，应该与他们进行合作，最起码，也应该保持良好的关系。”

“你还有什么补充吗?”轮值主席问道。

夏末禅认真地想了想，道:“没有了。”

“谢谢，请坐。那么，施远委员，你看到的又是什么?”

施远站了起来，但却在十几秒内都没有说话，而是用一种阴郁的表情看着其他委员们。

随后，他才以极度激昂的声音高声地咆哮道:“我看到的，是一个充斥着谎言和刻意编造出来的假象的地方！是一个充满着对我们学校恶意和仇恨的地方！我们应该，不，我们必须要把它想方设法地毁掉!”

语惊四座!

“你疯了吗!”夏末禅和之前完成了讲述的万泽都忍不住站了起来。

“这不怪你们，”施远却摇着头说道，“那些人很狡猾。他们处心积虑地做出一副坦诚相待的样子，但实际上却另有所图。你们只是被他们营造出来的假象给蒙蔽了，没有看出他们真正的目的！但他们说得再好，再天花乱坠，也不可能瞒过我！”

“施远，你这话过分了吧？”夏末禅忍不住说道，“他们的所有目的都摆在明面上了，你可以不赞同，但没有必要用这种危言耸听的方式来干扰其他委员的思维。”

“看起来你很喜欢那个地方嘛。”施远又一次用起了他惯用的那种伎俩，这样的指控通常都会让辩论的对手知难而退。

“我的确不讨厌那个地方，”进入委员会后一直都没有什么惊人表现的夏末禅却第一次毫不畏惧地站在了他的对面，大声地答道，“我知道你还想说什么。对，我的确认识张晓舟。”

委员们都很惊讶。

“我在我们来到这个世界的第一天早上在学校南面遇到过他，帮过他一个忙，因此而与他认识，”夏末禅坦然地说道，“说起来，施远你不是同样在那天早上认识了他吗？对了，你不是一直在你的那个小圈子里宣扬你的传奇经历吗？你和几个人一起被困在一个商店里，然后你带着他们杀掉了挡在外面的一只恐爪龙，吓跑了其他的恐龙，随后从容地回到了学校？”

施远的脸色变得难看了起来。“看来你已经和他们勾结在一起了！”他大声地说道。

“我有没有和他们勾结，所有和我们一起去的护校队成员都能看到，轮不到你来下结论。你也没有资格做出评判！”夏末禅说道，“我只是觉得奇怪，张晓舟所说的版本和你的大相径庭，在他的版本中，你非但不是带领他们杀死恐龙的人，反而是被人拯救、被人带领的人。”

“真可笑！这样的指控根本就是子虚乌有！他已经被那些人收买了！”施远大声地叫道。

“我很早就认识你了。”夏末禅根本不管他的指控，而是平静地说道。但实际上，他内心深处早已经熊熊燃烧了起来：“很多人都认识你，清楚你的性格。我猜很多人都觉得奇怪，为什么一个平日里只会夸夸其谈，遇到事情就只会大喊大叫的人，在面对恐龙，甚至是绝望被困时会突然变得那么冷静，那么果敢。”

“你这无耻的叛徒！你再怎么中伤我也不会有人相信你的！”

“你之所以痛恨张晓舟，痛恨他所带领的联盟，其实是因为在他面前的时候，你就会想起自己撒的那个谎，(“污蔑！这是恶意中伤和污蔑！”)想起自己其实并没有做过那些事情！(“这简直太荒谬！太无耻了！”)你从来都没有勇敢过，从来都没有！你只会躲在背后，哄骗其他人去送死！”

施远气喘吁吁，像是一头野兽那样恶狠狠地盯着夏末禅，如果他有能力，一定已经扑过来给夏末禅几拳，但他却只能站在原地气得浑身发抖。

“大家都知道你是什么样的人，”夏末禅依然保持着平静的语气，但他内心深处，长期以来累积的对于现状的无力和不满，对于学校可悲内耗的痛恨，对于造成这一切的人的愤怒，终于在这一刻爆发了出来，“大家都知道你做了些什么。”

“我做了什么?!”

“地质学院的现状，就是你这样的人搞出来的！”夏末禅终于忍不住说道。

“你说清楚，我搞出了什么?”

“传单，毫无根据的污蔑，无休无止的谩骂，动不动就游行示威。你以学生领导自诩，以民意代表自居，但你真正做过点什么？付出过什么?”夏末禅知道有些话是不能公开说出口的，虽然很多人都看不惯这些东西，知道这些东西都是错的，但在地质学院当前的状态下，这些东西就是政治正确。

但这一刻，气血上冲，他终于忍不住说了出来，而且是用自己最大的声音吼了出来：“你们这些人，究竟做了什么对学校有益的事情？没有！你们只是不停地制造问题，不停地指责别人，一次次地煽动民意，一次次地强奸委员会的意志，推行你们那些所谓的政策。然后呢？当它们彻底失败，你们却置身事外，又一次站在道德的制高点上指责别人。”

“我明白了！”施远突然找到了宣泄口，“你对现状有什么不满？你痛恨权力回归到大众手中！你是李竹的走狗！他被打倒了，你一直怀恨在心对吧？你处心积虑混到十九人委员会当中，就是在等待和寻找今天这样破坏的机会对吧！”

“你不觉得可笑吗?”这样的抹黑让夏末禅气得笑了起来，“如果我是李竹的走狗，那你这个从学生会就一直崇拜他，模仿他的人又算什么？你真的不知道吗？你讲话的方式，你演讲时的动作，每时每刻都在东施效颦。你问问大家，不觉得别扭，不觉得恶心吗?”

“等着大家的审判吧！”施远却大笑了起来，“把你的这些污蔑留到被审判的时候吧！看他们究竟相信谁！看他们会不会相信你这样的走狗！叛徒！卖国贼！”

事情突然变成这样，委员们都惊讶地站了起来，而这时候，施远和那些与他走得很近的委员们愤怒而又惊惶地从会议室里走了出去。

“你们盯着他，别让他跑了！”施远的声音从门外传来，“我这就去向大家揭露这个叛徒的嘴脸！让大众来审判他！把他吊死！”

万泽突然跑过去，把门从里面反锁了起来。

人们惊讶地看着他们，万泽一把将夏末禅扯了过去：“你怎么这么冲动?！我告诉你这些东西，是让你找人抄写传单把这些东西都揭露出来……你怎么……唉！”

夏末禅摇了摇头：“我以前做过这样的事情，但现在，我不想再做同样的事情了。如果我们都像他们一样，用这种手段煽动民意，来与他们对抗，那地质学院最后会变成什么样子?”

“都已经是这个样子了，你不做，他们就会做，最后的结果还不是一样?”万泽摇了摇头，“算了，趁那些人还没有过来，你赶快从窗户出去！”

“我不走。”

“你傻了吗?”万泽说道，“你忘了那些人的下场? 他们不会给你当众发言的机会，那些人心黑得很！根本就不会和你讲什么道理！你在有机会上台之前就会被他们打得说不出话来，也没有办法替自己辩白，你留在这里只是白白送死！”

“但是……”

“小夏，你快点走吧，”轮值主席突然说道，“他们不可能把我们所有人都牵连进去，我们毕竟是学校的管理委员会，他们不敢把我们怎么样。”

有些委员脸色发青，显然并不这样想，但也没有说什么。

外面，那几个跟着施远出去的委员开始撞门了。

夏末禅迟疑了一下，终于爬上窗台，沿着落水管爬了下去。

第5章 逃跑

头顶上很快就传来了人们争执的声音，然后夏末禅便听到有人大声地叫道：“他在那儿！”

他在距离地面还有两米多的时候就放开手跳了下去，行政办公大楼的后面是一片番薯地，这些植物并不惧怕炎热、暴晒和多雨的气候，于是并没有用防晒网遮起来。

“哎呀，你怎么……”几个负责维护这块地的老人心疼地说道。夏末禅没有管他们，而是以自己最快的速度向学校北侧的围墙跑去。

施远没有权力指挥护校队，事实上，他在委员会中的实际权力并不大。但他最擅长的舆论造势却让他在学生群体中具有相当大的影响力。那些被他煽动起来，不明真相的学生们一次次地充当了他的帮凶，一次次地把那些委员们揪出来打倒。于是在某种意义上，他反而成了委员会实际上的王者。

但他的这种力量却需要一个过程，误导、煽动、激发人们的愤怒并不是几分钟内就能做到的事情，而这段时间差就是夏末禅唯一的机会。

他同寝室的一个兄弟就在学校北面的围墙做哨兵，这就是他的机会！

“抓住他！”有人在他身后很远的地方叫道。

他头也不回地抄小路向那个方向直冲了过去。

寥寥几个追兵很快被他抛在了身后，原本空旷的大操场和绿地已经彻底变成了布满简易大棚和遮阳网的田地，中间留下了少量供人们行走的田间小路，这样复杂的地形下，他们根本就追不上他的步伐。

但夏末禅的脚步却慢了下来。

他要逃走很容易，但他的那个兄弟如果放走他，会不会成为施远煽动起来的那些人发泄的目标？

他曾经目睹过好几次这样的事情，那些人一旦被煽动起来，就必须找到一个情感和怒火宣泄的方向，否则的话，事情就会越闹越大，甚至变得无法收拾。

夏末禅自己就曾经亲眼看到过，一名据称以权谋私、乱搞男女关系的委员被这些人抓住，扒光了衣服游街，暴打，最终吊死在篮球架上。而这一切，根本就没有经过审判，也没有走任何程序。

现在回想起来，那个人真的做了他被宣称做了的事情吗？即使他真的以权谋私，程度如何？真的就到了必须处死的地步吗？就算他的罪行真的到了要处死的地步，这些人又有什么权力来执行死刑？

那时候作为不明真相的群众的一员，他对于这样的事情并没有太大的感触，甚至跟着其他人一起恨恨地骂过：该杀！

但真相是什么，除了死者和煽动这件事的人，有谁知道？

不能从那里出去！

夏末禅的脚步彻底停了下来。他不想这么不明不白地被施远这些人污蔑，甚至是这样窝窝囊囊地死掉，但他也不愿意因此而连累其他人。

要怎么办？

他迟疑了一下，几秒钟之后，开始向学校东侧的正门跑去。

“夏末禅？夏委员？”哨兵中有人认出了他。这并不难，毕竟他们几个小时前才刚刚从这里回到学校。

“辛苦了，”夏末禅点点头，强作镇定地对他们笑了笑，“我们进来之后，那些东西在这附近活动过吗？”

“这段时间都不多。”有人答道。

哨兵们显然都有些好奇，天色已经暗了下来，这个时候，学校管委会的十九名委员之一到这里来干什么？

虽然所谓地质学院管理委员会的权威已经在一次次被打倒之后变得比草纸也好不了多少，但它理论上毕竟还是管理着这个组织的最高权力机构，而学生们对于其中代表了学生群体的那几个代表，多多少少还是有些亲近感的。

“委员会有一件紧急事务委派我去和城北联盟谈。”夏末禅说道。

“现在?”这群哨兵的组长感觉自己是不是听错了，“你一个人?!”

天黑了之后，恐龙的活动就会变得活跃和频繁起来，尤其是在天刚刚黑的这段时间。

清晨和傍晚一直都是哨兵们高度警戒的时段，更不要说，今天白天是学校在五十天以来第一次有人外出冒险。

“抱歉，这是秘密使命，我没法说，”夏末禅只能这样说道，“我也不想在这种时候出去，但他们非要我今天就把这些条件交给对方，明天一早让对方派人过来谈。好在那些恐龙这段时间都被城北联盟的那些人杀得差不多了，应该没多少危险吧?”

“他们什么时候变得这么有紧迫感了?”一名哨兵说道，“一晚上都不能等?”

“是对方催得急，”夏末禅不得不继续编织着谎言，“应该是城南那边有什么紧急情况。”

这样的谎言漏洞百出，惹人怀疑，但幸运的是，在通讯彻底中断之后，要核实这样的信息也是件麻烦事。因为空地上和道路上都种满了农作物，搭满了大棚和架子，哨兵们必须骑车绕外圈兜一个大圈子才能到行政楼那里去核实。

一来一回，至少也要半个小时。

“有多余的矛吗？给我一根壮壮胆，”夏末禅说道，“我这就得走了，再晚就彻底看不见了。”

组长终于还是抱着多一事不如少一事的想法，没有再纠结这个极端不合理的事情。不过在那些人的一次次闹事后，学校里不合理的事情已经太多了，这样的事情也没什么不能接受的。

夏末禅再怎么说也是学校管委会的十九名委员之一，他总不可能想不开非要离开学校这么好的地方，跑到外面去送死吧?

“那你干脆骑一辆自行车去吧，还能快点，省点力。”他对夏末禅说道。

太阳在身后的地平线上射出今天的最后一丝余晖，夏末禅用力地蹬着车子，快速地向新洲酒店冲去。

这点距离如果是在以前要不了十分钟，但现在，没有任何人造光源，正在迅速变得昏暗的世界就像是一张巨网，似乎正在迫不及待地要把他吞噬掉。

恐惧在这个时候才涌上心头，那些从哨兵们那里听来，然后作为谈资私底下流传的逃难者的惨状突然就变得无比清晰起来，他感觉自己的心跳变得越来越快，太阳穴那里似乎有东西正要鼓出来，而呼吸却变得困难，几乎要喘不上气来。

不会遇上它们的。

他拼命地用这样的话安慰着自己，同时拼命把自行车骑出了摩托车的速度。

一群黑影突然从前面快速地掠过公路，夏末禅的手忍不住抖了一下，下意识地捏了一下刹车。

高速运动中的自行车猛然失去平衡，脱离了他的控制，随后前轮突然卡在一个打开的下水道井口，让他直接飞了出去！

夏末禅摔得七荤八素，不知道过了多久才清醒过来，他试着从地上爬起来，但一条手臂却火辣辣地疼，应该是在地上擦破了一大块皮。

糟了！

夏末禅马上想到。

血腥味会把那些鬼东西引过来的！

他挣扎着从地上爬起来，但右脚的膝盖也受了伤，疼得没有办法伸直了。

黑暗中似乎有许多东西在跑来跑去，死亡的恐惧突然笼罩了过来。

不会的！我不会死在这里的！

他拼命地对自己说道，强迫自己忍着痛从地上爬了起来。

那边的人可没有这么娇弱，有人身受重伤依然还能坚持把暴龙引进陷阱，难道我为了救自己的命，连逃跑都做不到？

随着他向前慢慢地行走，那些细小的脚步声突然又响了起来，一些东西在周围的黑暗中低声地鸣叫着。

秀颌龙！

他终于明白了那是什么。

该死的！竟然会被一群这样的东西吓得摔了一跤！

简直就是耻辱!

他用手扶着路边的栏杆,尽自己最大的努力向酒店方向走去。

右边的膝盖很快就肿了起来,随之而来的,是每踏出一步都变得极其痛苦,几乎要让他惨叫出来。周围变得越来越暗,随后很快就彻底黑了下去,但新洲酒店与他的距离却像是更远了。

要死在这里了吗?

夏末禅终于绝望了,拉着栏杆的手也变得虚弱无力,最后干脆背靠着它们慢慢地坐了下来。

真可笑啊!

他忍不住转过头看着黑暗中的新洲酒店,他与那里的直线距离不会超过两百米了,只要转过前面的那个弯就能看到新洲酒店的大门……但他却真的没有办法走下去了,膝盖的痛苦甚至已经让他的整个身体都跟着颤抖起来。

早知道是这样,应该在学校里躲到天亮再想办法逃出来的。

但那个时候,施远应该已经在他身上泼了足够多的脏水,他还会有机会越过学校的高墙,或者是从某道门走出来吗?

你怎么那么冲动!

万泽的脸似乎又出现在了他的面前。

夏末禅摇了摇头。如果能够让他重来一次,他还会这么做吗?

大概不会了。

他也许会花一个晚上的时间躲藏在自己的伙伴当中,把万泽告诉自己的那些事情,加上施远一直以来所做的那些勾当,好好地传播出去,再抄写几十张传单,悄悄地把它们散播到学生们当中去。

那句话是怎么说的?

做坏人要奸诈,做惩治坏人的人,就要比他们更奸诈?他也许同样会煽动民意去攻击施远,并且攻击他的政策,然后想办法推动与城北联盟的合作。

可惜的是,大概已经没有这样的机会了。

一群黑影突然出现在不远的地方。

终于来了吗?

夏末禅闭上了眼睛。

“你是谁？从学校出来的？”一个有些熟悉的声音问道。

犹如天籁之音！

“学校竟然能败坏成这个样子？”梁宇有些无法相信。

他从来都不是所谓西式民主的信徒，也从来都不看那些与其相关的朋友圈谣言或者是心灵鸡汤，但他也想象不出来，一个组织可以在这样危机四伏的世界里，依然堕落成这种样子。

“没想到会是这样。”老常摇着头说道。

夏末禅讲述的东西让他们都感到不可理喻，那种歇斯底里和失去道德、法律和规则束缚后的疯狂，与他们所面对的现实结合在一起，无法不让人感到极度荒谬和可笑。

“每次跳出来闹事的其实就是那些人，每次做得最过分的也是少数的一些人，但他们宣扬的那些东西在地质学院已经成了“真理”，任何反对的声音都没有办法发出来，或者是一旦有不同声音就会马上被他们以走狗内奸的帽子打倒。于是大多数人都选择了沉默。”夏末禅低声地说道。

来救他的当然是新洲团队的队伍，新洲酒店因为得天独厚的高度，一直都是联盟重要的瞭望塔，除了对周边区域的常规安全示警外，专门有人负责对何家营、地质学院的动静进行观察，也有专人负责监视那两只依然在城南活动的暴龙和进入城北的中型龙群体的活动情况，并用不同的旗杆和旗色表示出来。

要兼顾简单易懂和能传递更多的信息是不可能的，现在新洲酒店楼顶的旗语已经复杂得让一般的联盟成员看不懂了，只有经过培训的人才明白那是什么意思。

夏末禅出来的时候虽然天色已开始变黑，但负责关注地质学院动静的哨兵还是马上就注意到了这一点，并且跑下楼把消息告诉了留守的齐峰等人，并由齐峰做出了出动接应的决定。

但他们却没有料到，就在这个过程中，夏末禅已经把自己弄得到了必须要入院治疗的地步。

新洲团队这时候已经分成了三组，一组在康华医院，负责保护联盟的机构，一组在城北的中心位置，主要负责清剿偶尔出现的各种中型恐龙，而另外一组则留守在新洲酒店，既负责对新招募的二十名人员进行训练，也负责应对何家营和学校有可能出现的突发情况。

区区三十个人就承担这么重的任务，这感觉非常儿戏，也有些强人所难，但对于张晓舟来说，这也是无奈之举。

也许何家营和地质学院都有能力组建一支多达数百人的常备军，但以城北联盟当前的力量，却根本养不起这么多完全脱产的军事人员。或许当他们开始进入丛林，找到新的食物来源之后，一切会有好转，但现在，即使是三十个新洲原有队员和家属的伙食都已经让张晓舟、老常、梁宇和王哲头疼得要死了。

如果不是安澜大厦又支援了一批粮食，他们根本就没有能力再招募二十个新人，但如果在十天以内对于丛林的探索没有达到预期的效果，没有办法采集到足够多的食物，不单单是安澜和新洲，也许整个联盟都会自行崩溃。

“他们会采取什么样的行动?”梁宇问道。

地质学院所拥有的武器是让他们最感到担心的事，来自学校的代表们刚刚离开，张晓舟就让人找来一副正式队员所穿的盔甲，放在远处试验长弓对于盔甲的杀伤力。

长弓与钱伟他们一开始时尝试的传统的中式弓箭不同，因为较长的弓臂能够提供更大的弹力，并不需要弓手非要把弓拉得很开，射击的准备动作可以比较小，比较隐蔽，对于弓臂材料和弓手的力量要求相对也比较低。这样的东西钱伟他们也能做得出来，有时候，制约人们前进脚步的并非技术问题，而是灵光一现的灵感。

试验的结果是，在四十米以上的距离时，弓箭无法射穿他们的盔甲，但在四十米以内，箭头就有可能穿透他们用不锈钢网制成的盔甲的缝隙，伤到穿盔甲的人。而在二十米以内，他们的盔甲对于正面射来的弓箭几乎就很难有什么防御力了。虽然不一定致命，但杀伤力却无法忽视。

长弓的威力如此惊人，那钢弩的威力又会有多强?

投矛的射程明显比长弓和钢弩都要小得多，当然，它的杀伤力要比长弓更强，在面对恐龙的时候应该更有优势。

在城市中爆发冲突，超过五十米的射程其实并没有太大的现实意义，没有人会不利用周边的房屋迂回而把自己长时间地暴露在对方的火力之下。但投矛最大的缺点却是使用时很难隐蔽，准备动作太大，虽然发射频率上投矛其实并不慢，但如果双方真的发生冲突，使用投矛的一方明显吃亏。

他们当然相信新洲的队员们比学校那些没有见过血的学生要强，但质量的差异却足以被远程武器的差异所抵消，更不要说数量的差别了。他们拉起的民兵的战斗力和战斗意志都很可疑，只能作为顺风时的辅助，不可能打硬仗。

远山城里的三支队伍，小规模冲突，新洲的人应该是最强的，但真止发生冲突，他们最弱，这是毋庸置疑的事实。

在这个节骨眼上，如果还没有解决何家营的威胁，又惹上了地质学院，对于城北联盟来说，简直就是最糟糕的结果了。

人们都看着夏末禅。

张晓舟的目光是真诚的，但夏末禅有一种感觉，如果能够让学校放弃敌意，那个叫梁宇的很有可能会牺牲自己。

“我不知道施远为什么会对联盟有这么大的偏见，反应为什么会如此激烈，”他考虑了一下之后说道，“经过我和他的这么一闹，委员会很难通过与联盟合作的决议，甚至很难在短期内做出善意的姿态，但大部分委员是倾向于与你们合作的。如果说他们会从学校里出来攻击你们，我认为这样的决议不可能获得通过。”

“为什么？”梁宇问道，“按照我的理解，你们那里实际上已经被一班打着民意旗号的暴民所控制，他们很有可能被那个施远煽动，欺骗，脑子进水决定要和我们打一场，并且逼迫委员会通过这样的决议，这不可能吗？”

“这样的决议不可能通过，”夏末禅摇了摇头，“他们本质上已经变成一群暴民，这没错，但恰恰因为是这样，他们在学校里其实并没有多少人支持。而且学校里的大多数人早已经不是那种热血澎湃的激进分子了，恰恰相反，他们中的许多人，只是借着这些机会在发泄自己的不满。”

如果说，当初他们推翻委员会的那场暴动是在遭受蒙蔽和欺骗，忍无可忍之后的爆发；“二次革命”是对于迅速堕落的干部的痛恨和不满，那后面的一次次示威和闹事，早已经没有最初时的那种纯粹。

年轻人的确是简单，冲动，容易受到煽动的群体，但这并不意味着他们就傻。有谁会在一次、两次、五次、十次之后，还简单地就被煽动起来？谁的热血能够持续不停地冲动一两个月，却不被一次次类似甚至是相同的闹剧冷却？

愤怒、不平都是相同的，但在相同的结果一次次上演之后，哪怕是最冲动的人也会冷静下来。

也许每一次这样做的出发点都是好的，但这样做真的能够解决问题吗？

夏末禅觉得自己算是没有太多政治智慧、醒得很晚的人了，但他有幸成为十九人委员会的一员，于是便比那些还在懵懂的人有了从更深入的角度去思考这一切的机会。

游行、闹事的主体经常都是同样的群体，他们已经从最初的热血、义愤填膺和渴望解决问题，渴望让一切变化，变成了发泄对于现实的失望和不满。

这些人往往自身条件比较差，缺乏领导能力和交际能力，无法在学校当前的体系中获得比较好的地位，也没有能力去从事那些重要的、技术性强而又受人尊敬的工作，只能从事那些脏、累、苦的工作，甚至无法获得那些年轻单身女性的青睐。

在将近两千人的学生群体中，他们成了下层阶级。

这本是社会的现实，在任何组织当中都会有这样的差别，不同的是，如果是一个健康而又正常的社会体系，虽然阶层相对固化，但也有着种种途径可以改变这种现状。

但所有人都清楚，他们现在所处的这个世界是孤立而又封闭的，这个高墙和铁丝网封闭下的世界就是他们生活的全部，这也就意味着，他们不可能像在之前的世界那样，通过某种机遇或者是更换生活环境而获得改变的机会。

身边都是同样的年轻人，如果没有巨大的根本性的变化，他们就很有可能一辈子都在做着同样的工作，一辈子脏、累、苦下去，一辈子也没有机会结婚、生子。而那些在危机到来时脱颖而出的人们，将永远压在他们头上。

这就是一个巨大的囚笼，而他们所有人，都被判处了无期徒刑。

没有任何改变的希望，谁能忍受？

大家都是同学，凭什么你们的工作就比我们轻松？为什么我们就得天天晒太阳、淋雨，而你们却可以坐在办公室里？凭什么你们可以有女朋友，有老婆，而我们却只能自己解决问题？

凭什么?!

人们总是很容易就会把自己的困窘归结到别人身上，而在此刻的地质学院，在经历过数次暴动之后，一切问题，一切不公平或者是看似不公平的事情，都被很自然地归结到了管理委员会的委员们头上，并且总是会很自然地归结到委员们的头上。

这成了一个悖论，管理委员会在正常情况下，依然承担着对于学校的各项管理工作，并且获得人们的支持和服从。但一旦有某件事情爆发，他们便会马上成为人们宣泄不满和愤怒的目标。

以权谋私，不能兼顾公平往往成为最严重的罪行，在激昂的人群面前，一切过失都会被无限放大，甚至发展成为严重的私刑。

那些重要部门的负责人往往拒绝成为管委会的委员，想方设法地推脱。委员们往往并非最优秀、最有威信或者是最适合的人。而最容易被人们攻击的主席一职，甚至发展到了怎么都没有人愿意担任，只能用抽签的方式轮值。

“在这种情况下，为了避免承担责任，稍稍大一点的事情就肯定会被拿到十九人委员会上去讨论，集体决策以分散和减轻责任。而像对外开战这样的事情，绝不可能简单地通过，如果真的有这样的考虑，必然是召开全体大会来进行表决，那将是一个漫长的过程，”夏末禅说道，“这个过程将会让那些人有机会冷静下来，如果真的打仗，上战场做炮灰的同样是他们，但却看不到任何好处。你们觉得，这样的提案会获得绝大多数人同意而通过吗？”

夏末禅的话再一次让所有人都无话可说。

就像是一幕荒诞喜剧中的剧情，但却是发生在他们身边的事情。

“我依然保留意见。”梁宇在过了一会儿之后才说道。

但他的态度不那么坚决了。

“你好好休息吧。”张晓舟说道。

人们从病房里退了出来。

“如果学校那边派人过来抓他呢？”高辉低声地问道。

“从今天下午他们离开我们的地盘回去之后，我们就再也没有见过他，也不知道他去了什么地方。”张晓舟答道。

“好流氓的回答，”高辉笑了起来，“但我很喜欢。”

“你准备怎么办？”老常问道。他依然有些担忧。

“他们内部的事情我们插不了手，也改变不了，那还能做什么？那样的泥潭我半点也不想被搅进去，”张晓舟答道，“现在我们对学校的情况已经不是一无所知了，在面对他们的时候，也更有底气了。现在要做的事情当然是抓紧时间把我们自己的事情做好。”

“你真的不担心他们打过来？”梁宇问道。

其实他心里多多少少对张晓舟在这个节骨眼上去招惹地质学院有些不满，但之前他也并没有强烈反对，因为不管怎么考虑，两个相对弱的团队联合起来应对强者才是正常的逻辑。

谁能知道，地质学院竟然会是这么个奇葩的地方？

“如果他们打过来，那我们就放弃一些据点，撤到北面去，让地质学院来直面何家营。”张晓舟说道，“不过开垦的计划还是要调整一下，我们优先利用每幢楼的天台、阳台和露台，然后开垦康华医院周边的土地，慢慢地向西面和南面走。所有类似的开发计划都按这样的优先级安排，新洲酒店和安澜大厦距离他们太近了，只能作为堡垒，不能作为发展的大后方了，”他停顿了一下，然后叹了一口气，“现在的关键还是丛林啊！”

第6章

新工程

玉米的种植只能陆陆续续，好在天气一直也没有变冷的迹象，而且按照他们对周围丛林中植物的观察，这个区域应该是属于恐龙时代的热带雨林，应该不会有天气骤冷而导致无法种植玉米的情况。

但这毕竟有一个过程，即使是最早种下去的那批玉米，现在也只是刚刚长到一人多高，还没有开始结穗。

至少在两个半月内，玉米都指望不上，只能把希望寄托在对丛林的开发和利用之上。

即使是他们这边的悬崖高度要远远低于地质学院那边，但站在两三层楼高的平台，透过那些层层叠叠的树枝、叶子和蔓藤去观察丛林的情况依然是一件不可能完成的事情。

即便是竭尽所能，他们看到的依然是绿色，绿色，绿色，以及数不尽的绿色。

张晓舟本身不是植物专家，他们当中也没有精通户外探险、野营或者是熟知雨林生态的人，一些人曾经有过到热带雨林旅游的经历，但那对他们即将要做的事情毫无帮助。

对于他们在丛林中会遇到什么样的东西、什么样的危险，所有人都一头雾水。

猛兽、攻击性昆虫、有毒生物、细菌和病毒，甚至是食人植物、沼泽地，面对众多可能存在的威胁，他们在经过了许多次讨论之后，最终做出了一个步步为营、破坏性开采的决定。

步步为营很容易理解，他们决定绝不贸然进入丛林半步，而是一点点地以降落点为圆心，以非常保守的方式缓慢地扩大活动范围。而破坏性开采的意思则是，他们将从树木开始砍伐，把所有活动范围内的植物和动物都消灭，甚至是地面以下有可能存在的虫子也不放过，以此来确保人们活动的安全。

“如果我们不是急需燃料和食物，先放一把火把林子烧掉一大半，让它变成一片长满蕨类植物的草原其实是最好的，”高辉永远是唯恐天下不乱，他叹息着说道，“那样的话，对我们有威胁的大型动物隐藏不了，昆虫和乱七八糟的植物也都没了。清清爽爽的，多好?!”

“每天都在下雨，那些树都是湿的，你怎么放火?”严烨反驳道，“而且，你怎么知道那些树有没有可以吃的部分？怎么知道什么植物有药用或者是食用价值?”

“所以我说‘如果’啊!”高辉说道。

两人一天到晚都跟在张晓舟身边，已经很熟悉，彼此之间也早就没有了之前的隔阂和攀比。反正按照年龄，高辉肯定会在某个时段首先到什么部门去负责一块事务，而严烨大概还得多等几年。彼此之间几乎不存在竞争关系，而是可以相互支撑和帮助的伙伴。

“别一天到晚瞎想了，早点睡觉，明天早上砍树去!”张晓舟说道。

选定的降落点的地锚已经打好，但绞盘和滑轮组还没有做好，吊篮也还在编织当中，进度一下子就停了下来。但昨天夏末禅透露出的学校那边伐木的办法却让张晓舟很感兴趣，决定在这边试行一下，如果可以，这或许能够成为开发丛林的第一步。

这片区域大部分树木的树冠高度都在三四十米，其中个别树木甚至高达六七十米，站在悬崖边看出去，就像是一大排绿色的房子矗立在人们的眼前。

这下面地势应该比地质学院那边高得多，没有多少积水，也就没有多少虫子从林子里飞进城市这边来。

从这个角度出发，这边开发的难度确实是远远低于那边。

所谓的悬崖其实是他们这个区域与丛林的分隔线，那把他们带到这个世界的力量就像是粗暴地从一块蛋糕上挖出一块，然后又胡乱地在另外一个蛋糕上挖出一个洞，把他们这块蛋糕强塞了进去。

远山城和丛林之间原本有着一条将近两米宽的分隔带，但经过两个月的风吹雨打之后，悬崖的边沿有很大一部分都已经坍塌了下去，而那些树也有很多已经把新的枝条伸到了他们这边的空间中。

两个世界的边界正在逐渐模糊。

也许在若干年之后，围绕远山城的这个“悬崖”会逐步坍塌，变成一个陡坡，并且进一步垮塌成为一个可以让丛林中的动物进入的斜坡，不过就现在而言，它依然还是值得信任的围墙。至少在他们这一段还是如此。

“我们要把预定降落点附近的树木先全部砍掉，”张晓舟说道，“先修枝，然后一截截地砍主干，把它们全都运到空地上进行后续处理。大家要配合好，小心昆虫叮咬，或者是被树木和重物砸中。小心悬崖边缘那些松动的地方，有些地方不能踩，要踩我们加固过的那些地方！”

梁宇调动了将近五十人来进行这项工作，在张晓舟的指挥下，人们小心地先把一块长踏板搭在一根粗壮的树枝上放好，然后，全身都包裹起来没有露出一点皮肤，戴着安全帽、护目镜和防护手套，可以说武装到了牙齿的严烨小心地走了过去。他把自己身上的保险绳系到高处结实的枝杈上，然后弯下腰，用绳子把踏板牢牢地固定在了这根树枝上。

“好了！”当这一切完成，他站了起来，一手抓着一根树枝，挥舞着另外一只手大声地对着这边叫了起来。

“显摆！”高辉微微有些嫉妒地说道。但他对于这样又高又不稳当的地方有着一种无法克制的恐惧，这次露脸的机会无奈只能让给严烨了。

反正你小子的脸也被裹起来了，谁知道你是谁？他略带恶意地想着，对着严烨挥了挥手。

虽然被地质学院那边占了先，但对于他们来说，严烨就是第一个走向无尽丛林的人，而他踏出的这一步，也是他们真正走向丛林的第一步。

他们选择动手的这棵树有将近四十米高，即使是从他们这里平行地走出去，它的树径依然有将近一米，这样算来，它的根部树径至少有两米。四五个勇敢的人已经骑在树上，开始用手中的锯子把那些绑了绳子的小枝丫锯断，然后由这边的人们把它们拖过来。

“不要急，慢慢来！”张晓舟一直在不停地说着，“关键是配合！绳子一定要固定好！”

没有人知道这是什么树，不过木质很坚韧，或许可以用来制作长弓甚至是弩。

每一根枝丫吊过来，落在地上，便有人手持剪刀过去把嫩芽、新鲜的树叶和嫩枝剪下来收集在筐子里。然后另外一些人过来把零散的枝杈砍掉，把比较粗壮的那些集中起来放好。

“应该没有毒性……”一名老人小心地对着阳光观察着巨大的掌形叶片，看有没有被昆虫啃咬的迹象，有没有会刺激消化器官的茸毛，然后把它们撕开、揉碎，嗅着汁液的气味，在确认没有问题之后，他把汁液涂在手腕内部皮肤细嫩的地方，然后等待，十分钟后，依然没有感觉到刺痛、红肿和其他不良反应，他便小心翼翼地取了一些嫩树叶，然后放进嘴里，慢慢地咀嚼起来。

这样的事情当然有很大的风险，但联盟给予的回报让他们愿意来冒这样的险。专门有人负责观察和记录他们的情况，并且已经准备好了用来催吐和解毒的木炭灰和用来洗胃的冷开水。

几分钟后，他把这些叶子吞了下去。

张晓舟默默地对着他点了点头。

这个老人将在旁边休息，除了少量的开水外什么都不吃。五个小时以后，如果他没有出现中毒的症状，那他们就可以把这种树木的特征记录下来，作为一种可以食用的植物，并且继续研究它的内皮层是否可以吃，是不是有含糖的树脂、树胶或者是树浆。

“小心昆虫！”张晓舟继续提醒着。

这是他们向丛林正式迈出的第一步，他不希望出任何娄子，不希望有任何人因此而受伤甚至是丧命。

“没事的！”严烨灵巧地沿着那些枝杈向树冠爬去，他负责检查这棵树上有没有隐藏的蜂巢、蚁巢或者是其他类似的危险。而其他人则继续小心地把一根根枝杈锯断，由人们吊运到这边，放在地上。

阳光照射在树上，橙黄色的树皮似乎在闪闪发光，让人有些睁不开眼睛。

“不错的开局，不是吗？”面对夕阳，老常略微有些感慨地说道。

树冠上的世界显然算是安全的，至少在今天来说是如此，两棵靠近他们预定降落点的大树被从六七米高的地方拦腰截断，砍下来的部分全都变成了一截一截的木料，正整整齐齐地码放在他俩身边。

除了有四个人不小心被高处落下来的树枝打伤，十几个人被木刺戳伤或者是被树枝擦伤，一个人差一点从树上掉下去但被保险绳拉住之外，整天的工作可以说是无惊无险。

人们发现的最危险的动物只是从腐朽的树皮里爬出来的一种散发着刺鼻气味的千足虫，按照那个亲历者的描述，它大概有三十厘米长，有着红色的头部，可怕的眼睛和类似蜈蚣的螯肢，但它很快就被他用手中的斧头砍成两段，在空中扭曲着落到了丛林里。

干扰他们工作的大敌反而是每天几乎都会下的阵雨和间杂在其中的灼热阳光，全身被包裹的伐木者们在这样的阳光下要不了二十分钟就汗如雨下，几乎把裹住自己的那些织物都浸湿。张晓舟不得不花费很多时间来观察他们的情况，适时地把他们换回来休息，让他们在阴凉的地方解开那些织物透气，喝凉盐水补充体力。

“张主席，真的没有必要裹那么严的，我们都没法干活了！”不止一个人向张晓舟这样说道，但张晓舟在这个事情上却相当坚决。很多事情在没有发生的时候都没事，安全帽可以不戴，保险绳可以不系，但真正有意外发生的时候，这些保护措施就会显现出作用来。

但人们总是不愿意这么麻烦，直到那个差一点摔下去的人被保险绳拉住，保住了一条命，所有人才老老实实地一直绑着保险绳干活。

两名试吃者在空腹吃下嫩叶之后，五小时内都没有出现任何不适症状，这证实了两棵树都没有毒，于是从这两棵将近四十米高的树木上收获的大量嫩叶和嫩枝首先成了今天的主菜。而更让张晓舟他们感到高兴的则是人们很快就证实了从那些枝条上剥下来的内皮中含有很多淀粉，虽然真的不太好吃，但仅仅是把所有枝条中的一半剥下来，烘烤、焙干之后碾成粉就有将近两百公斤。加上那些嫩叶和嫩枝，今天在这里工作的五十个人就获取了将近三百人一天的口粮，同时还收获了大量的木材和燃料。

这还是在人们为了试吃的结果空等了五个小时而没有动手进行加工的情况下，如果他们全天都在剥树皮加工树皮粉，那一定能够产出更多的粮食。

“要是早一点动手就好了。”人们感叹着说道。

他们看着周围那一棵棵的树木，仿佛在看着一个个的粮仓。虽然他们还没有真正踏进丛林，但已经有了生存下去的希望。

但大多数人都明白，如果联盟没有建立起来，也许有个别团队能够想办法弄到一些枝条，但像现在这样大规模地拉开架势大干一场，那是完全不可能的。没有现在这样相对安全的环境和保护措施，时时刻刻都要小心翼翼地提防恐龙的袭击，工作效率和安全性都将是严重的问题。

“看来我还能多拖两天。”闻讯过来看热闹的钱伟说道。

“别想！”张晓舟马上说道，“历史上就没有哪个文明是靠吃树皮发展起来的，说明长期这么干肯定不行。再说了，只吃淀粉和纤维素对人也不好，现在城里已经猎不到动物了，我们必须得尽快下到丛林里，才有希望弄到更多的脂肪和蛋白质。”

“哦哟！都开始不说种类说成分了，高档得很嘛！”钱伟笑着说道。

不管有多大的隐患，这怎么说也是一个实实在在的成就，所有人心里都乐滋滋的。

一群孩子这时候从他们不远的地方欢叫着兴高采烈地跑了过去。

“付海俊！过来！你们弄到什么了？”钱伟问道。

其中一个小孩是从安澜大厦搬到医院的，本来十五岁以下的孩子都有人专门负责照管，但这群孩子才十来岁，那些老人显然没有精力牢牢地盯住他们，被他们偷溜出来了。

“钱叔、张叔、老常伯伯，”那个名叫付海俊的孩子不情愿地停下了脚步，“我们帮忙撬树皮的时候弄到一些虫子，正准备烤了吃。”

“拿过来我看看！”钱伟说道。

孩子们都有点迟疑，钱伟走过去拍了他们一下：“难道我们几个还会赖你们的东西？”

他们都不好意思地笑了，领头的孩子把手中的一个小塑料桶递给钱伟。

“哟，还挺多的啊！”钱伟说道，提回来给张晓舟和老常看。

张晓舟明白他的意思，担心他们不小心弄到了有毒的虫子混在里面，于是从旁边找了两根棍子，很小心地扒开那些叠在一起翻滚着的白胖虫子和甲虫，仔细地检查了起来。

“我们知道的！”其中一个孩子说道，“毛毛虫不能吃，色彩鲜艳的不能吃，有刺鼻气味的不能吃，死掉变色的不能吃，我们都懂！你们放心吧！”

其中几条类似蛴螬的虫子个头相当大，比成年人的大拇指还粗，将近十厘米长，白乎乎的肉脚在空中晃动着，看上去简直就像是一条小蛇。这样的东西放在以前大概很多人都会恶心得想吐，但现在，那群孩子明显已经在咽口水了。

张晓舟似乎已经听到他们肚子咕咕地叫了起来。

“拿去吧！”他终于把桶还给了他们，“记住一定要烤熟啊！”

但孩子们早已经欢呼一声跑远了。

“这些小兔崽子！”钱伟笑骂着。

在这个孤岛一般的世界，这些孩子就是他们未来的希望了。

“等粮食丰富一点儿了，一定要让他们好好地上学。”张晓舟说道。

虽然已经有很多东西变得没用，但人类的文明和科技成果不能因为这个原因而就这样荒废掉。

也许他们这一代人没有能力重新回到文明时代，但这不代表他们的下一代不行，就算下一代不行，那第三代呢？他们也许已经在某些方面回到了原始时代，但他们毕竟不是原始人。有这样的起点，他们绝不会长久地停留在蛮荒时代。

两百公斤树皮粉对于整个联盟的人们来说只是杯水车薪，但这样的消息却很快就传遍了整个联盟，一些人甚至不顾一整天搬运泥土和开垦土地的辛劳，专门跑到这个地方来看他们砍倒的那两棵树，一些人甚至主动要求，是不是能让他们把一些树枝带回去晚上就着火光进行处理。

“闲着也是闲着，总比发呆好。”

这里面或许有着某些人的私心，但张晓舟和老常、梁宇商量了一下，决定答应他们的要求。这东西的味道真的不太好，里面除了淀粉之外，更多的是木纤维的粉末，难以下咽。愿意吃这个的人，那肯定已经饿得很厉害了。他们愿意用晚上的时间干活，这是一件好事，应该鼓励。

未来这些东西或许可以作为一种对于贫困团队的救济。

“登记！”梁宇铁面无私地说道，“树皮可以任你们处理，但木芯另有用处，明天得交回来！”

第7章 扩 张

夏末禅逃过来的第三天中午，学校方面终于有人过来询问他的下落，正好在场的高辉当然是严格按照张晓舟的答案加上嘲讽的语气回应了过去。

“你们的委员行踪怎么来问我们？你们那边到底怎么了？”

对方又气又怒，但却没法发作，因为他们没有任何证据可以证明夏末禅逃到了城北联盟，也不可能把学校内部的纷争直接摊开和对方理论。

那辆自行车被高辉早早地扔到了学校通往城南方向的路边，要是对方有胆量出来追查，大可以带着他们“偶然”发现那辆车，然后和他们一起作出夏末禅已经逃到何家营的推测。

反正他们就喜欢推测不是吗？

双方不欢而散，彼此之间都没有再提合作的事情。

“一定要密切注意学校那边的动静！”高辉专门对哨兵说道。

但让他们没有想到的是，学校那边没动，何家营那边却动了。

“他们要干什么？”联盟的主要负责人和各个区域的执委们都闻讯赶来，站在新洲酒店楼上观察这边的情况。

“要动员民兵吗？”钱伟问道。

哨兵发出警报的时候，何家营里正在做动员，而现在，曾经用来到食品批发市场抢粮的那些通体焊满了钢刺的载重卡车已经开了出来，目标明显是向北。

但并非他们曾经对峙过的那条下穿公路，而是何家营正北方向的五金机电市场。

他们究竟是要对城北动手，还是仅仅要从市场里抢一些东西？

“蒋老五，孟哥，你们马上回去把自己辖区的男丁先动员起来，带好武器到新洲酒店楼下做准备。”张晓舟皱着眉头说道，“全部男丁！”

何春华到底想干什么？

从何家营出来的卡车货厢里满满的都是人，这样计算，二十辆车子至少有六百到八百人，如果他们的目的真的是城北，那城北至少也得动员一半以上的男丁才能应对。

真是该死！如果学校那边的表现稍稍正常一点，事情就不会这么麻烦了。以学校护校队的常备力量加上新洲的队员，再动员两个区的民兵，应该就足以把他们吓回去。而现在，要想吓退他们，他们原本计划的工作就必须都停下来，全力应付眼前的危机。

“康华那边不要停，继续按照昨天的方法伐木，加工树皮粉，沁园的队伍过去帮忙，可以多开几个工作面，但要注意安全！红叶、美景两个区开垦土地的事情先停下来，男丁先集中，做点编织、加工之类的工作，不要散出去干活，等这边的信号，必要的时候过来支援。安澜的人分成两部分，钱伟你来分配，负责机械加工这块的人不能动，该干什么还干什么，其他人都拉过来！”

他的安排是以靠南的区域为主进行动员，而东北方作为大后方的区域则继续进行开发的准备工作，种植玉米的事情可以暂停，那毕竟是要过几个月才能见效。但开发丛林这件事情不到万不得已不能停，不然的话，今天何家营动一下，明天学校那边再有点什么动静，事情一耽误下来，就什么希望都没有了。

“大家要做好安抚和动员，一定不要造成紧张和恐慌气氛，宁愿稍稍慢一点也不要混乱。去吧！”张晓舟说道。

蒋老五迟疑了一下，似乎想和他说点什么，但在这样的情况下却没法开口，只能和其他人一起匆匆地下楼了。

他们这边动员和安排需要时间，好在何家营那边的动作也快不到哪去。

一只暴龙迟滞了他们的行动，它似乎已经把五金机电市场作为自己的领地，车队的侵入让它非常不满，但何家营的人们还是用烟球、火弹和鞭炮慢慢地把它驱赶了出去。

“他们的目标是瓦庄村！”高辉突然意识到了这一点。

那是城南区域另外一座城中村，就在五金机电市场后面。大小和规模都不能与何家营相比，来到这个世界之后，他们并没有能够像何家营那样建立起一个防御体系，也就没有能够形成类似的组织，反倒是像城北这样，以一幢幢的楼房为单位形成了相对独立的团队。不过城中村的房子相互之间的距离几乎可以忽略不计，这让他们可以通过一些长木板之类的东西相互往来，虽然不能运重的东西，但村子里的组织程度和相互之间的联系倒是比之前的城北要高得多。

但通过踏板和天台进行联络终归是没有从地面来得方便，许多中型恐龙长期在这个村子里活动，严重限制了他们的发展，他们也没有像何家营那么多的粮食来养活多少人。

张晓舟他们之前也观察过这个村子，村里的人数应该不会超过一千人，而且应该已经陷入了严重的粮荒。

里面曾经有人试图向南逃往何家营，向北翻过高速公路，但都在半路上就被恐龙杀死了。

在把食品批发市场洗劫一空之后，何春华有了足够的存粮准备吞并他们？

“先别妄下结论。”严烨对何家营始终保持着警惕和怀疑的态度。

“我们到下面的楼层去，”张晓舟说道，“齐哥，你去把我们的人都组织起来，做好准备！”

从楼顶跑到一楼需要不少的时间，既然何家营的人已经到了不远的地方，那就没有必要非要在楼顶观察了。

他们看到那二十辆卡车驶进了瓦庄村，随后便开始把里面的那些中型恐龙用车子和火把驱逐了出去。

在这个时候，工业区、锦程和安澜三个区域动员的力量已经分成几批聚集到了楼下。

“你俩继续观察他们的情况，我下去安抚队伍！”张晓舟说道，“有什么情况就赶快下来告诉我！”

掌握敌情当然重要，但现在何家营的矛头多半应该不是指向他们，那么，更重要的事情就是要让这些仓促聚拢起来的人们镇定下来，消除他们的恐慌，让他们正视这样的行动。

城北联盟没有办法养大量的脱产士兵，未来很长一段时间内，在面对大规模的敌情时，动员和发动民兵都将是一种常态。即使今天的行动最终被证明是虚惊一场，也不会白白浪费一天的时间，正好可以用来做一次全面动员的预演，进行一次民兵的战斗训练。

高辉和严烨对望了一眼，继续趴在窗台上向瓦庄村那边看去。

村子里的人们显然喜悦要远远高于恐惧，对于已经被饥饿困扰，甚至是已经断粮的他们来说，被何家营吞并已经是最好的结果了。

恐龙刚刚被赶走，许多人就迫不及待地打开被层层家具挡死的门，兴奋地跑了出来。

但何家营来的人却没有理睬他们，而是粗暴地把他们赶了回去，或者是把其中的男人挑出来，让他们帮忙干活。他们用那些车子把一些宽大的路口挡住，从周围的房子里拖出家具，把它们劈碎，点燃大火挡住了那些较为狭窄的路口。

有人从卡车上把粗大的钢管、铁丝网和焊机等东西搬了下来，开始在火堆后面构筑防御体系。

“看来他们是准备把那个地方占住不走了。”高辉喃喃自语着。

两个村子之间最近的地方直线距离说起来只有不到八百米，中间则是一些仓库，乱七八糟的小厂和五金机电市场，如果是城北现在的状况，那这段路没什么，但对于他们来说，显然并不是一条安全的通道。

“他们可能是要把人分一部分过去。”严烨分析道。

这很有可能。

即便是有很多人已经因为饥饿、营养不良和疾病而死去，何家营里的人口密度依然会是一个让人感到绝望的数字，如果不对外扩张，这样的人口将把他们彻底拖垮、拖死。把一定量的人口分出来，占据更多的土地，他们才有可能发展种植业或者是想出其他办法来解决那么多人的吃饭问题。

有杨勇的指点，他们肯定已经把那家玉米种子公司洗劫一空，那么，占据更多的土地发展种植业显然是一条可行的出路。

这样的判断让高辉和严烨的心情都稍稍地轻松了一些，两人商量了一下，由严烨下去向张晓舟汇报这个情况，而高辉则继续留下来观察。

张晓舟这时候已经在执委们和团队负责人的帮助下把队伍整顿了一下，并且安抚了人们的情绪，严烨下来汇报的情况让他们的心里越发安定了下来。

何家营这样的举措是张晓舟乐于看到的，不管他们手上有多少粮食，只要他们不事生产，那么多人的吃饭问题就始终是一个巨大的威胁。如果不寻求转变，那他们就永远是悬在城北联盟脑袋后面的一把鬼头刀。

但如果他们开始转变思路把整个城南渐渐地开辟出来，种上粮食，那他们对城北动手的意愿和可能性也会低得多。

人们开始低声地议论起来。对于联盟这种松散体系下的民兵，要求他们令行禁止是不可能的，这种程度的散漫还在承受范围之内。

张晓舟考虑着是不是让王兴或者是杨鸿英给他们简单地讲述一点锻炼身体和使用长矛的技巧，就在这时，一阵慌乱的脚步声从酒店大堂里传了出来。

不一会儿，高辉惊慌地从里面跑了出来。

“糟了！”他焦急地说道。

他们打过来了?!

这是人们的第一感觉，队伍一下子有点炸刺了。

“他们……他们把瓦庄村的那些人赶过来了！”高辉却气喘吁吁地说道。

“大家不要慌！不是他们对我们动武，而是有人逃难过来了！我们过去看看情况！”张晓舟瞪了他一眼，对着将近七百人的队伍大声叫道。

越是危急的情况，就越发不能慌张，不然的话，未经严格训练、没有严格纪律的队伍很可能因为恐慌而毫无理由地崩溃。

严烨之前就做得很好，虽然下楼的时候一路小跑，但他出现在人们面前的时候却显得很平静，慢慢地向张晓舟走过来。

像高辉这样的做法，简直不合格。

齐峰带着新洲的队伍打头，安澜跟在后面，然后是锦程小区的队伍，最后才是由蒋老五带来的刚刚安置在工业区的原康华医院的人。严烨很自然地留在新洲酒店楼上，继续观察何家营的动静。

张晓舟感觉到蒋老五的队伍最为散漫也最靠不住，干脆让他们走在最后面。

刚刚走上高速公路，就看到靠近瓦庄村的那个路段高速公路旁的隔离栏已经被破开不少口子，一些人正茫然失措地向城北方向走来，而更多的人则正在从那些口子继续钻进来。

张晓舟立刻说道："齐哥！你先带队伍跑过去！我带着大部队马上跟过来！"

城北这片区域好不容易平静下来，人与人之间也勉强建立起了一定的信任，但如果让这些一无所有的人冲过来，谁知道会发生什么事情。

不管到底是怎么回事，必须把他们先集中起来，然后再想办法。

齐峰带着五十人的队伍向那边加速跑了过去，他们手中统一的长矛和闪亮的盔甲让这些人惊叫了起来，一些人开始沿着高速公路向西面逃去，但一段时间以来一直都饥肠辘辘的他们根本就没有多少体力，没跑多远就被抓了回来。

剩下的人不知道该怎么办，张晓舟下令让他们蹲下来，于是城北联盟的民兵们便大声地叫了起来，几分钟后，所有从那几个口子进来的人蹲成了几个圈，其中一些人绝望地大哭了起来。

人们还在源源不断地从那几个口子爬上来，看到手持长矛的民兵，堵在口子那里的迟疑了一下，但却被后面的人推着，身不由己地从那里摔了出来。

"他们在用刀逼他们往我们这边爬！"高辉愤怒地说道。

过来的都是老和弱，就算是青年男人也多半是瘦骨嶙峋、一脸惨象，不知道被饿了多久，几乎看不到年轻健康的。很明显，何家营把这些人赶过来，就是要用这种办法恶心他们，看他们怎么处理。

这些人应该是在过来之前不知道被灌输了些什么，或者是对于自己的前路感到绝望，蹲在地上哭声一片。

就眼前看到的难民已经将近五百，而他们后面，还有人在源源不断地爬出来。

"我带人去把那些口子堵住！"高辉说道。

张晓舟挡住了他："没用的，你挡住一个地方，他们随时又能重新开另外的口子。这段公路那么长，你怎么挡？"

"让他们以五十人为单位，一队一队地带到边上去，让他们双手抱头围成一个圈蹲下,注意别让他们跑了。”他大声地命令道。

人们的哭声更大了。

高辉忍不住大声地对着那些口子骂了起来,但这样的喝骂显然不可能让何家营的人收手,也不可能让这样的难民潮结束。好在瓦庄村幸存下来的人本来就不多,爬过来将近七百人之后,难民潮终于停止了。

“张队长,”杨勇的脸出现在了其中一个口子那里,“何秘书长正在忙,实在抽不开身。他让我转告你,多谢你上次送的那些肉,味道很不错！我们也没什么礼物好回报的,这些人就算是我们的回礼了。虽然瘦了点,但胜在数量多,你们喜欢烤着吃还是炖着吃都可以,随便你们处置了,哈哈哈!”

人群又一次骚动了起来,好在这些难民都手无寸铁,张晓舟他们动员过来的人手也足够多,几乎达到了一比一的水平,难民终于没能乱起来。

“我们现在到处都缺工人,正头疼呢！不知道该去哪里找人来干活！多谢何秘书长的礼物了!”张晓舟大声地回应道。

这番话终于让难民们稍稍平静了一些,虽然他们还是将信将疑,但起码有了活下去的希望,反抗的心思也就淡了下去。

杨勇没想到张晓舟这么简单就把隐患平息了,脸上扭曲了起来,但他马上说道:“张队长你喜欢就好。你缺人是吧？没关系,这样的老弱病残我们有的是,过几天我们再给你送过来！绝对保证让你满意!”

不等张晓舟的回答他就退了回去,张晓舟也没有再和他打这种没有半点实际意义的口舌官司,他看着眼前黑压压的一片人头,一阵阵发晕。

“去通知老常和梁宇,让他们组织一批妇女过来,搭灶生火,烧水给大家喝。不管现在有多少树皮粉,全都带过来。还有,红叶酒店和美景的民兵也过来帮忙!”

他带来的人应付这些难民就足够头疼了,如果何家营那边再趁机搞点什么,那整体崩盘也不是不可能。好在严烨很快就下来汇报,在把瓦庄村的居民都赶上高速公路之后,何家营来的那些人就退了回去,开始继续在村子里加固和建设防卫设施,看来是一心一意地准备在那里开分基地了。

一些从瓦庄村被赶出来的中型龙翻越隔离栏跑上了公路,但面对这么多人,它们也并没有疯狂到发起攻击,而是在旁边几十米远的地方游荡着,似乎是在寻找机会。

武文达等人躲在人群里突然向它们抛出投矛，把其中的两只击倒在地，剩下的那些就马上从公路上跳了出去，再也看不到了。

老常、梁宇和其他执委重新赶了过来，面对这样的局面，他们也感到一阵阵的头疼。

“这些人饿得比我们城北的人厉害多了，”段宏在检查了其中的几个人之后说道，“而且他们严重缺乏维生素和蛋白质的摄入，身体机能很差，体内代谢也紊乱得很厉害。”

“他们没法在短时间内成为劳动力，你是这个意思吧？”张晓舟叹了一口气之后问道。

“也不是这个意思，但最起码，两三个月的调养是必须的。”

“我们哪儿有两三个月的时间来养这么多人？”一名执委急了，“我辖区里还有一半人每天都只能喝点稀粥呢！养这些人，你让他们怎么想？”

整个城北联盟不过四千三百多人，何家营这么一下就给他们弄了七百人过来，而且在短时间内还是严重的负累，这手段太狠毒了。

“总不能把他们赶回去吧？”另外一个执委低声道，但显然，他的意思正好完全相反。

“赶过去，然后被恐龙吃掉一部分，活下来的又被何家营赶过来？”老常摇了摇头，“我们不能这么干。”

“常秘书长，我知道这不人道，但我们做什么事情也只能量力而行。你说，我们有能力养这些人两三个月吗？我们自己的粮食都不够，难道大家一起饿死？”那名执委干脆把话挑明了，“而且以杨勇那个王八蛋的意思，这还不是唯一的一批！我看他们的意思是要把何家营里的老弱病残全丢给我们！你觉得会有多少人？今天把这些人接下来，那以后过来的接不接？全接下来，那我们就完了，他们什么都不用干，只要在城南等两个月，直接过来给我们收尸就行了！”

“那你想过没有，这样来来回回地赶来赶去，在这些人死光之前，我们要花多少人力，多少时间来陪着何家营的人干这个？玉米不种了？丛林不开发了？什么都不干了？那样的话，我们同样是死！”

老常的话让他语塞了，这也是实情。因为不知道何家营的真实目的，只要对方有这样规模的行动，他们就得动员至少一半人停工下来陪着，防备着。以何家营的实力，什么都不用干，就每天安排几百人这么来一回，一个月之后城北联盟也得崩溃掉。

“人口是负担，但也是最宝贵的资源，”张晓舟终于说道，“你们可以看看，这些人里面其实没有真正的老和弱，真正的老和弱应该早就已经死掉了。他们看着弱，只是被饿得太狠了。只要能调养过来，他们就会是很强的力量。”

“但我们真的没办法养这些人啊！张主席，给他们吃什么？”

“就给他们吃树皮粉！吃那些树叶和枝条！他们干不了重活，但不是残废了，手工活和轻一点的工作他们还是能做的，我们现在不是需要编织大量的防晒网吗？就让他们编那个，我们的人一天编八个小时十个小时，可以要求他们编十四个小时！我们可以事先和他们说好，收留他们的条件就是他们得做更多，而且只能吃那些东西。所有技术要求不高、劳动强度不大，但是需要耗费大量时间的工作都可以交给他们，让我们的人解放出来做其他事情。我们甚至可以说好，他们身体好起来之后必须在丛林里工作达到足够长的时间才能成为联盟的正式成员，享受正常的待遇。你们觉得呢？”

人们沉默不语，很多人还是有着顾虑，但显然，张晓舟和老常的想法已经统一，而且不容改变了。

梁宇捡起一块石头，默默地在地上写写画画起来。

“你在干什么？”高辉问道。

“要养活这些人，我们得投入两百到三百人去砍树，加工树皮粉，”梁宇说道，“如果过来更多的人，我们要投入的人就更多。反过来，我们种植玉米的进度也会越发迟缓。但没问题，只要我们还能砍到树，只要我们接收的人不超过三千，我们就能勉强支持下去。”

“但超过这个人数，我们就将崩溃，并且走向灭亡。”他看着张晓舟和老常说道。

意见确定下来之后，所要面对的就是更多的细节。

段宏回去把医护人员们调来给这些人检查身体，而那些临时用石块和泥土搭起来的锅灶，在给人们烧了一些开水之后，就开始煮老常他们带过来的那些树皮粉。

难民们按照距离下口的远近被组织起来，以五十人为单位，在被雨水淹没的下穿隧道这里用积水清洗一下身体，然后换上从民居里找来的干净的旧衣服，接受检查，排队领取一份树皮粉熬的稀粥。在喝完之后，他们要负责把碗洗干净，放回去给下一批人用。

进展不快，主要是卡在清洁身体和检查这里，但难民们在等待的时候，有人过来告诉他们将要做什么，给他们讲述被接收的条件和要求，被接收后必须遵守的纪律，他们马上就安定了下来。

饥饿和苦难就是最好的老师、最严苛的教练，他们可以说是已经丧失了一切希望的人，在经历这些苦难之后，他们的服从性甚至比新洲团队的队员们还要好得多。

对于这些人的安置，人们也进行了一番争论。从便于管理的角度，把他们单独分隔成一个区是最好的，但张晓舟担心这会让他们感觉被排挤，与联盟形成隔阂，并在将来与联盟对立，成为隐患。

别看他们现在虚弱，等他们恢复过来之后，单独抱团也许会比任何一个区的力量都强大。张晓舟和老常愿意接纳他们是希望让他们成为联盟的一员，不是想要培养出一群敌人。

但把他们拆分开划入某个团队也不现实，经历了两个月之后，每个团队的成员之间都已经形成了一定的习惯和默契，这时候强加一个或者是几个陌生人进去，对于双方来说都是一种折磨。而且之前就说明了他们所能吃的只是树皮粉和树叶这样的东西，工作强度也要大于其他人，把他们分散到团队中却给予不同的对待，同样容易造成他们的不满和隔阂。

最终，这些人被分为六个团队，除了康华医院作为联盟总部不接受这些人外，其他六个区都各自接纳了一个团队，并且由该区域的执委兼任他们的团队负责人。在完成必要的程序之后，便由他们分别带着向各自的区域走去。

这些举措让张晓舟、老常等人忙得脚不着地，其中也出了不少问题，但在城南这边看过去，却只能看到难民们还没有造成任何混乱就被分割、安置，然后井井有条地按照一定的程序被鉴别，划分，带走处理。

这让何春华的心情变得很糟糕。他在把这些人赶过去的时候曾经快意地假想过，张晓舟的头会很疼吧。

他们将会面临什么样的压力，用什么办法来解决这个难题，对于这些负担的处理会不会造成城北联盟内部的争执和分裂，能不能在他们内部埋下裂痕？他甚至已经想好了在这些人被他们赶回来之后怎么办:他将给他们火种和武器,把他们分散着赶到城北去,让他们去制造混乱和破坏。

在他看来,这将近七百人的难民过去,即便是在以前都会是一个巨大的难题,哪怕是一个县在面临这样的难民潮也会难以处理。如果换成是他,那大概只有狠心杀光一条路。

但他却没有想到,在这种环境之下,人们对于待遇、环境和纪律的承受能力和心理预期都完全不同了,而城北联盟如此从容就把问题给解决了。

城北联盟的应变能力、组织协调能力和存粮情况显然比他想象中更好。

七百个人你们能承受对吧?

那就看看你们还能承受多少累赘吧!

第8章

探索新世界

新洲酒店顶楼的观察任务一下子变得很重，不得不加设了一倍的人员来分别监视学校和城南的动静。

但学校的反应却和夏末禅估计的差不多，在闹腾了一两天之后，一切便渐渐地平静了下来，就好像什么都没有发生过，联盟这边没有和他们联系，他们便再也没有派人出来与联盟接洽，甚至也没有再追查夏末禅这个出逃者的下落。

“他们甚至连这件事情都干不成。”夏末禅有些心灰地说道。

“你难道希望他们过来把你抓回去审判然后吊死吗?”严烨代表张晓舟到医院看望他的时候说道。类似的经历让他对夏末禅很有认同感，也对自己的未来有了更大的信心。

当然，夏末禅在学校惹的事情也远远没有他惹的大，但他已经一厢情愿地相信张晓舟和其他人不会把他交出去以换取和平。只不过，因为之前一直都在隐瞒这件事情，他还真不知道应该在什么时候，找个什么由头把真相告诉张晓舟。

何家营那边暂时也没有什么动静，他们一直在忙着加固瓦庄村各条路口的防御设施和外围的那些建筑物，并且一直在陆陆续续地往这边运送人手和物资。高辉和严烨都很担心他们会不会搞明修栈道暗度陈仓那一套，偷偷地在瓦庄村聚集人手然后对城北发动突袭，但观察了好几天之后，却都没有发现这样的迹象，相反，何家营过来的那些人已开始把土运到那些房子的天台、阳台和露台上，开始像他们这边一样种植玉米了。

“短时间内应该不会再有什么幺蛾子了吧？”高辉说道。

他们最担心的是何家营突然把几千老弱病残一股脑地塞过来，好在这样的事情并没有发生。那七百难民在几天后已经渐渐地开始适应城北的生活，也很努力地在向周围的人们表现出自己的价值。

不过他们的身体真的是很成问题，那些树皮粉不但不好吃，营养价值又没有多高，段宏在给一些人检查了身体之后私底下对张晓舟说，如果不想办法丰富他们的食谱，也许他们恢复的时间会大幅延长。

这样的结论也对联盟所有的居民都适用，单一食谱很容易造成某些元素的缺乏而最终导致严重的问题。历史上，美国西部的淘金者们就因为在冬季长时间只吃野兔而造成严重的健康问题，甚至专门诞生了一个名为“兔肉综合征”的名词。

“先把这个月熬过去吧！”张晓舟苦笑着说道，“就算我们想得兔肉综合征，那也得有兔子肉可以吃啊……”

“这个病不是因为吃兔子肉而得的……”段宏急忙解释。

“我知道，我只是开个玩笑，别忘了，我也是学生物科学的，”张晓舟笑着摇头，“等我们真正进入丛林，一切就会好起来。”

虽然理论上相关的准备工作并没有完全停下，但难民的事情多多少少还是分散了一些精力，进入丛林这项工作无法避免地又向后推迟了几天。

但巨大的绞盘，立在龙门架上高高地伸出悬崖边的滑轮组和可以同时容纳五个人在里面的吊篮还是组装了起来。这些东西在安澜大厦制作的时候进行了试验，可真正面对丛林和悬崖的考验，钱伟还是深深地吸了一口气。

张晓舟再一次被剥夺了冒险的权力，成为联盟的执委会主席后，他就再也没有机会去进行什么冒险了。因为高辉有着严重的恐高症，这样的行动往往由严烨代劳。

但这一次，他却说什么也要一起去。

“这可是人类真正进入白垩纪丛林的第一步！”他咬牙切齿地看着吊篮说道，似乎那东西和他有着杀父之仇。

“你还是……”严烨说道。

“你想都别想!”高辉马上叫道。

钱伟已经第一个进入了吊篮,高辉深深地吸了一口气,第二个走了进去。

第三个进入的是严烨,第四个则是王永军。

在经历了这么多事情之后,他对于安澜的愤怒终于放了下来,但他对于恐龙的仇恨却依然没有任何改变。这样的动力让他几乎无时无刻不在琢磨和练习杀死它们的本领,杨鸿英老人对他赞不绝口,认为他已经超过了自己年轻的时候。

第五个人依然是新洲团队的成员——武文达手中握着自己专属的投矛器,一脸的平静,但内心深处却激动不已。

他们全都包裹得严严实实,戴着头盔,防割手套,身上穿了盔甲或者是防刺服。

“老武,”高辉根本就不敢看下面,只好拿身边的人开涮分散自己的注意力,“想叫就叫,怕就叫出来,别故意一副没事人的样子。”

“你以为谁都像你一样啊?!”严烨说道,随即轻轻地用身体晃动了一下吊篮,高辉的脸马上就白了。

“别闹!”钱伟说道。他向操作绞盘的人们点点头,他们便小心翼翼地拔出定位销,慢慢地转动绞盘。

“小心!”人们大声地说道。

“没事……”高辉勉强地笑了一下,但人力驱动的绞盘当然无法和电动机相提并论,吊篮伴随着他们一顿一顿的动作而晃动起来,让他彻底失去了勇气,紧紧地抱住了站在他身边的严烨。

“老高!靠!你别掐我啊!快点放手!”

在这样的惨叫声中,代表了人类对于白垩纪世界第一次探索和征服的吊篮缓缓地离开了人们的视线,向着那无边的绿色大地降落了下去。

“把脸蒙上。”钱伟提醒其他人。

张晓舟等人把数十种他们在丛林里有可能遇到的危险列出来,专门给他们这些第一批进入丛林的人们上了一课,其中他反复强调得最认真的,就是蚊虫的叮咬。

被恐龙咬一口不一定会死,但如果被体内含有病菌的蚊虫叮上一口,以他们现在的医疗条件和研究手段,基本上就可以开始建烈士陵园了。

这并不是笑话,而是真真切切的现实。

历史上，人们在开发巴拿马运河的时候就付出过惨重的代价，当时的医疗技术和科学水平还没有认识到蚊虫是传染黄热病和疟疾的主要途径，在法国人主导运河建设的二十一年中，有两万多人死于以黄热病为主的热带流行病，另有数万人身患疟疾，几乎完全丧失劳动能力。

而后来接手的美国人运气则好得多，那时候黄热病的发病原因已经被找到，美国人在主导运河修建之后，向周边丛林中投放巨量的杀虫剂和各种药物，才最终把疫病控制住。

如果有完整的化工产业做后盾，张晓舟当然也想向远山周边的这片丛林里先不管不顾地喷上几千吨杀虫剂，然后再慢慢地进去。但他们这里既没有这么多的药物，为了把这些东西转化为食物也不可能大规模下毒，更没有这么多人口可以消耗在这种地方。唯一能做的，只是做好防护，然后步步为营。烟熏，填平水坑，让蚊虫无处产卵，撒草木灰逼走虫子。

几个人都把头巾拉起来挡在脸上，然后把护目镜戴了起来。

周围突然昏暗了下来，即使他们已经砍掉了不少靠近悬崖的大树的树冠，但剩下的枝条和那些长在低矮处的植物仍然遮蔽了大半个天空，视野一下子变得狭隘了起来，空气也越发变得潮湿，每一口呼吸都像是在吞噬着水汽。

仅仅是几米的间隔，悬崖上的世界就好像已经和他们这些人分隔开，变成了相隔千里的两个不同世界，周围一下子变得非常安静，只能听到某些不知名的虫子在鸣叫。

高辉甚至连对于高空的恐惧也忘记了，他不知不觉地放开了严烨的手，只感到自己的喉咙里哑哑的，想要狂吼一声驱散这样的寂静，但对于这个陌生而又危险的世界的敬畏却让他没有这么做。

脚下突然猛地一震，吊篮落到了地上，好在几人早有准备，伸手抓住旁边的把手，站稳了没摔倒。钱伟伸手拉了一下旁边的一根线，带动线上的铃铛通知上面的人们他们已经到了，还在继续向下放的钢绳便停了下来。

于是吊篮里便彻底安静了下来。

大家都沉默了。

在上面的时候，高辉和严烨还在争议谁要做真正踏入白垩纪世界的第一人，但真正面对那昏暗的空间，他们的嗓子却干涩了起来。

“准备好了吗？”钱伟问道。他的声音透过蒙着嘴的那块头巾，感觉有点嗡嗡的，听不真切。

“好了！”王永军大声地答道。不远的地方似乎有什么东西被他吓到，逃到了远方，让低矮的树丛晃动了起来。

吊篮压在一片齐腰高的蕨类植物上，周围也全都是这样喜欢阴湿环境的植物，可以想象，他们只要从吊篮里踏出去，必然就会陷入这样一片茂密的植物中。

那里面会有什么？

外面的雨已经停了，但林子里树叶上的积水却依然在往下滴，“哒—哒—”的声音一直在他们周围回响着，就像是有无数的人在他们周围走来走去。

偶尔有风穿过这密密的树林，那些攀缘植物的藤和叶子便轻微地晃动起来，发出沙沙的声音，就像是有什么东西在快速地移动。

“好了。”但所有人却都这么说道。

成为第一批进入白垩纪世界的人，这是一种荣誉，但也是一种责任。除了因为他们是张晓舟最信任的人，近水楼台，更多的，是因为他们同时也是联盟最勇敢、最优秀的人之一，不管前面的植物中有什么，他们都必须勇敢地、义无反顾地踏出去。

钱伟用力地扳开吊篮正面那道门的固定销，深深地吸了一口气，便猛地把它拉开。

他们终于毫无遮蔽地站在了这个世界面前。

站在钱伟旁边的王永军将自己手中一直握着的长矛平伸出去，在吊篮外那齐腰高的蕨类植物中反复地敲打，几分钟后才停了下来。

那里面如果有虫子或者是大型生物，应该已经悄悄地逃走了。

“谁先？”高辉问道。

王永军却直接一步踏了出去。

高辉愣了一下，其他人微微地摇了摇头，跟在他身后走了出去。

脚下软绵绵的，就像是踩在了厚厚的地毯上，那应该是无数年来这片丛林所累积的落叶和腐烂死去的植物残骸。

熟悉了这里的光线之后，终于能看清四周了。与他们之前想象中完全不同，这个世界呈现给他们的，并非由单调的原始的蕨类植物组成，恰恰相反，放眼望去，各种各样的叶片琳琅满目，高矮不同的木本植物错落有致。他们眼前固然有苔藓、蕨类等孢子植物，还有一些蕈类，但同样地，也不缺高大的乔木，低矮的灌木，各种颜色的花朵。怪异的由泥土、各种花朵和植物散发出来的气味混合在一起而形成的味道弥散在空中，即使是隔着面巾也能嗅到。

“开始干吧！”钱伟说道。

他从吊篮里把镰刀拿出来递给高辉和严烨，王永军和武文达则手持武器小心翼翼地守卫在他们的外围。

他们开始把吊篮降落点周围的蕨类植物用镰刀割断，然后放进吊篮里，许多奇形怪状的小虫子伴随着这样的破坏行动疯狂地逃了出来，它们中的许多种类都有着甲壳和螯肢，看上去就像是外星来的生物，严烨按照张晓舟的吩咐，用钳子把它们夹到一个有盖子的桶里，随后把桶盖了起来。

花了将近二十分钟，他们才清理出一块大约十平米的空地，割下来的各类植物几乎堆满了整个吊篮。钱伟回去把放在吊篮角落里的草木灰拿出来，在他们清理出来的这块地上厚厚地撒了一层，然后才把其他东西拿出来，伸手连续拉了那根细绳三次。

半分钟后，钢绳慢慢地收紧，巨大的吊篮摇摇晃晃地升了上去。

他们与身后那个世界的联系就这样暂时中断了。虽然后面的山壁上，之前就已经放下来应急用的绳梯就在那里挂着，但每个人的心里还是忍不住有一种被整个世界抛弃的恐惧。

“喝水吧！”钱伟说道。

丛林里一直都很安静，除了那些总是会在他们周围不停响起来的滴水声和虫鸣，什么动静都没有。但严烨的精神却一直都没有办法放松，他总是忍不住会想起那些曾经在城市中称霸一时的恐龙。

暴龙还好，它那样的身躯，即使是在这样的密林中应该也很难被忽略掉。但那些中型恐龙，尤其是像羽龙这样的恐龙，它们身上的毛色几乎与周边的环境完全融合。如果这时候有一群羽龙向他们靠近，也许他们要在很近的地方才能发现。

“别担心，”钱伟似乎是看出了他的想法，又或者是在给自己安慰，他低声地说道，

“这片丛林的肉食龙现在应该都已经聚集到城里了,这个地方反而是安全的。”

“我知道,”高辉点点头,把蒙住脸的头巾揭开一个角,露出嘴小口小口地喝着水,“生态平衡嘛！一片区域正常能够容纳的肉食动物的总量一定是有限的,否则的话,猎物就会减少到无法养活这么多肉食动物的地步,而多余的肉食动物也会被饿死。”

就在这时,他感到有一滴水落在了自己的肩膀上,但钱伟却马上低声地说道:“别动!”

他的身体僵直了起来,即使是隔着厚厚的衣服,他依然能够感觉到有个东西快速地爬到了自己的头巾上,随后爬到了背后。王永军突然向前一扑,抓住那个东西狠狠地往地上一掼,举起手中的长矛狠狠地扎了下去。

那个东西的八支脚都立了起来,发出叽叽的声音,随即不动了。

“是什么?”高辉毛骨悚然地问道。

“也许是一只蜘蛛?”钱伟说道。

王永军把矛立了起来。

眼前被矛尖刺着的是一个比巴掌还要大一圈的生物,以蓝绿色为主,色彩斑斓。它的形状与后世的捕鸟蛛没有根本性的差别,但身体背后和所有的脚爪上都有着一层厚厚的刚毛,甚至还有两排沿体表对称分布的棘刺状结构,看上去十分恐怖。

钱伟从身后拔出军刀,轻轻地拨了一下它身前的螯肢,那对可怕的东西足有两厘米长,绝对可以轻松地咬穿他们身上的衣服。

“好在它们不太可能以我们这种体型的生物为食,它应该只是偶然落在你身上的。”

“靠!”高辉后怕地深吸了一口气,“要是以我们为食那还了得?!”要是钱伟没有看到这东西,他无意间的某个动作刺激到它,那他说不定就壮烈牺牲了。

“所以说,小心无大错。”严烨说道。

“要吃吗?”钱伟问道,“这东西应该能吃,以前我在网络上看过,有些热带雨林的土著人把这当作美食的。理论上把头和毒囊切掉,烤一烤应该会和螃蟹差不多。”

“你留着吧。”高辉毛骨悚然,浑身上下都不舒服。

几个人说话间,头顶上传来金属的摩擦声,装了第二批探索者的吊篮又缓缓地落了下来。

这次吊篮没有再撞在地上，这是因为之前那次钱伟发出信号之后，人们就已经在钢绳上做了记号。

吊篮悬在距离地面大概十厘米的地方，人们拉开门，把更多的物品搬了下来。

他们做的第一件事情就是用更多的草木灰填实这块登陆场，然后用从上面运下来的干燥的柴火在这块平地的边缘点燃几堆篝火。

跃动的火焰带来了光和安全感，烟雾和温度多多少少也能驱散更多的昆虫。

人们开始向周边进一步扩张登陆场的面积，但那几棵已经被他们从上方砍断了一大半的树木却挡在了他们前面。

“这么大的树连根挖出来不现实，齐根锯断吧，”钱伟说道，“剩下的平台还能用来当桌子用。”

“那就弄更多的人下来。”王永军说道。

钱伟重新回到地面去和张晓舟沟通情况，同时也再检查了一遍绞盘、滑轮组和钢绳的情况，他们手边没有条件来测定这组升降机的最大承重是多少，同样也没有办法知道里面盛放的人和物的重量有多大，一切都只能靠估计，风险很大。好在钱伟在队伍里找到一个在工厂里工作多年的老起重工，按照他的说法，可以从钢绳吃力的情况大致判断出受力大小。于是钱伟便专门把他安排在这个地方，负责升降机的安全。

“要是有对讲机就好了。”他忍不住再一次对张晓舟说道。

习惯了手机通信便捷的人们总是难以忍受现在的通信手段，他们努力地想找几个懂电子和家电维修的人出来把那几个坏掉的对讲机修好，按照钱伟的想法，即使是专门耗油给它们充电都值得。但到目前为止，他们还没有找到能修好对讲机的人。

“可以专门做一套装置用来传递信息，”吴建伟说道，“用细绳子拉铃铛或者是钟就行，给下面的信息可以装在篮子里直接放下去，下面的人要是有什么信息要送上来，拉铃让上面的人收绳子就行。轻一点的东西也能通过这个装置来运。”

“也只能这样了。”张晓舟说道。

“吊运重物只能通过旗语了，好在这些手势和旗语本来就有，拿过来用就行，”钱伟说道，“老吴，一会儿我下去指挥他们锯树，你们在上面看好，以我们下面的旗号为主，一定要配合好知道吗？”

起重在任何工厂和工地都是风险最高的工作之一，以他们现有的装备和通信手段，一个地方没有配合好，七米的高度掉下去什么重物就是群死群伤，这是不能有任何疏忽大意的事情。

“钱伟最好是调出来专门干这个。”在他下去之后，抽空过来看情况的梁宇说道。

他和张晓舟一起去看那些负责试验未知植物的老人，今天他们弄上来的植物很杂，看上去差不多，但实际上已经有七八种之多，老人们已经完成了之前的步骤，正在小心地嚼着那些来自未知世界的植物。

“他手上的事情太多了，而且都是急事。他名义上是执委，但你看看他到底管了多少辖区里的事情？我觉得你最好是成立一个新的部门专门负责对丛林的开发，让钱伟负责，安澜这个区交给别人管。”

“王牧林吗？”张晓舟问道。

“你觉得还有更好的人选？”梁宇反问道。

张晓舟沉默了一会儿，然后说道：“请老常负责这个事情吧，下次钱伟上来以后和他谈谈，看看他的想法。如果他同意，那就请老常把安澜这个区的人集中一下，大家重新推选一名执委出来。毕竟其他地方的执委都是选出来的，我已经直接任命了一个蒋老五，再直接任命另外一个不太好。”

“当然。”梁宇点了点头。

一名老人的身体突然抽搐了起来，重重地摔在地上。张晓舟急忙丢下梁宇向那边跑去，帮着那名护士把木炭粉和温开水灌到他嘴里，用勺子压迫他的舌根让他吐出来。

旁边那些老人都紧张地站了起来，脸色苍白地看着他们。

老人的情况终于稍稍好了一些，也恢复了神志，只是因为刚才摔到地上，头上破了一个口子。

张晓舟抓起他的手腕，那里有几个小小的水泡。按照试吃陌生植物的规则，任何植物一旦能够在人体表面造成不良反应，就不可再继续试吃下去。

“怎么回事？”他有些生气地问道。

“张主席，刚刚还没有的。”那个负责照顾他们并且负责记录情况的护士急忙辩解道。

“你怎么样？”张晓舟对老人问道。

他皱了一下眉头，轻轻地摇了摇头。

“来两个人，把他送到急症室去！”张晓舟说道。

好在医院就在不远的地方，催吐也及时，否则的话，他也许将成为丛林的第一个牺牲者。

张晓舟抬起头，远处的树木在风的吹拂下轻轻摆动着，似乎是在得意地笑。

这是丛林的反击，它似乎是在用这样的方式告诉他们，想要征服这个世界，不可能一帆风顺。

要从这里索取？可以，拿命来换。

但第一起伤亡事故的到来依然快得让张晓舟无法接受。

下午的时候，用来吊运那些被锯成一段段的树干的绳子突然断了一根，本来由三组绳索配合向上吊运的树干便失去平衡，随后从绳套里挣脱了出来，翻滚着向悬崖下面重重地砸了下去。

为了减轻重量，人们已经把它们锯成了小段，但这一段的重量仍然有将近三百公斤，高度和速度给予了它更大的威力，一名正在附近伐木的工人被从侧面击中头部，当场身亡。

另外一名在树上配合吊运的工人则被断裂后猛然弹起的绳头击中面部，打得鲜血淋漓，一只眼睛也肿了起来，什么都看不到了。

“这我不知道该怎么治。”段宏无力地说道。

伤者的家属听到这样的话，忍不住号啕大哭起来。

而真正让张晓舟感到难受的，还是死者的家属。

他不知道该怎么去平抚和安慰他们，好在老常以前经常做类似的事情，吴建伟也处理过不少工地上的事故，他俩主动把这个事情揽了过去。

“是怎么回事？”张晓舟只能把自己的注意力放到追查事情的原因，避免同样的事情再次发生。

“绳子是旧的，吸过水，沾过油，已经没那么结实了，里面有一些小的断股，使用之前检查的人没有发现。绳子在吊运木头的过程当中又绊在树枝上，被他们用力地拉扯过。”事情一发生，钱伟就和那个老起重工一起去追查事故的原因，但限于技术手段的落后，没有办法还原整个事情的经过，只能根据绳子断裂的地方和之前的工作来进行分析。

“因为地形和各种条件的限制，我们也没有严格执行起吊的安全规程，重物下方的人虽然按照规定清开了，但周围的人却没有清开，也没有考虑到绳子断裂的威胁……”

钱伟的脸色十分难看，而那名老起吊工也是如此。

两人都清楚起吊重物的安全规程有些什么，在工厂的时候，这些东西都是新工人正式参加工作前必须要学，必须要懂，必须要考试合格的内容。有些管理严格的单位，新工人入厂后的安全培训甚至长达一个月。

非但如此，有些危险性大的工种，还必须要经过专业培训，考试合格之后持证上岗，这个过程往往要花费半年甚至是更多的时间。安全规程考试每年都有，每个月都有安全日停工学习，每周都有安全活动，甚至是每天上工前工长都要反复提醒安全注意事项。

但即便是这样，工人们也往往会不以为意，习惯性违章，事故总会发生。

而现在，情况更加糟糕。作业面比工厂里更复杂，更加受限，手边的工机具和条件却更加简陋，安全用具也不足，而进度要求却紧得多。而那些正在努力工作着的人们，大多数却都从来没有受过相关的培训和教育，都是边干边学，对很多威胁根本就没有明确的概念，喊也喊不过来。

许多人甚至从来都没有在工地和工厂里待过，对于在他们工作前交代的那些安全注意事项和安全规程没有清晰的认识，有些人甚至根本就没有注意听。

新增的七百多人和联盟自己内部那些面临断粮的团队都在等待着从这些树干上剥下的内皮磨成粉救命，这让联盟同时开辟了六七个点在伐木，两人的精力有限，不可能面面俱到，也不可能每件事情都盯着。

种种原因综合之下，发生事故其实只是时间问题。

“停工两个小时。”张晓舟压抑着怒火说道。但他能怎么办？把一切归结在谁的头上？那么多人嗷嗷待哺，停一天就是几百公斤甚至是上吨粮食的亏空，他们没有条件，也没有时间给人们上几天的课，慢慢培训，考试合格之后再持证上岗。

事故也许无法避免，但他却希望，人们不要在同样的地方继续跌倒，也不要在前人已经总结过，提醒过的地方跌倒。

他曾经听过一句话：安规的每一条都是用血淋淋的生命换来的教训。但他却不希望，他们用鲜血和死亡来重新梳理和编制属于自己的安全规程。

“你俩花半个小时考虑一下安全注意事项，然后给他们上课。两个小时之后大家复工。”

事故仍在不断发生，唯一能够让张晓舟感到欣慰的是，虽然摔伤、被重物砸伤这样的事故无法完全避免，但随着人们在一次次的事故面前学到教训，随着一次次的停工学习和整顿，事故的发生频率在经历了一个高峰值之后，终于开始慢慢地降低，而这个过程中，有三十几个人因为骨折等原因不得不入院治疗，但却没有人再因为事故而死亡。

更多的资源和人力被投入到这块桥头堡，钱伟回到安澜大厦去制作第二组升降机。在老常找他谈了一次话之后，他欣然辞去了安澜片区执委的职位，而在经历了一次激烈的竞争之后，王牧林凭借微弱的优势击败其他四名候选人，艰难地成了安澜片区的执委。

随着人力和物资的不断投入，远山到丛林的登陆点周边迅速清理出将近一亩的空地，数十棵大树变成了树皮粉和燃料。无数的蕨类、铁树科、桫椤科和棕榈科植物被砍倒、分解并且进行简单的处理之后吊运到远山去做进一步的加工处理，其中大部分都成了人们的食物，只有那些实在不能吃的部分才又被分解，长纤维编织成为遮阳网、绳索、容器，剩下实在无法利用的部分则成了燃料。

人们把一些木头的一端削尖，在火上碳化，然后扎成拒马放置在空地周围防止危险动物的突然袭击，并且继续点燃篝火，用烟驱赶蚊虫，大量投撒草木灰填平水坑、消毒并且驱逐昆虫。任何人在任何情况下都禁止深入丛林，只能在丛林边缘区域活动，对树木的砍伐也总是遵循这样的原则，逐步地扩大他们活动的空间。

这片丛林里，生物的多样化令人感到诧异，蕨类和苔藓植物仍然是优势植物，但大量的乔木和开花植物却也已经占据了一席之地，成为重要的食物来源。

在付出三名老人牺牲的代价后，人们记录下将近四十种有毒植物和菌类，而被证明无毒的植物则多达两百六十种。最重要的食物来源依然是嫩芽、嫩枝、花朵、果实、树皮和各种植物的根系。随着登陆点的扩大，同时可以展开的工作面变得更多，食物的补充也变得充足起来。

虽然粮食危机并没有完全解除，但如果不挑不拣什么都吃，热带雨林简直就是一座取之不绝的宝库。张晓舟不得不感叹人们的智慧，虽然条件极其有限，但植物的各种部位却都被人们不厌其烦地开发出了各种各样的吃法，其中一些甚至口感相当不错。即便是最难下咽的树皮粉也被玩出了新花样，人们把树皮粉熬煮之后用纱布过滤其中的木质纤维和杂质，将剩下的饱含糖分的溶液继续放在火上熬干，做出了类似粉丝的食物，甚至做出了更精致的类似藕粉的食物。

不得不承认，在吃这一点上，国人的确是有着满满的天赋。

但与此同时，肉类的缺乏又变得严重了起来。

中型恐龙在城北渐渐占不到便宜，新洲酒店的顶层长期有将近二十名哨兵在监视各方各面的情况，而高速公路则成了天然的隔离带。他们一旦发现有恐龙越过高速公路进入城北，就会马上通过旗语把它们的大概位置和数量告诉分驻在城北各个区域的新洲队员们，让他们就近赶去驱逐和狩猎这些动物。

这让恐龙很快就意识到城北是个危险的区域，它们的行动渐渐停留在城南，到后来，甚至很少会再翻越高速公路到城北来了。

人们唯一的肉食变成了在开发丛林过程中获得的各种各样的虫子。

因为他们的活动，更高级的动物已经被吓得离开了这个区域，飞虫也已经被烟雾驱赶或者是直接熏死，但各种各样的爬虫却没有受到太多的影响，依然在它们熟悉的环境中生活着。

白垩纪的丛林中不缺乏体形巨大的昆虫，但更多的，却是同未来世界相差无几的体形相对较小的虫了。这些东西在饥饿面前已经不再是令人感到恶心的生物，而是好吃的食物和重要的蛋白质、脂肪来源。较小的那些放在容器里，直接加热烤干以后，把那些坚硬的外壳除去，碾碎后就是不错的脂肪和蛋白质的粉末。而较大的那些，切除了有毒的部位之后放在火上烤熟，简直就是美味佳肴。

厚厚的腐叶堆、朽烂的树皮和那些大树盘根错节的根部成了人们感兴趣的地方，巨大的甲虫、巨型马陆、蝎子、蜈蚣和巨型蜘蛛总是喜欢在这些地方活动，它们很危险，体型往往是后世同类的十倍以上，而且其中有不少显然有着猛烈的毒性，巨型马陆甚至会向人们喷射一种有着强烈刺激性的毒液。但它们体内堪比虾肉蟹肉的美味却让人们对这样的危险视而不见，在工作之余，总有人会不辞辛劳地带着长长的木夹子和有盖子的桶，跑到丛林周边去寻找这些东西，带回去自己吃或者是和别人换取有用的东西。

一开始的时候张晓舟严格禁止这样的行为，虽然除了休息时间外的绝大多数时间里，人们都会浑身包裹起来防止虫子的叮咬，但他们所寻找的这些生物往往都有着巨大的螯肢，足以穿透衣物造成致命的死伤。另一方面，人们的体力劳动强度很大，如果在该休息的时候不休息，反而花费更多的精力去干这些事情，那真正干活的时候难免就会出现精力不足的情况，带来危险。

针对这样的现象，他甚至专门制订了一项规章制度，收缴他们的工具，甚至是扣除他们的工分。但很快，人们就变得怨声载道。在他们看来，工作间隙应该是属于他们自己支配的时间，他们用这段时间去为自己和家人寻找一些额外的食物，无可厚非。有些人直接告诉他，自己来参与这些工作最大的动力就是能够在工作之余给家人寻找额外的食物。不满情绪甚至带到了工作当中，带来了不小的安全隐患。

不得已之下，张晓舟只能妥协，同意他们只要能够保质保量地完成工作任务，就能在撤回远山之前，结伴到丛林边缘相对安全的地方，在护卫队的保护下寻找这些东西并带回去。这些东西不作为联盟的产出，而是他们自己的收益，但在工作期间不得做这样的事情，且任何有毒的虫子都必须杀死之后才能带回去。

工作量的多少成了人们与管理者争论的焦点，因为这决定了他们有多少时间可以用来为自己谋福利，但在张晓舟的严格限制和外部危险的压迫下，这已经不再是主要的矛盾，反而有效地刺激了人们工作的热情和效率。

“好像并没有我们一开始想象的那么恐怖。”高辉说道。

张晓舟摇了摇头：“那是因为我们并没有真正深入丛林，而且能吃的植物比我们想象中更多。”

远山城来到了一个热带区域真的是不幸中的万幸，不过对于农业来说，这却并不是什么好事。

“这些玉米的长势太差了。”一个农民工出身的男子发愁地看着眼前屋顶上的这片玉米苗，按照他的经验，这些玉米早应该进入穗期了，但眼前的这些玉米苗却依然长得不像样子，叶子也稀稀拉拉。不懂行的人或许会觉得这些玉米长得还不错，但懂的人一眼就能看出问题。

“温度太高了，雨水也太多了。”李雨欢皱着眉头说道。

玉米是喜欢高温和水分的植物，而他们大量抢运来的秋瑞四号则是一种专门适用于热带和亚热带地区的早熟种，已经是他们能够弄到的最适合当前环境的品种，但这并不意味着它就能承受过高的温度和过量的雨水。按照她之前在公司接受培训时的笔记，这个品种最适宜的生长温度在二十四至三十五摄氏度之间，低于或者是超出这个温度范围，都会对玉米的生长发育造成影响，导致生长迟缓。

但他们现在所生存的这个世界，日出后的温度却普遍在三十五度以上，如果不下雨，正午之后的温度甚至可以达到四十度以上。而这些种植在屋顶天台上的玉米，周边温度会更高。

另一方面，过多的雨水让玉米的根系总是浸泡在水中，无法呼吸到空气，很多苗都出现了腐根。过多的雨水还会把土中的肥料和养分带走，让他们辛辛苦苦施下的肥料就这么随着雨水流走。

唯一的解决办法是在玉米地上方搭起架子，覆盖上一层遮阳网，甚至是两层遮阳网，周围通风透气，而在下雨的时候，则要覆盖一层塑料布或者是其他可以挡雨的东西，把多余的水分引走。

这样的技术大家都不陌生，不过是大棚而已，但对于他们当前的物资支持能力来说，这却是一个噩梦。

第9章 情劫

张晓舟走进老常和梁宇的办公室，却看到了那个让他一直以来都感到非常尴尬的人。

两个人都愣了一下，张晓舟下意识地想要退出去，但这样的做法有点过分，他迟疑了一下，站到了旁边。

高辉鬼鬼祟祟地笑着，但严烨却感到有些奇怪。

“怎么了？”他低声地对高辉问道。

“大人的事情，小孩子少管。”高辉说道。

“常秘书长，梁主任，这个事情真的不能耽误了，”李雨欢看到张晓舟，表情也变得有些奇怪，但她还是继续对老常和梁宇说道，“我不知道你们是不是真的意识到了这件事情的严重性，但所有人都在指望着这些玉米，如果它们不能正常收获，或者是产量低得令人失望，你们觉得会发生什么样的事情？”

“你放心，我们会尽快安排。”

李雨欢深深地吸了一口气，看了他们一会儿，然后说道：“那我就先走了。”

“她是谁啊？”看着她的身影，严烨再一次问道。

高辉高深莫测地笑了笑，这让张晓舟恨不得狠狠地踢他一脚。

“是农业口的事情，”老常主动向张晓舟说道，“李雨欢来找我们说，要我们停下开垦土地，先集中精力把已经开垦出来的土地建成大棚。说是温度太高，雨水太多不利于玉米的生长，雨水太多还会把泥土当中的养分带走，导致土壤劣化。现在种下去的苗，大部分都长得很糟糕，再继续盲目地开垦下去也只是广种薄收，没有意义。”

张晓舟点了点头。李雨欢并不是危言耸听，他到各处去看玉米生长的情况时，的确有这种感觉。

地质学院也做了同样的事情，那说明这的确是必须要做的事情。

事实上，在学校门口近距离看过那些简易大棚之后，他已经让梁宇把织网的事情安排了下去。

“我们的木头倒是勉强够了，现在的问题是网还不够多，只能慢慢来。但她急得不行，差不多每天都来找我们俩，就差没指着我们的鼻子说我们不作为了，”老常苦笑着说道，“要不然，你去做做她的工作？”

高辉的笑容越发诡异了，张晓舟摸了摸鼻子，急忙把话题转开了。

“张主席和那个女的是……”严烨终于回味过来了。

“你真是傻啊，这才看出来？”

“你才傻！”严烨叫道。

自从那次与李雨欢的争执之后，张晓舟就一直在刻意地避开她。哪怕是联盟成立，李雨欢作为玉米种植方面的专业技术人员跟着老常和梁宇一起搬到康华医院来，他也一直回避着，很少和她打照面。

两人发生争执的直接原因是张晓舟的受伤，李雨欢埋怨他不懂得爱护自己，遇到危险的事情总是一味地带头就上，根本就不考虑自己的安危。而张晓舟则认为自己作为团队的领导者，如果不能以身作则，不能身先士卒，那就没有理由也没有资格去带领和指挥别人。

但更深层次的原因却是张晓舟从来没有给予过李雨欢足够的重视，甚至很少有甜言蜜语和关心照顾。肩负着带领整个团队在这个世界求生存的责任，他总是站在更高的角度去思考，这让他总是忙碌着，要么就是在苦苦思索着，很少有时间和机会去考虑儿女情长的事情。

某种意义上来说，在这个特殊的历史时段，作为肩负着重大责任的人，谈恋爱这样的事情对他来说极为奢侈。

他需要的是一个传统的、作为自己附属品的女人，一个能够完全包容这种忙碌，忍受这种冷遇，不会抱怨，不会生气，不管遭遇什么事情都只会把自己的想法压在心底，不需要哄，不需要投入任何精力去照顾的女孩。

但显然，李雨欢并不符合这样的条件。新时代的女性，已经很少有人还会这样。

张晓舟完全清楚这一点，而且他并不觉得这不对。他从来不觉得女人就应该唯唯诺诺，以自己的男人为一切。每一个人都应该是有自尊的独立个体，有权利充分表达自己的意志，有权利提合理的要求。

但也正是因为有这样的认识，在联盟成立之后，哪怕他再也没有必要带头冒险，也没有人会让他继续冒险，他还是继续回避着李雨欢，忙着自己的事情。

“你们到底是怎么了？为什么就不能重归于好呢？”每次到医院去找段宏，不小心碰到刘雪梅的时候，她总会这样问，“我问过雨欢，你们又没有发生过什么没有办法弥补的事情，就是那么吵了几句，这么长的时间还不消气？你是男孩子，要大方一点儿，主动一点儿，难道还让女孩子来求你？”

张晓舟只能笑笑，对这件事情避而不谈。

然而，他们很快又碰到了一起，而且是以一种张晓舟绝对不愿意看到的方式。

“顾医生，她怎么样了?!”张晓舟一把抓住急症室的值班医生，大声地问道。

“张主席，你这没头没尾的……”对方苦着脸答道。

“那个受刀伤的女孩！”

“哦……你说那个啊？她没事，段医生刚刚给她做了缝合，看着严重，其实没伤到内脏。”

“她在哪儿?!”张晓舟的耳朵里只听到“严重”两个字，脑子一下子轰鸣了起来。

医生带着他往二楼的病房走去，刚刚上楼就看到一大群人，其中很多都是安澜大厦的熟人，人们看到他过来，自觉地让开了一条路给他。

他急忙从人群里冲了进去，病房门关着，他迟疑了一下，轻轻地推开了房门。

女孩睡在病床上，一个护士正在给她打点滴，挡住了她的脸，刘雪梅站在另外一侧，眼睛红红的。

张晓舟向前走了几步，便看到了李雨欢精致而又清秀的面庞，她的脸色苍白，应该是刚刚动过手术的原因。

他的心里咯噔一下，有个东西像是一下子就碎了。

“张晓舟，你来了？”

“她怎么样？”张晓舟低声地问道。

“麻药还没过，”刘雪梅说道，“不过段医生说手术很成功，只是他毕竟不是专业的麻醉师，用量上可能有点问题，苏醒时间要长一些。”

张晓舟想要过去握住她的手，摸摸她的脸庞，但他向前走了一步，却又站住了。

“那小子，我饶不了他！”钱伟的声音在身侧说道。

张晓舟转过头，看到他和李洪等人站在门外，应该刚刚从别的地方赶过来。

王蓁蓁在他旁边哭得稀里哗啦，一脸的憔悴。她的左手也用纱布包着，红色的血迹隐隐约约从里面透出来。

“是怎么回事？”张晓舟压抑着愤怒问道。

“对不起，都是因为我……”王蓁蓁又哭了起来，“如果不是为了保护我，雨欢她也不会……呜呜呜……”

老常这时候也赶来了，他低声问了一下李雨欢的情况，随后问道：“人呢？”

“已经关起来了。”李洪摇摇头答道。

这可以说是联盟成立以来内部最严重的刑事案件，而当事人双方的身份对于他们来说都很震惊，没人愿意看到这样的情况。

“他疯了吗？怎么会这样的？”老常继续问道。

“都怪我……呜呜呜呜……”王蓁蓁一边哭一边说道。

“别哭了，蓁蓁，是他自己的问题，不怪你。”刘雪梅叹息着说道。

李彦成和王蓁蓁曾经是安澜大厦最被人羡慕的情侣。

当然，他们也可以说是初期唯一的一对情侣。在王蓁蓁出事的时候，李彦成不惜去冒最大的风险，尽自己最大的努力去挽救她的生命，这个故事即便是在安澜大厦根据地成立之后，都不断地在新人当中流传。

没办法，每天入夜之后人们能做的事情太过于有限，而通常人们又非常不愿意提起自己过去的生活，提起自己的亲人和朋友，于是，这些发生在新世界的事情就成了人们乐此不疲的谈资。

“有这么个男朋友陪着你,真幸福!”

来到这个世界,远离自己的生活和家人,当然是一种不幸,但那段时间对于王蓁蓁来说却依然甘之若饴。她是个小女人,好吃的东西,好看的衣服,电视剧和明星八卦当然重要,但一个爱自己,愿意为自己牺牲的男人,却可以冲抵一切的不便和痛苦。

可这一切却在张晓舟和高辉离开安澜大厦另起炉灶,并突然拉起了另外一个队伍,甚至成立了联盟之后变得完全不同了。

“那个位置本来应该是我的。”这句话成了李彦成在她面前最常说的一句话。

他总是不厌其烦地向王蓁蓁抱怨着自己被埋没,被冷遇,而高辉那个在安澜大厦唯唯诺诺默默无闻的宅男,却变得耀眼起来。

“如果当初跟着张晓舟离开的人是我,根本就轮不到他!”他总是一次次这样说道,“我都是为了你才留下的!”

虽然事实的确如此,当初他的确是第一个站出来支持张晓舟的人,甚至可以说是唯一的一个,但作为枕边人,王蓁蓁怎么可能不知道,其实他当初也在犹豫,也在迟疑。她在这里面的确是起了推波助澜的作用,但如果不是他自己心里本身也有顾虑,她的话又怎么可能那么容易就奏效?

她央求他不要去冒险的那些话成了他安心留下的理由,张晓舟,不是我不愿意支持你,而是有蓁蓁在,我必须留下来照顾她。更何况,张晓舟也主动问过他这个问题,这让理由变得更加强大和充分。

毕竟当时在人们的眼里,张晓舟的出走更像是一种赌气行为,一种极其危险而又自暴自弃的行径,很多人都觉得他们是在送死,但谁能想到,他们竟然幸运地成功了。

于是,她曾经说过的那些话,成了他们之间一道不断流血、永远不结痂的伤疤。

“如果我不是为了留下来照顾你!”

李彦成总是这样说道。

“如果我不是为了照顾你!”

这句话很快就发生了变化。

而随着安澜系,甚至可以说是他们最初那个小团队的人们纷纷走上了重要的岗位，他的心态越发失衡。

“刘雪梅？一个家庭妇女，她懂什么?！你看嘛，之前多少事情是她弄出来的？

“李洪不过是混混！你看他撬门的时候利索成什么样子？他就是个惯偷！谁知道走什么歪门邪道当上协警的！让他管安保？真是搞笑！

“老常这种半截入土的人！他能干什么？成天就是混日子！就因为他以前是警察？

“张孝泉这种头脑简单四肢发达的人也能当组长？钱伟瞎了吗？

“孙然？就他这种唯唯诺诺什么主意都不敢拿的个性，我告诉你，梁宇用他，过不了两天就得哭瞎！”

当然，让他最看不惯的就是高辉，而他对高辉发的牢骚和攻击也是最多的。有好几次，他甚至忍不住在其他人面前也讽刺起高辉来。

“以前他连话都讲不利索！胖得很！走不了几步路就气喘吁吁。

“小人得志嘛，不就是那个样子吗？

“就是运气好，舔了领导的菊花，哈哈！”

他说的话越来越不像样子，王蓁蓁忍不住在两人独处的时候说了他几句，他却马上爆发了。

“你还有脸说我?！要不是因为要照顾你，我现在会是这个样子吗?”他大声地吼道，“最开始当张晓舟助理的就是我！我跟着他跑前跑后的时候，高辉还不知道在干什么呢！现在呢？你看看他在干什么，我在干什么?”

“你管别人在干什么，我们过好自己的日子不行吗？你没听他们说的吗？他们有好几次都差一点就死了……”

“你就是这么愚昧！就是这么短视！现在这个世界，不敢拼的人就什么都没有！要不是你拖累……”

两人终于争吵了起来，随后，便是持续不断的争吵。

王蓁蓁搬到了女生宿舍，也就是从那个时候开始，她和李雨欢渐渐因为相似的遭遇，因为声讨各自心里的那个人而成了好朋友。

李彦成很快就后悔了，但不是因为明白自己错在什么地方，而是因为自己唯一一点被别人羡慕的东西也没有了。

他央求王蓁蓁回去，而她也确实心软了，不管怎么说，两人毕竟有那么几年的感情在，而且他也的确为了她付出了那么多……但她却没有想到，李彦成每次总是好不了几天，马上就恢复原状，甚至变得更加过分。

“我为了你，什么都没有了，你有脸抛下我？”他甚至直接这样说道，“你敢抛下我？！”

两人之间的感情随着一次次的争吵、分开、复合，变得越来越淡，刘雪梅和李雨欢跟随老常等人到联盟总部工作之后，王蓁蓁便干脆也报名当了护士，离开安澜大厦，和李雨欢又住在了同一个寝室。

在安澜大厦的时候，人人都知道他们之间的事情，也没有人会想要乘虚而入，但放在整个联盟，就没有多少人知道他们的事情，更没有人会有这样的顾虑了。

虽然联盟里大多数都是拖家带口的男人，但单身的年轻男子也有不少，一名康华医院的医生很快就瞄上了她，并且借工作之便，对她展开了追求。

这样的事情当然很快就被李彦成发现了，他甚至丢下了手边的工作，一次次地跑到医院去堵王蓁蓁，让她跟自己回安澜大厦。被拒之后，他又去堵那个医生，让他别不要脸当第三者。

“死了老公的女人多得是！找什么人不好，非要找有主的？你还是医生？你要不要脸啊？”

“你别给我在这儿耍流氓影响我工作！我告诉你，我和蓁蓁之间没有你想得那么龌龊！就你这样的人，根本就配不上蓁蓁这么好的女孩！别说你和她现在已经分手了，就算没分手，我也不会让你这样的人糟蹋她！”

两人差一点就打了起来，好在医院同时也是联盟的总部，在他们打起来之前就有新洲的队员过来把他们分开，并且把李彦成抓起来关了两天。

“为什么这些事情我都不知道？”张晓舟问道。

“你烦心的事情已经够多了，这样私人的事情，我们就没有告诉你，”李洪叹了一口气说道，“我连老常和钱伟他们都没告诉。我还以为，这样的事情他们自己能处理好。”

争风吃醋这样的事情如果是在以前，根本也不算什么事情，没打起来的话，就算是警察来了最多也就是批评教育一下，连局子都不会进。

但医生是联盟最重要的人力资源之一，李彦成对于高辉的诋毁也不是一天两天的事情了，因为这样的理由，新洲的队员们严格执法也好，公报私仇也好，不但关了他两天，还把他好好地整治了一番。

谁也没有想到，他今天早上刚刚被放出来，回宿舍拿了一把刀就直接去了康华医院，急诊中心有人守着，他没有办法带刀进去，他就干脆到宿舍这边来堵人，并且遇到了吃完饭一起回来休息的李雨欢和王蓁蓁。

“他说他已经什么都没有了，要带我一起死……他拿着刀子扑上来的时候，雨欢把我推开了。”王蓁蓁泣不成声地说道。

所有人都默不作声，这样的事情可以说匪夷所思，但似乎又理所应当。

更让他们感到难堪的是，当事人可以说和他们当中的绝大多数人都有着密切的关系。如果他们中的某个人注意到这个事情，开解他一下，顺手提拔他，让他心里的怨气得到纾解，也许事情就不会发生。

但张晓舟、老常和钱伟等人实在是太忙，根本就没有时间去注意这样的事情，而知道这个事情的李洪等人，却因为李彦成发的那些牢骚，因为他对自己和其他人的那些诋毁而或多或少地存了看热闹的心思，根本没有要帮他的想法。

事情到了今天这一步，李雨欢被无辜地卷进去，差一点就死了，这让人们都后怕了起来。

而与他们这个团队无关的诸如梁宇等人则想到了更多。今天李彦成可以直接跑到联盟总部来杀人，而且还差一点就得手了，那明天康华医院的某个人如果想杀张晓舟或者是老常呢？他俩经常到各个地方去看工作进展的情况，如果真的有人存了这样的心思，得手的机会真的太多了。

另外一个方面，这样的恶性事件发生在联盟总部，会不会对联盟的威信产生不利影响？该怎么引导和平息？被刀子捅伤的人是李雨欢，会不会有人把这个事情牵连到张晓舟身上，传出谣言影响他的威望和声誉？

真是该死！

这样的事情出在安澜系内部，简直就是对安澜这个事实上掌握了联盟话语权的势力沉重的打击。梁宇甚至已经想到了，其他那些派系，尤其是那些从康华被硬拆开的人们，对于这样的事情将会有着什么样的看法。

也许未必会动摇安澜系的根基，但毫无疑问，这样的丑闻如果得不到妥善的处理，势必会让人们对他们这些人的公平和公正产生怀疑，而这，有可能被别有用心的人利用，成为不安的种子，在关键的时候就有可能带来严重的问题。

“这是我的责任。”钱伟说道。

执委的位置让了出去，但他依然还是安澜团队的领导，这样的事情发生在安澜内部，而且不是一天两天，可他却对此一无所知，作为团队领导来说，他无疑是失职了。

“钱伟，你那么忙，再怎么也怪不到你头上，要怪，也得怪我这个直属上级，”李洪不得不站出来表态，“是我疏忽了。”

不过这个事情他真的是责无旁贷，因为他不但知道这个事情，某种程度上还故意无视甚至是推波助澜。当然他完全没有想到李彦成会这么偏激，如果真的要追究领导责任，他怎么推都不可能推得出去，倒不如先主动揽下来，然后再设法推脱。

“出了这样的事情，管理和领导责任肯定要追究，还得出台相应的补救和预防措施，但那是后一步的事情了，”梁宇说道，“现在的问题是，怎么处理当事人？怎么平息这个事件带来的影响？这才是问题的关键！最简单的问题，这件事情到底应该由安澜内部来处理，还是由联盟来处理？我的看法是，虽然李雨欢和王蓁蓁以前是安澜的人，但现在已经调到康华区域，这个事情不但跨团队，而且还跨区，必须得由联盟来处理。”

这是要上纲上线了，这么搞的话，那事情就闹大了，李彦成这个当事人当然要倒大霉，但李洪他们这些知情不报者也要跟着倒霉。但梁宇的理由也很充分，李洪等人只能眼巴巴地看着张晓舟，等他来定夺。

张晓舟却不知道该说什么，他看了看睡在病床上，脸上没有半点血色，还一直没有醒来迹象的李雨欢，心情极度复杂。

“我先去看看李彦成，”片刻之后他终于说道，“刘姐，雨欢这里就拜托你了。”

李彦成被关的地方不远，就在康华医院医技楼的地下室里，这里原本应该是用来放杂物的房间，因为没电，空调和通风设备都没有发挥作用，空气有些浑浊。最关键的是，这里不像之前安澜大厦用来关人的房间那样有光，能够听到外面人们的走动，甚至是能够听到人们的声音。这个走廊尽头的房间一片漆黑，什么都看不到，也没有任何人会到这里来，只有两个人在地下室到一楼的楼梯口，顺带也守卫着大楼的入口。

他们打着火把慢慢地向这个房间走去，钱伟和老常都想去，但张晓舟却决定要单独见见他。

“有人吗?!”刚刚转过墙角，就听到李彦成仓皇而又沙哑的叫声。他或许是在黑暗中看到了从门缝底下透进去的火把的光线，一下子变得无比的激动：“有人吗?!”

他用力地踢着门，在僻静的地下室里，这样的声音不断地回荡着。

“你们回去吧，”张晓舟对哨兵们说道，“把钥匙给我。”

“张主席……”哨兵们迟疑了，“他的情绪很不稳定!”

“我知道，”张晓舟说道，“但我相信他不会伤害我的。”

“张主席，不是我们不听你的，但他现在真的很危险。”

“他已经没有凶器了不是吗?”张晓舟问道，“我也是一直和你们一起接受训练的人，以他的身体素质，没有伤到我的可能。”

人们终于离开，让张晓舟自己拿着火把向那边走去。

李彦成一直都在拼命地踢打着房门，甚至已经有了哭腔。

“放我出去，求求你们了。让我干什么都行。”

张晓舟终于走到了房间外面，他隔着门说道：“李彦成，是我。”

“张晓舟?!”李彦成惊喜地叫道，“你来得正好！快点把我放出去！我真的受不了这个地方了！快点！求求你！快点!”

“你明白自己干了什么吗?”张晓舟等他喊完之后才问道，他的声音不大，但在这样僻静的地方，李彦成应该能够听到。

门里面终于安静了一会儿。

然后他听到里面传来了轻轻的抽泣声：“我不知道，对不起，我真的不知道为什么会变成这样……我不想伤害她们的，你相信我，我真的不想伤害她们的！我只是想吓吓她，让她听我的，离开那些想伤害她，想占她便宜的人！张晓舟，张主席，你最清楚了对不对？我对她的感情你最清楚了！我怎么可能伤害她？我是在保护她，让那些不要脸的人离开她!”

李彦成的声音不由自主地放大了，似乎是要用这样的办法说服张晓舟，但更像是要用这些话来说服自己。

张晓舟再一次等待他说完，然后才问道："这里没有别人，只有我们俩。我现在也不是以联盟主席的身份来看你，我只代表我自己。你告诉我，你真的是这么想的吗？"

李彦成再一次激动了起来，他拼命地替自己辩解着，寻找着各种各样的理由，当他说话的时候，张晓舟便静静地听着，一句话也不说，甚至不发出任何声音。

"你还在吗？"李彦成终于意识到了这一点，他惊慌失措地问道，"张主席？张晓舟！"

"我一直都在。"张晓舟叹了一口气后答道。

"你帮帮我！求求你帮帮我！我现在什么都没有了！求求你，你帮帮我吧！"

"我帮不了你，现在唯一能够帮助你的，只有你自己。"

门里面沉默了，过了一会儿，李彦成终于问道："你这是什么意思？"

"我下来的时候，李雨欢刚刚动完手术，还没有醒。"张晓舟说道。

"对不起，我真的没想到……"李彦成急忙说道。

"我不清楚当时的情况，这也许只是一个意外，但你真的觉得自己是去保护王蓁蓁吗？"张晓舟终于第一次打断了他的话，"也许我们的理解不同，但你真的觉得，自己拿着刀子去找她，吓唬她，说要和她一起死，这是在保护她？"

李彦成再一次抽泣了起来。

张晓舟默默地等待着他的回答。

"那我应该怎么办？我已经什么都没有了，如果她不爱我了，那我应该怎么办？你告诉我，我应该怎么办？如果不这么做，那我又能怎么办？"

"真的是这样吗？"张晓舟问道。

漫长的沉默，然后李彦成答道："我不知道，我真的不知道。"

"你真的觉得如果当初你和高辉换个位置，就一定能比他做得更好吗？"张晓舟问道。

门突然被重重地踢了一下。

"当然！"李彦成激动地说道，"你也不相信我？我什么地方比高辉差？张晓舟，你告诉我，我什么地方不如他？当初我们第一次杀那些恐龙的时候，高辉在干什么？他只能躲在房间里当个诱饵！比头脑，比体力，比勇气，我什么地方不如他？你离开的时候，是我第一个决定跟你走的！如果不是你让我考虑蓁蓁的意见……如果不是蓁蓁那时候求我留下……”

张晓舟知道他已经入魔了，巨大的落差已经让他把怨念变成了一种信仰，变成了维系自己可怜自尊的唯一解药，他在这件事情上已经无解了。

“那我给你一个机会，你保证一定会成功吗？”张晓舟问道。

“当然！当然！”李彦成欣喜若狂地答道，“你相信我，不管什么事情，我一定会比别人做得更好的！你相信我！什么事我都能做到！”

张晓舟拿出钥匙，把门打开，李彦成激动万分地跑了出来。

“张晓舟，你要让我干什么？你说！你说！”他大声地叫道。抖动的火光下，他的脸庞看上去扭曲而又狰狞。

他的样子让张晓舟暗自叹了一口气。

“我要你留在这个地方。”

李彦成一下子愣住了：“你说什么？”

“在对你的正式判决出来之前，我要你好好地留在这个地方，”张晓舟说道，“我会让人给你准备油灯，准备本子和笔，让你把自己的想法写下来。你可以在这里做一些体能方面的锻炼，然后，我会安排你接受新洲团队的训练。”

李彦成的表情又变得激动了起来。

“你知道我们现在最缺什么吗？”张晓舟说道。

李彦成摇了摇头，这样的事情不是他这么一个安澜团队的安保人员能够知道的。

“我们最缺乏的是盐，这是我们一天也离不开的东西，但现在却只有消耗，没有补给。我需要你去做这件事情，当然，肯定不会是你一个人。我们很快就要组建一支队伍，去寻找在这座丛林里应该会很多的植食性恐龙，然后观察它们的行动，跟随它们去寻找有盐的地方。这事情很危险，但对于整个远山的人们都有着非常重要的意义，我可以信任你，把这项重任交给你吗？”

“当然！”李彦成大声地答道，“当然！”

张晓舟点了点头，随后他对李彦成说道：“我还有另外一个要求。”

“没问题！你说！”李彦成马上说道。

“忘掉王蓁蓁，让她去寻找自己的幸福吧。”

李彦成彻底呆住了，将近半分钟之后他才问道：“你说什么？”

“经过了这么多事情,你觉得你们俩还能回到以前吗?”

“当然可以! 只要我有了成就,有了地位……”

“别骗自己了,”张晓舟第二次打断了他的话,“我相信你心里很清楚,你们之间已经无可挽回了,不然你也不会使用这么过激的手段。不是吗?”

“但那时候我看不到希望,可现在,你已经给了我希望了,不是吗? 我们还是有希望的,对吗?”

张晓舟看着他,没有回答。

眼泪再一次流了出来,李彦成突然用力地咬着自己的手背,好让自己不再痛哭出来。

“你应该清楚,你这次所做的事情,已经触碰了红线,”张晓舟用低沉的声音说道,“人们不会轻易地原谅你,王蓁蓁不会,李雨欢不会,我也不会。但联盟成立的时候,我们就已经说过,对犯罪的人,进行的惩罚就是强迫他们从事危险的工作,达成某种结果,或者是达到一定的时间,以此赎罪。所以我一开始的时候就对你说,现在唯一能够帮助你的,就只有你自己。”

李彦成的手背已开始出血,但张晓舟却视而不见。

“我相信你是爱她的,但我们都不知道你将被判从事多长时间的危险工作,也不知道你什么时候能够找到盐,甚至不知道你会不会在这个过程中牺牲。即便是这样,你还是想要她一直等你? 想让她一直煎熬在你俩现在这种关系之下? 如果你死了,你觉得她会不会背负着这样的东西过一辈子?”张晓舟说道,“我相信你肯定是爱着她的,但如果你真的爱她,那就放手吧。”

李彦成终于呜呜呜地哭了出来。

“我的成功没有别的秘诀,只是在别人休息的时候,我一直在想自己要做的事情,考虑各种各样的可能性,考虑自己应该怎么做;在需要拼命的时候,拿出勇气,绝不后退;然后,就是运气。就像你刚才说的,你并不比别人差,也不比我差。我能给予你的唯一帮助,就是让你最大限度地接受训练。我希望,你能从现在就开始做准备,以犯错之身离开,然后成为英雄回来。这就是我要你做的事情,也是你应该去做的事情。你可以做到吗?”

李彦成一直在哭着,许久之后,他终于用力地点了点头。

“我已经和他谈过了，他已经认识到了自己的错误，并且愿意接受任何判决。”张晓舟对人们说道，“准备一次公审吧，依然采用裁决庭的形式，从联盟的成员当中随机抽选九人出来组成裁决庭。但因为其他团队没有过这样的经验，我希望能安排一名安澜的人作为其中的成员，负责帮助其他人熟悉这个流程。”

“江晓华如何？”老常问道。

这个年轻人的思维很独立，不是那种趋炎附势的人，某种程度上来说，他甚至有点理想化，有点迂腐。在之前安澜大厦发生的那件事情上，他作为裁决庭的代表，甚至敢于反对作为团队二把手的钱伟的意见，这给老常留下了很深的印象。

“可以。”张晓舟点了点头，他也记得这个人。

“量刑标准呢？”梁宇问道。

联盟草创，对于民事和刑事案件这一块，还没有什么明确的规定，只是在联盟创立的时候确定了把从事危险工作作为对违法者的惩罚。但原则定下了，却没有任何具体的条款来支撑它。

小偷小摸判几天？像李彦成这样重伤别人又要判几天？更严重一些，如果联盟内部发生了杀人案件，又要怎么处理？

“他的罪行严重，但应该不至于判死刑吧？”张晓舟问道，“就由裁决庭决定吧。”

几人正说着话，病房门突然开了，刘雪梅露出脸，惊喜地说道：“雨欢她醒了！”

张晓舟马上丢下老常和梁宇跑了过去，轻轻地推开了门。

原则性的问题他已经明确，剩下的就是执行层面的事情了，这样的事情他不管了，不然的话，要老常和梁宇他们这些人干什么？

李雨欢的头偏向窗外，眉头紧紧地皱着。

张晓舟悄悄地示意刘雪梅先离开，他自己则轻手轻脚地走到了病床旁边。

沉默了好一会儿，李雨欢终于忍不住说道：“你来干什么？”

“照顾你。”

“不敢当！”李雨欢的眉头皱了一下，应该是伤口疼了一下，“我好得很！没几天就能活蹦乱跳地出去了，张主席你贵人事多，忙你的去吧！”

“所有事情我都安排下去了，要是有什么事情他们也知道该来这里找我，”张晓舟说道，“在你彻底好起来之前，我什么地方也不去，就在这里照顾你。”

李雨欢的眼睛和鼻子突然红了，随后她大声地叫道：“你当你是我什么人？高兴的时候就来逗弄一下，不高兴了就扔到一边？张主席，我只是个小女人，经不起您这么玩。以前是我不懂事，自以为是，您行行好，放过我，别逗我了，行吗？”

“我不是逗你。”张晓舟走到她面前，她马上挣扎着把头转到了另外一面，但张晓舟分明看到，眼泪开始在她的眼眶里聚集，马上就要流出来了。

“我错了，”他低声，但却诚心实意地说道，“我真的错了！听到你出事的时候，我的心都不是自己的了。我以为我可以不在乎你，但现在我知道，我做不到。对不起，我真的错了，错得很严重，很离谱，但我现在已经明白过来了，原谅我，让我来照顾你，好吗？”

李雨欢想要说什么，但一开口就是哭腔，于是她死死地咬住牙，眼泪却一刻不停地流了出来。张晓舟急忙找东西给她擦眼泪，但现在这个世界可没有纸巾可以浪费在这种地方，他找了半天，终于从旁边抓过来一块刘雪梅给她擦脸的毛巾，轻轻地替她拭去了眼泪。

“你管我干什么？你忙你的去啊，让我自生自灭不就行了！”

“都是我的错，等你好起来，你要打要罚，要怎么处理我都可以，但你现在别哭了好吗？你刚刚做完手术，失血很严重，再哭的话，针水就白打了。我们走后门好不容易才弄到这么点针水，千万别浪费了，好吗？”

李雨欢被他这话逗得又气又乐，张晓舟抓住她的手，放在自己的脸上，轻声地说道：“等你好起来，要怎么抽我都可以，我该抽！但你现在别这么激动，好好地养伤，好吗？你想骂我，想打我，先忍两天，等你好一点再说，好不好？”

李雨欢又哭了起来，但这次，终于平静了一些。

张晓舟替她擦干眼泪，顺带拧了毛巾擦了擦脸，然后帮她盖好毛巾被，赔着笑坐在旁边。

她终于愿意看着他，似乎是有满肚子的话要说，却不知道该从何说起，张晓舟轻声细语地哄着她，给她倒水喝，帮她看着针水，她的目光渐渐平静了下来，随后，因为手术和失血而带来的疲累，又睡了过去。

中间段宏过来看了几次，他主要是担心麻醉的问题。因为麻醉剂使用不当而导致的医疗事故并不少见，有时候甚至会导致严重的后果。好在之前替那些骨折的人处理病情的时候，他多多少少积累了一些经验，用在李雨欢身上也没出什么大问题。

"她毕竟年轻，而且对方应该没下杀心，刀口不算很深，没有捅到重要的内脏，加强营养和护理，应该很快就能好起来。"

"多谢你了，段医生。"

"别说这些，"段宏说道，"我很惭愧，你也知道康华以前是干什么的。其实我的水平并没有你们想象的那么好……"

"已经足够了，"张晓舟说道，"你们几个医生都是科班毕业，缺的只是经验。技术方面是小问题，关键的是你们这种负责任的态度。我相信，你们一定能成为最好的医生！"

张晓舟就这样在病房里住下了。

医院里接收的病人并不多，大多数病症都只是在门诊进行一些简单的治疗就回去，也不会用多少药，只有那些急重病人或者是在工作中受伤的伤员才会入院治疗。女性病房里就只有李雨欢一个人，这倒是方便了张晓舟陪护。

反正他住的地方，条件还没有医院这里好。

李雨欢的伤情就像段宏所说的那样，并不算严重，手术后第二天，她的精神就好了很多，于是张晓舟好好地被她数落了一天，不断地向她道歉，不断地赔着小心，说笑话给她解闷，给她讲高辉和严烨等人的笑话逗她开心，等到晚上刘雪梅下了值来帮忙的时候，看到他俩已经有说有笑了。

女人啊。

她轻轻地叹了一口气。

容易生气，喜欢记仇，但也容易原谅和忘却，面对自己喜欢的人，智商和情商总是会无限下降，变成一个傻瓜。

但谁能说这样的傻瓜不幸福呢？

她干脆不进病房，悄悄从外面把门带了起来。

第10章 审判

裁决庭的成立比之前在安澜的时候复杂了许多倍。

毕竟，安澜只是一个相对小的地方，人员集中，要做这样的事情很方便。而对于整个联盟来说，要从将近五千人当中选出八个乐意花费时间来做这件事情的人，也并不容易。很多人对于这样的举措毫无兴趣，在旁边看看热闹当然很有意思，但自己加入这样的事情当中？抱歉，我不懂这些。

梁宇对这件事情很不感冒，在他看来，这无异于把事情的主动性和控制权毫无必要地交出去，唯一好的方面，只是能够塑造出联盟公开公平的形象。但张晓舟坚持，老常也不反对，他便也就没有说什么。

反正在最终的结果出来之前，总还会有影响这个结果的机会。

老常则把这件事情完全交给了江晓华，授权他去组建这个裁决庭。可以想象，作为一个非法律从业者，要做好这件事情有多困难。但江晓华却把这当作是联盟，当作是张晓舟和老常对于自己的信任和重用，他花了一整天的时间来考虑如何把这件事情做到公开透明，上报给老常批准，然后，虽然根本就没几个人来看抽签的过程，但他还是严格地按照自己拟定的程序，把第一批八个成员抽了出来。

当他找上门去的时候，只有两个曾经听说过安澜大厦这种设置的人对此表示有兴趣，愿意加入裁决庭，而其他六个人则马上就开始想方设法地推脱。江晓华很快就意识到，这是因为加入裁决庭将占用人们宝贵的获取工分和食物的工作时间，劳心费力，有可能得罪人，却没有任何回报。

他考虑了一番之后，找到张晓舟和老常，提出了一个新的建议，在他的要求下，裁决庭的临时成员获取相当于联盟正常日平均工分收入水平八成的规定很快就出台了。

张晓舟本来想给一点二倍，甚至是更多一些的工分，但江晓华认为，加入裁决庭是一种社会责任，一种荣誉、权利而不是福利，这些工分只是对于他们的一种补偿而不是奖励，如果给予的补偿过高，裁决庭就有可能变质，成为一些人躲避工作和危险的机会，甚至有可能出现本应快速给出判决的案件，因为裁决庭的成员想要得到更多的补偿而拖得遥遥无期。

江晓华甚至提议，即使是八成的补偿最多也只能拿十天，如果案情实在是过于复杂，可以向联盟秘书长或者是负有管理权的部门申请延长五天，但超过这个时间，就不能再获得任何补偿而成为一种义务劳动。

张晓舟对于他的这种设计思路表示了赞同，但他却有些担心："以这样的条件，你觉得能挑选出愿意做这件事情的人吗？"

"当然可以！"江晓华信心十足地说道，"现在的人们，干一天活才能有一天的食物，补偿就是为了消除他们的后顾之忧。但越过这个界限，如果在这些事情上斤斤计较，那样的人也不可能以一种公正的态度来处理案情。"

他很快就开始了第二次抽签和人员的落实，老常专门派了一辆自行车给他，但他花了一整天的时间，足足抽了五次签，才终于把其他八名临时裁决庭的成员凑齐。

不过这番反复却让很多人都知道了他在做什么事情。之前李雨欢被捅伤的事情演化出了许多版本，其中不乏关于张晓舟的阴暗故事，甚至有了三角恋四角恋的桃色故事。很多人的好奇心都被激发了出来，他们打听着审判将在什么时候进行，准备到时候去旁听一下。

联盟的第一个案件，就这样进入了人们的视野，并且引发了广泛的关注。

江晓华和裁决庭的其他人很快就感觉到了巨大的压力，好在案情本身并不复杂，在走访了几位当事人，尤其是一手造成了这一切的李彦成之后，案情基本上已经清晰，唯一让他们为难的，只有审判的标准了。

"我们现在没有条件编制完善的法律，以我们当前的人数，也没有必要去编制太复杂的东西,”当他们找张晓舟问他的意见时,他这样说道,“当然,你们应该要考虑到,今天你们所做出的任何判决,都有可能影响到未来类似案件,甚至是其他案件的判罚,一定要充分考虑,足够慎重。”

这就有点以案例作为法律依据的意思了。不过这并不是因为张晓舟有多赞同这种法律模式,而是因为这种模式最符合他们当前的状况。

这样的回答非但没有减轻江晓华等人的压力,反倒给他们增加了更多的压力,他们不得不把自己的判决延展,考虑未来的影响。

三天以后,他们终于拿出了一个结果。

为了让更多的人能够看到这场审判,老常专门把时间安排在下午放工之后,而地点则安排在了康华医院门外的那块空地上,两辆大巴车平行着紧紧地停靠在一起作为高台,裁决庭的成员、被审判者、证人都在那上面发言。

人们怀着好奇而又兴奋的心情,如同赶集一样地把这次审判变成了一个盛会,声音甚至大得没法让人听清楚高台上的人在说什么,但这并不妨碍人们相互打听,从最前排的人那里知道事情的进展。

事情的来龙去脉非常清楚,这让那些谣言不攻自破,当王蓁蓁和李彦成这对曾经的情侣站在那个高台上时,很多人都唏嘘不已。

李彦成终于忍不住又哭了起来,这让王蓁蓁同样伤心地流泪,在她被人搀扶着沿着简易楼梯从平台上下来之后,人们不由自主地安静了下来,等待着最终判决。

江晓华的情绪十分激动,他穿着自己最好的一套衣服,站了起来,环视了周围一圈,然后手持文件大声地念道:“经裁决庭合议,所有成员一致裁定,安澜片区安澜团队成员李彦成,故意持械伤人罪名成立,判处从事急危险重工作两年零六个月,立即执行!”

巨大的议论声马上爆发了出来。

这样的惩罚究竟算是轻了还是重了呢?不同的人有不同的意见。但有一点可以肯定的是,这种审判的方式已经得到了大家的一致认可。

现在人们之间的纠纷和争执多半还是在团队内,或者是区域内,由团队负责人、区域执委来协调处理,但也许在不久的将来,他们会把这些事情交到联盟来,请求由联盟来进行裁决和审判。

当人们把这视作理所当然,联盟也就真正站稳了根基。

“不错的小伙子，不是吗？”老常在人群中对张晓舟说道。

江晓华和其他裁决庭的成员已经从车顶下来，正接受着熟识的人或者是陌生人的祝贺和鼓励。

“有热情，有头脑，有魄力也有毅力，最关键的是，他和你一样，是个很理想主义的人。”

张晓舟笑道：“我感觉你这不是在夸我吧？”

“理想主义者在某些地方的确不适用，但用在这个地方，我觉得挺好。”

“你想让他专门来负责法律方面的事情？”张晓舟微微感到有些意外，“他好像不是法律专业背景吧？”

“法律专业背景的人我们有，我们有几个律师，”老常说道，同时叹了一口气，“但他们都太油滑了，不管遇到什么事情，首先考虑的是各方的身份、利益和上层的意思，而不是事情本身的对错。即使是在自己的团队里，他们的评价也不算有多好。我认为这样的人最好还是别用，至少在现在这个阶段不能用。现在这个阶段，正义感、热情和操守比专业知识重要得多，专业知识可以学，但这些东西没了，就没有办法了。”

张晓舟点了点头。

“不过当前法律方面的事情不会有多少，”他沉吟了一下说道，“既然他是个理想主义者，那就让他做个检察官，有案件的时候负责组建裁决庭，没有案件的时候，到各个地方去调查人们的意见，监察我们这些联盟的领导人、执委和团队负责人有没有什么恶迹，直接向你我负责和汇报结果，你觉得如何？”

“你这是迫不及待地想往下面的人脖子上套绳子啊！不怕他们闹情绪？”老常笑着摇了摇头，“不过嘛，我觉得很好。”

联盟当前的清廉程度和工作效率算是很高的，当然，这也和物资的匮乏很有关系，在当前这种环境下，你就算是想贪污腐败也没有这个机会。但张晓舟却从夏末禅的话里，多多少少可以猜出一些学校变成今天这个样子的原因。

联盟的情况正在好转，他不能容许，也不会看着联盟某一天变成那个样子。现在站在领导岗位上的人们，绝大多数都是他信任而又重视的人，他也绝不愿意看到他们有机会向那个方向滑落，最终不得不由他亲手来进行处理。

李彦成的事情，他绝不希望再上演一次。

一次也不行！

张晓舟和老常讨论与法律和纪检有关的事情时，梁宇看到的却是完全不同的东西。

裁决庭的结果看上去还算是不错，他也就不再操心这方面的事情。但他想到的却是，人们在这场庭审上表现出来的对于沟通、娱乐和集会活动的渴望。

随着对于丛林的不断开发，人们虽然还没有完全摆脱饥饿的威胁，也说不上吃得多好，但至少，不会有人再被饿死。另一方面，恐龙的威胁也阶段性地成了历史，这让人们很自然地就有了更高的需求。

他们毕竟是来自现代社会的人，而不是那些古代脚步踏不出十里方圆，除了村子就什么地方都没有去过的愚昧农夫。但即使是那些人，也还有逛庙会、赶集的机会。

“我们要不要办一个集市？”他在人群里找到张晓舟和老常，小声地对他们说道。

“有这个必要吗？”张晓舟感到有些诧异。

联盟从成立的第一天起就宣布保护个人财产，但以他们当前的物资供给水平，每家每户能拥有的财产相当有限，多半是以团队为单位来持有物资，能拿出来交易，或者是能够用来和别人交换、购买别人物品的财产少得可怜。虽然已经在推行工分制，但拥有工分的也仅仅是那些在联盟安排下工作的人们，工分的作用，也仅仅是在联盟的仓库里换取一些食物。

“联盟的情况正在好起来，别的不说，每天冒险到丛林里去伐木和收集各种植物的人们，他们不是多多少少都能带一些虫子回来吗？”梁宇说道，“现在他们多半都是内部交换，很少和其他人交易。但总有一天，人们手上有的食物和工分会充裕起来。为什么我们不推动一下这个事情，在附近建立一个集市呢？”

“说起来，你还是想把工分推广出去？”张晓舟笑道。

安澜大厦的人们倒是已经有了这样的意识，但联盟的人们却依然对工分制度甚至是对联盟的前景心存疑虑。人们在一天的工作之后，总是会马上就把到手的工分换成实打实的食物带回家去。这让梁宇负责管理的物资部门压力很大。如果人们愿意接受这种一般等价物，并且把它视作钱币，物资部门的压力就会缓解很多。

“没错，”梁宇说道，“我们可以印制不同面额的工分券，把工分变成货币，并且让它流通起来，联盟在人们心里的地位就会更稳固，而我们也可以稍稍地超发一些工分，从中获取一些收益，用来养活公务员和士兵。”

张晓舟和老常的表情严肃了起来。

“我们一开始的时候不用搞得太大，就在附近开辟一个地方，把工分换取食物的办事处和联盟总部的食堂放在这里，然后鼓励人们在周围摆摊设点。一方面可以互通有无，另外一个方面，也可以作为人们消遣和释放压力的地方。以后有条件了，可以做更多的事情。一开始大家都没有工分券，多半会以物易物，但这总归不方便，只要在办事处能够随时用工分换到食物，随时可以在食堂用工分券买到吃的，那工分券的地位就一定能慢慢确立起来，最终变成货币。”

“那防伪和超发的问题呢？”张晓舟问道。

“就这么点人，这么点地方，还用考虑防伪？”梁宇笑了起来，“在钱伟他们用焊机的时候蹭点电，用电脑设计图样，然后用好一点的纸，找台彩色打印机开印就行了。难道除了我们，还有哪个团队有图样，有发电机，有条件做这样的事情？也许何家营和学校有这样的能力，但他们怎么知道我们在用这样的东西？至于超发的问题，你放心，我不会乱来的。比例我们会反复研究，而且严格控制。”

“好吧！”张晓舟点了点头，“你尽快把实施方案拿出来，我们开个执委会讨论完善一下，顺便也让执委们帮忙推动一下这个事情。”

一个案件推动了法律和财政两方面的进步，对于他来说，算是一种弥补。

梁宇马上行动了起来，而另外一边，受到了张晓舟和老常鼓励的江晓华也充满干劲地开始了新的工作。

“那么，该做收尾的工作了。”张晓舟对老常说道。

在安澜大厦的时候，他就很注意，对任何事情都举一反三。在他看来，在毫无准备的情况下来到这个世界，原有的社会秩序和社会关系完全崩塌，很多事情都必须从头开始，犯错几乎是不可避免的。

但如果真的把错误看作是正常现象，不能从中获取经验和教训，那就无可救药了。

这次的事情当然也不能例外。

李彦成的问题是一个特例，再次发生的可能性不大，但如何避免更多这样的特例发生，这就成了他们必须要考虑的问题了。

“重要地点和重要人物的安全保卫，群防群治，人们的思想动态，这三个方面的工作都必须加强，”老常在会上说道，“当前对于我们来说，最后一点尤为重要。”

当前能够对他们造成威胁的敌人只有两家，何家营和学校，其中，何家营对他们动手的可能性更大一些。有新洲酒店的岗哨对这两个区域进行监视，他们在白天派刺客过来行刺的可能性并不大。但如果来的人有足够的胆色，在实际上已经相当安全的城北潜行，并且躲藏在某个角落里伺机而动，其实并不是完全不可能的事情。

“我们要给每个成员配身份证明，让每个人随身携带，在重要的地点设置卫兵和联防队员检查证件、保卫安全，同时发动群众检举和逮捕没有身份证明的陌生人。对于抓到这些人的群众，要给予精神和物质的双重奖励！”

老常的办法很简单，但也是早已经被证明非常有效的手段。

古代有路引，现代则有户口本和身份证，对于他们来说，制作五千人的身份证明的确有困难，但并非完全做不到。电力非常紧张，但在工业部门用发电机的时候蹭一点电用，给笔记本电脑和数码相机充电，一点点打印出每个人配有照片的身份证明就行。而在这之前，可以给每个人配发一张手写的，记录了个人体貌特征的身份证明作为过渡。

除非有重要的事情，否则当前七个区域的居民离开自己的区域跑到其他地方去的可能性并不大，只要加强管理，对进入重点区域的人进行限制，没有相关区域的执委签字盖章就不能进入，这就能基本解决安全问题。

而发动群众更是人们熟悉的传统。当前联盟的武力仍然以扩大后的新洲团队为主，但满打满算也只有五十人，只能用在最危险，也最重要的区域。因为粮食不足，民兵队伍的召集和训练也一直都不正常，平日里只能安排少量民兵在一些关键位置作为守卫。这样的力量要维持治安，抓捕间谍，防止有人搞破坏，显然根本就不够。尤其是在出现什么突发事件的时候，很难避免有人浑水摸鱼。

但如果能够充分发动群众的力量，那就完全不同。不需要投入很多资源，只需要提供一些物质和精神奖励，就能最大限度地扩充他们所能用的人手。

“我们要避免内部产生矛盾和混乱，思想教育就不能放手，”老常继续说道，“抓好了思想，就什么事都好办了。”

多年片警的生涯在这个时候突然派上了用场，这让他自己也有种很奇妙的感觉。

“每个区都要层层落实，要注意观察，要关心人们的思想情况。要尽快把思想有波动，有情绪，有不稳定因素的人专门列出来，建档成册，列入计划，重点监控，加强工作。执委要督促团队负责人，团队负责人要督促自己下面的队长、组长，层层落实，基层负责人要关心自己身边的人的思想动态，及时开导，做好劝解和疏导，并且及时向上汇总，做好防治工作！”

“这不成了居委会的事情了吗？”有执委马上说道。

“你说得没错，我们就是要把居委会的事情重新做起来！”张晓舟说道，“你们别怕事情忙不过来，联盟现在粮食供应情况有好转，所以决定在每个区增设两名专职的工作人员来帮助你们处理这些事情，包括你们执委在内，每个区由联盟给三个名额，记工分，保证粮食供应。”

“这倒好，没想到以前没干上公务员，没吃上公家饭，来这里反倒得偿所愿了，”一名执委笑着说道，“三个名额，那倒是要好好考虑一下怎么使用，估计要抢破头了吧？”

人们哄笑了起来，不管怎么说，这对他们来说都是一个非常好的消息。其实之前他们执委就有工分补助，只是没有明确下来。而他们虽然只管六七百号人，可方方面面的事情都要管，事情一大堆，难免要请下面的团队负责人或者是自己团队的人来帮忙。一天两天还行，次数多了，时间久了，终归影响对方的生活。

名额看起来不多，但对于他们来说，真的解决大问题了。

“没那么夸张，”张晓舟说道，“不过如果你们非要这么说，那也没什么错，新给你们两个岗位，算是工作人员，你们可要好好用！”

“人选怎么定？”马上又有人问道。

“你们自己挑人，自己安排。固定人员或者是轮换制都可以，但要报到联盟办公室这里备案。三个人的工作怎么分配也由你们自己说了算，反正工分就这么多，事情得要干好！不过我要提醒你们，别吃空饷，别拿来做人情啊！今天的裁决庭你们已经见到是怎么回事了，下一步监察机构也要出来，你们可得自己注意一下工作方式，别大大咧咧的，想怎么干就怎么干，一头撞在枪口上！”

人们又一次哄笑了起来，他的话像是在开玩笑，但很多人都明白，这也是在善意地提醒和警告他们了。

执委们微微地感到有些不受信任的不快，但随着联盟对于丛林的开发，越来越多可以吃的东西源源不断地运回来，工分制度和劳务派遣制度正越来越为人们所习惯，大多数人都已经勉强能够吃饱，所有人都有了生存下去的希望。

联盟正慢慢地在人们的心里获得稳固的地位，这种时候，人们都乐于为之努力，为之奋斗，没有人会因为这种程度的监督措施而表达出不满来。

“一下子新增十四个岗位，你们可真是大手笔。”梁宇微微地叹了一口气后说道。

老常笑了笑：“没办法，要想把基层工作搞好，这点粮食不能省。”这件事情算是他主推的，他当然想要搞好。

“可这又超支了。”梁宇说道。

当前联盟收入的大头是开发丛林所获得的那些物资，最主要的就是树皮粉、蕨根粉和各种各样可以吃的植物。昆虫因为来源不稳定，而且有一定的风险，并不作为主要的收集对象，而是作为给愿意进入丛林从事有危险性工作的人们的一种福利。

与之相对的是，每天他们也得支付大量的工分或者是食物作为人们劳动的报酬。

联盟支出的大头则是对那些还挣扎在饥饿线上的团队和那将近七百名难民的救助，以树皮粉和少量植物为主；然后便是新洲团队的那五十名完全脱产的专业军事人员，分散守卫各个区域的民兵以及联盟的各级办事机构的人员，对这些人，联盟支付的是蕨根粉、收集到的植物中较好的部分，有时候还必须要动用一部分存粮才能应付过去。

有时候，联盟需要组织某些团队从事特定的劳动，就像是安排安澜团队去做机械加工的工作，那在收获合格成品的同时，也得付出相应的报酬。

唯一可以庆幸的是，他们给那些难民和生存困难的团队的补助大多数情况下都能在当天的收获中补足，不然的话，这笔账真的就没法算了。

这还是在联盟并没有负责所有人的生存，绝大多数人仍然在自己想办法解决粮食问题的情况下，如果把所有人都纳入这个体系当中，由联盟来分配每个人每天的工作，进行验收并且分配工分，那工作量将会变成一个恐怖的数字，所要增加的工作人员的数量也会把梁宇活活急死。

即便是这样，现在日常吃联盟公家饭的人员数量也已经无限逼近一百二十人，相对于联盟总共不过四千九百人的数量来说，比例已经达到了一比四十，再算上他们各自的家人，以联盟现在的生产力来说，真的已经是严重超支了。

“等玉米收获就好了。”老常说道。

“你让张晓舟去问问他家那口子，看她同不同意你这句话。”梁宇说道。他倒不是非要把这区区十四个人的编制给取消，但作为财政口的直接负责人，他必须要把问题的严重性向张晓舟和老常讲清楚，让他们知道，哪怕是新增一个岗位，对于联盟此刻脆弱的保障体系来说也是巨大的压力。

张晓舟摸了摸鼻子，没有说话。

李雨欢还在住院休息，只是不再打针了，除了换药之外，已经没有任何治疗。

这也是没办法，滥用抗生素在以前的世界或许是一种普遍现象，而现在，以康华医院目前的药品总数，只能尽可能地减少用药量，甚至是能不用药就不用药，即使对于李雨欢这样身份特殊的人也是如此。

不过现在人们生存的环境都比较差，能够给予伤员的照顾也很有限，大多数伤员的身体都比较弱，如果回去，护理不当反倒有可能感染而造成二次入院，浪费本就不多的药物和医疗物资，于是因公受伤的伤员们都住在医院里由护士统一照料，住院时间反倒比在原来的世界长多了。

张晓舟说自己什么地方都不去，专门留在医院照顾李雨欢，这当然是一句空话。作为联盟执委会主席，这样做是对这将近五千人的不负责任。但因为联盟的办公地点就在医技楼旁边的那幢房子里，吃饭也在同一个食堂，他倒也是一有空闲就去陪李雨欢，两人的关系因为这次受伤，反倒比原来更亲密，也更自然了。

玉米当然是李雨欢对他讲得最多的事，毕竟，这是她当前最关注的事情，也几乎是她生活的全部内容了。

因为过于零散，而且还在一直不停地变化，整个城北联盟这么长时间以来种植的玉米总面积没有办法做准确的统计，但按照李雨欢的粗略估算，在天台、绿地和新开垦的土地上成一定规模种植的玉米，总种植面积应该已经超过了一千二百亩。而那些种在露台、阳台和窗边花盆里的，却没有人能够统计得清楚。

温度过高，雨水太多，肥料流失严重又补充不上，集中种植的玉米生长情况非常糟糕。反倒是那些零散种植的玉米，人们会在下雨和温度过高的时候把它们搬到室内，阳光和温度适宜的时候又搬出来，或者是轮换在窗边接受阳光照射，生长情况好得多。某种意义上来说，张晓舟在当初什么都不懂的时候提出的在室内大规模种植玉米的提议，现在看起来，反而更加符合这个世界的实际。

但这样做对于田间精细管理的要求非常高，劳动量也很大，玉米在搬来搬去的过程中也容易受损，并不适合大规模推广。

秋瑞四号是一种专门在热带和亚热带区域种植的早熟种糯玉米，理论上整个生长周期只有七十五天，在高产试验田里的亩产是八百公斤左右，包装和宣传资料上也都按这个数字写，但李雨欢知道，在农户种植的时候，真实的平均亩产只有五百五十公斤左右。

按照她的估计，以他们现在种植下去的玉米的情况，高温多雨还没有化肥和农药，亩产想要达到两百公斤都很难。所以她认为盲目开垦土地除了浪费肥料和削弱地力之外没有任何意义，通过修建大棚等方式提高玉米的亩产才是正途。

但联盟却也有联盟的难处。

现在开垦土地，联盟并不向任何团队支付报酬，他们也没有能力给这么多人支付报酬。

理论上来说，联盟只是负责牵头协调，集中人力和物资帮助人们把土地开垦出来。除去联盟成立后才加入的七百难民之外，联盟要负责协调人力，帮助每家每户按照人头，给每人至少开垦出半亩地。这也是按照包装袋上的宣传资料，种植下玉米之后能够养活一个人并且略有盈余的最小面积。

正是为了这半亩地的希望，人们才愿意在联盟的组织下，辛辛苦苦不计报酬地每天干活，因为他们愿意相信，虽然时间上有前有后，但每个人都能很快拥有这样的一块土地，种上玉米，让他们生存下来。

这个数字放到整个联盟，就是两千四百亩，而他们现在才干了一半。

联盟把人们聚合起来的最大理由就是时间和效率，他们向人们描绘的未来是把所有人联合起来之后，能够比一家一户一个团队自己干要高效得多，更早地收获。但如果按照李雨欢的建议，每一块地都必须要在开垦出来以后安装好大棚才播种并且开垦新的土地，那样的话，因为材料和人工的限制，时间就会大大地延误，而且不容易被人们所理解。

如果第一批土地上已经有了收获，而另外一些人却连自己田地的影子都还没有见到，他们会怎么想？联盟好不容易才建立起来的一点点信任关系，很有可能会因此而破产。

大量的田地开垦出来，也播了种，但却没有好的收成，那是自然环境的问题，是本来居住在城市的人们不善于耕种的问题。但如果按照李雨欢的建议，那就成了联盟的问题，甚至是联盟在欺骗他们了。

“你怎么变成这种人了？宁愿骗人，宁愿把种子和肥料浪费掉？”李雨欢气愤地说道，“等到他们发现收成不好，难道联盟的信用就不会破产了？”

“这不是我说的，是梁宇说的！”这种时候，张晓舟只能出卖同伴弃卒保车了，“我当然不同意！可他说的也不是完全没有道理，田地我们总要开垦，无非是早晚的问题，那能尽快开垦出来，给大家一个定心丸当然更好。玉米长势不好，能收一点是一点，实在不行玉米秆子和叶子什么的都能吃，总能解决一些问题。肥料没了，土质差了，外面丛林的地上都是腐叶，以后运进来做肥料改善土质就行。可最重要的人心如果失去了，那就什么都没有了。”

他看了看李雨欢，小心翼翼地说道：“雨欢，你以后也稍稍注意一点，千万别在人们面前说这些东西，免得造成不必要的误会。土地肥力的事情你真的不用担心，等那七百人的情况好起来，我们会组织他们去把那些腐叶和丛林里的腐殖土挖回来，把现在这些土全换了都行！”

“那你是要我骗人了？”李雨欢微微有些不满地说道，但她其实已经明白了张晓舟的意思。

“就算是为了我，不行吗？”张晓舟装得可怜巴巴地说道，李雨欢忍不住笑了起来。

“好好好，知道了！”

“你现在就专心养伤，考虑一下以后怎么给大家上课做培训，第一季的收成我们就不指望了，但到种第二季的时候，简易大棚应该已经都弄好了，一定要漂漂亮亮地打一个翻身仗！”

其实他们几个还有更多的考虑，现在丛林被他们用破坏性的方式清理出来的土地还没有多少，但以这样的速度，一两个月之后开辟出上百亩空地是完全有可能的。

那一年以后呢？

这些土地不像在远山城里的那些，零零散散不便管理，它们将是一片完整而又相对平坦的土地,下面是不知道多少年来累积的腐叶和腐殖土,而上面则是厚厚的一层草木灰,可以预想,在这样的土地上进行种植,收成应该会很好才对。

问题当然也有,那就是安全性要比城里的这些零散土地差得多。但张晓舟相信,附近的肉食动物应该已经被他们杀得差不多了,能够威胁到这块地的只会是昆虫和食植动物。玉米这种对于这个世界来说完全陌生的农作物,会不会有昆虫甚至是动物来吃,这还是一个疑问。如果它们敢来,相信人们也不会反对用玉米苗换肉吃。

这块地在他的构想里应该作为直属于联盟的农场,由那些犯罪者和少数工人来打理,收获的粮食绝大部分收归联盟所有。这样的话,联盟就有能力让更多的人从农业生产中抽身,去从事研究、军事等完全脱产,但对于联盟发展有着更深远意义的事情。

只有这样,联盟才有希望真正摆脱目前的困局。

第11章
引而不发

“他们到哪里了？”

“靠近板桥村已经将近十分钟了，但是一直没过去。”严烨答道。

张晓舟没有答话，而是皱着眉头从他手里接过了望远镜。

几天的平静让他们以为何家营已经偃旗息鼓，但显然，对方不过是在加固刚刚占领的瓦庄村。而在这一切完成之后，他们便再一次开始了对外扩张之路。

板桥村在何家营的西北方向，最近的地方距离何家营应该有七八百米，这里的情况和瓦庄村相似，但因为更加靠近城市的边缘，环境比何家营和瓦庄村糟糕得多。

张晓舟他们最初开车出去侦查城市的情况时曾经路过这个地方，那时候这个小小的村中村里就已经有了大量的吸血虫子，家家户户都必须紧闭门窗，防止这些东西飞进去伤人。他们也曾经看到过被大群大群的虫子杀死的牺牲者。

他们回来之后曾经议论过那个地方，张晓舟猜想那片区域之所以会出现这样的情况，很有可能是因为那下面是一片沼泽地或者是有着大面积的死水潭，因此成为这些虫子的乐园。而那个地方也早就已经被他们列入了没什么事绝对不要靠近的名单。

何家营会在那里吃个瘪吗？他们停在那个地方，是不是已经遇到了那些虫子，正在想办法？

“安澜和工业区的队伍到了。”高辉在旁边说道。

“让大家到大堂里放松休息一下，弄点水给大家喝，”张晓舟说道，“下去的时候别冒冒失失的，特别是在人们面前的时候，别慌慌张张的。”

他和严烨继续留在楼上观察，几分钟后，他们看到大量的烟在何家营的车队前面冒了起来，向板桥村那边飘去。

他们也不是没有能人啊。

张晓舟叹了一口气，期盼着对手比自己傻从而获得竞争的胜利，这大概是所有人的通病，他也不能免俗。

他暗自提醒着自己，不要为当前取得的一点点成绩而沾沾自喜，也不要小看任何人。何家营和学校的确是有着很大的先天不足，但联盟又何尝不是如此，稍有不慎，在这个危机四伏的世界里就有可能陷入万劫不复的困局。

在这场三国演义的竞争中，每个团队都必须要尽力向前奔跑，才能保证自己取得最终的胜利。

烟雾在不断向前推进，车队也在不断向前移动，随后消失在了板桥村的那些房子当中。

“让大家做好准备。”张晓舟让严烨下去传话，但让他们意外的是，不知道是什么原因，何家营这一次并没有把难民驱赶过来。

“也许他们是想等一个我们预料不到的时间，比如晚上？”王牧林说道。成为安澜片区的执委之后，他很快就从失意中走了出来，这让张晓舟对他不得不高看一眼。而他也在用自己的实际行动表明，他在七名执委中是最有能力的。

“很有可能。”张晓舟的眉头皱了起来。

那样做的话，对于联盟来说就很头疼了。

夜晚对于任何人来说依然有着极大的危险，那些肉食恐龙的身影仍然偶尔会出现在城北，夜晚人们的视野将会受到严重的限制，战斗力也许十不存一，而恐惧却会被无限放大。对丛林进行开发之后，燃料多了起来，他们可以在某些比较重要的地方彻夜点起火堆，但联盟控制的整个区域超过了四平方公里，那些火堆对于这么大的区域来说根本就无济于事。

“也有可能经过上次之后，他们觉得这么点人对我们没有办法造成什么根本性的威胁，准备多积攒一些人然后一次性赶过来。”严烨说道。

“只要他们不把何家营里的老弱病残送过来，那剩下的地盘上的人口加起来应该也不会有多少，对我们不会有什么威胁，”王牧林说道，“把板桥村也纳入控制之后，何家营现在勉强可以算是把远山城西南片区都真正控制起来了。但他们是不是还有勇气继续往东扩张？东边那些房子对他们来说值不值？我对这个比较怀疑。”

他之前工作的那家4S店就在城南食品批发市场对面，这让他对周围的情况也很熟悉。

现在人们已经清楚，恐龙进入远山城的通道就在东南方向，那个区域距离何家营比较远，如果何家营能够想办法把两只暴龙除掉，那他们或许还能推进。但以他们现在的做法，即便是把东面汇通国际等几幢大楼和周边的小区都占领，最终也很难实现资源、消息的互通，并没有太大的实际意义。

从炊烟就能看出，汇通国际的写字楼里肯定有一群人在居住，但人口应该不太多，它后面那几幢住宅里应该也有一些人还活着，但人数同样不会很多。剩下的，就是张晓舟之前所住的颐泰花园和更往东的怡康苑小区。这三个区域之间相隔都有三百米以上，房子之间的距离又隔得比较开，很难像城中村这样，把几个出入口封锁起来而获得生活的空间。

张晓舟比较认同王牧林的看法，何家营的开拓应该会告一个段落，因为地形和种种条件的限制，他们也只能做到这么多了。

把人口从何家营一地分散到瓦庄和板桥之后，何家营所面临的压力或许会小一些，但却依然不可能从根本上解决。除非他们能够像城北联盟一样把注意力放到丛林上，否则的话，这个炸药桶终归会有爆炸的一天。

是把何家营炸个粉碎，还是把城北联盟和地质学院一起拉进来炸死，真的很难预料。

要把当前开辟丛林所取得的成果和他们分享吗？

张晓舟脑海中突然闪过这样的念头。

这样做的好处是可以让何家营那巨大的人口压力有一个宣泄的方向，让他们认识到，并不是非要和城北打个你死我活才是生路，完全可以把矛头对准外部世界。这也符合张晓舟一直以来的观念。

有了这样的希望，应该会有更多人活下来。

但坏处也是显而易见的，何家营的人力和物资比城北联盟多得多，这就意味着，如果有了来自城北联盟的这些经验，他们很有可能迅速进入良性循环。如果他们在开发丛林的过程中锻炼出一支敢于与恐龙战斗的队伍，那么毫无疑问，当他们从丛林获取了足够的资源之后，城北将很难再把他们的脚步阻挡在高速公路以南的区域。

整个城北联合起来或许还有可能和他们形成一种均势，但如果学校的那些人还是如同之前那样不可理喻，龟缩在他们那个小圈子里，那么毫无疑问，何家营，或者说何春华搞出来的那个远山自救委员会将征服城北，最终征服整个远山。

要怎么办？

张晓舟少有地变得犹豫不决了起来。

“这种引而不发的状态对于我们来说很难受，”就在他走神的时候，王牧林继续说道，“他们可以在任何时候把那些人放过来，而我们也只能一直都处于戒备状态。但以我们的情况来说，把大量的精壮劳动力长期浪费在这个地方，根本就不是我们能够承受的结果。”

“那也没有办法，”张晓舟叹了一口气，“进行民兵训练吧，总不能真的就这么浪费一天的时间。今天是工业区和安澜，明天换红叶和锦程的人，后天美景和沁园，大家轮换着过来训练。”

他微微迟疑了一下，然后说道：“过来参加民兵训练的这一天由联盟负责他们的两餐。做好长期抗战的准备吧，这大概会是我们今后的一个常态了。”

“这不行！”

当张晓舟把自己的想法向老常和梁宇透露时，他们的第一反应果然和他预想的一样，但他还是说服了他们，让他们同意召开一次执委会扩大会议，讨论决定要不要这么做。

参会的人员包括他们三个，所有执委，还有人口超过一百人以上的大团队的负责人，一共不到二十人。

如果是像联盟成立大会那样弄一百多人过来讨论这个事情，那可以肯定，没有几天甚至是十几天的时间根本就不可能有结果。地质学院的事情让他警醒，城北联盟无论如何也不能变成那种样子。

“请大家听听我的理由。”面对人们的质疑，张晓舟站在讲台上，再一次阐述了他的想法，不但是好的一面，他把自己想到的弊端也说了出来。

“现在的情况大家应该都清楚，”他对人们说道，“不管何家营有多少粮食储备，不管他们怎么压榨底层的人，这些做法都不可能支持他们长久地生存下去。他们有种子，有三个城中村的地盘，但以这么点地盘，再怎么提高利用率也不可能养活这么多人口，要活命，那些人口所代表的力量就必然会爆发出来。而选择却只有两条路，要么向北把我们吞掉，要么往外去开发丛林。”

“那我们提醒他们，游说他们去开发丛林不就行了？为什么要把我们辛辛苦苦好不容易才获得的成果告诉他们？”一名团队负责人问道，“为了鉴别什么能吃什么不能吃，我们可是实打实有人牺牲的！就这么让他们坐享其成？”

“以何家营的人口和他们对于那些位于底层的人们的态度，你觉得他们会怕这点牺牲？”张晓舟摇了摇头，“对于他们来说，死掉几十人上百人鉴别哪些植物能吃哪些不能吃也没什么问题。反正死的人永远不会是何家营的高层，无关痛痒。即使我们不给他们这些东西，对他们来说也只是稍稍地延缓一下进度，并没有太大的意义。但如果让那些本来要用命去拼，要用命去做这些尝试的人知道是我们让他们不必再冒这些风险，那他们会不会对我们产生一定的认同感？”

他的话让人们一下子感兴趣了起来：“你想在何家营内部制造矛盾？”

“我们现在能力有限，还没办法考虑那么远的事情，”张晓舟摇摇头，“在这个时候，也没有必要用这种事情去刺激何家营的高层。我只是希望，这样的做法在未来某个时候能够派上用场。”

“这都是细枝末节，没什么好讨论的，”另外一名执委说道，“张晓舟你这个想法从一开始就错了。我们在一天天强大起来，而何家营那边到现在也不敢面对暴龙的威胁，只能被困在那个地方一天天消耗。此消彼长之下，即使他们有再多的人口也没用。为什么要提醒他们，给他们指一条出路？对于敌人从来都应该是趁你病要你命，没听说过在敌人有病的时候送药过去把他治好让他更有力气来打我们的。”

王牧林突然站了起来。

“我想说说我的看法，”他说道，“我想说的第一点就是，别把何家营看成一个整体。何家营虚弱下去,牺牲的是我们未来可以争取的平民,不是我们要提防的统治阶层。”

张晓舟有些诧异地看了看他。

王牧林继续说道:“我们现在已开始感觉到人力资源的匮乏,那么以后呢？我们不要把何家营的人都看成敌人,那里大部分人都应该是像严烨他们这样的人。在我们和何家营之间,他们只要不傻不瞎都不可能选错。我们现在只是暂时没有能力去接受更多的人,否则的话,我相信,只要我们想办法让他们知道城南城北之间的差别,那里面大部分人都会毫不犹豫地逃到我们这里来。”

张晓舟一开始以为他只是在一味地迎合自己的想法,但他的话却让张晓舟也入神地听了下去。

“我们的确是在一天天强大起来,但在短时间内,要想承受这么多的人口还是不可能的事情。要想具有接纳这么多人的能力,我觉得没有一年以上的时间不可能做到。但在这之前,我们就看着这些人饿死,或者是让他们被饥饿和绝望驱使,在何家营那些人的带领下冲过来,和我们发生冲突吗?”王牧林挥动着双手,加强着自己的语气,“我们需要花费至少十五年的时间才能重新养育出一个新的劳动力,每一个人死去都意味着我们未来探索和征服的力量又减弱了一点,而只要他们活着,当我们强大起来,有足够的粮食,就能敞开大门把他们吸引过来。为什么要看着他们困死?”

“你这完全是空想,”之前的执委说道,“何家营的人就那么傻,眼睁睁地看着我们去拉拢他们的人？一年？你怎么知道一年以后这个世界是什么样子？我看根本要不了一年,半年时间何家营就能练出一支强兵过来侵略我们了！他们只要缓过这口气,以他们的人口,我们怎么抵挡?”

“如果他们缓不过这口气,最多不过两三个月他们就要孤注一掷了,”梁宇说道,“我也不完全赞同张晓舟的想法,但哪怕这只是个缓兵之计,也比什么都不做等着他们爆发要好。”

“你的想法有两个地方值得商榷,”王牧林说道,“第一就是把何家营所有的人都看作是不死不休的敌人。第二是何家营只要缓过气,就一定比我们强,一定会来打我们。”

“难道不是吗?”

“第一点刚刚我已经说了，我们要提防的，只是何家营的少部分高层，如果我们现在有足够的粮食，直接就可以瓦解他们。但我们没有，所以只能暂时把这些人放在那边，维持现状，”王牧林继续说道，“第二点，我的想法和你恰恰相反。我们定下的基调是稳扎稳打，步步为营，但他们那边会这样做吗？”他摇了摇头，“我觉得不会。他们面临着比我们大好几倍的粮食压力，一定不可能慢慢来，那么，我们曾经担心的那些危险就很有可能会出现在他们探索丛林的过程当中，削弱他们的力量。他们中的很多人将会因为开发丛林而获得的粮食活下来，但也一定会有很多人因为这个过程而死去。”

这样的话让张晓舟微微皱了皱眉。

“对于我们来说，开发丛林只是在大规模种植玉米并且获得足够收获前的一个补充。我们以五千的人口占据了这座城四分之一的土地，而且大部分区域都是安全的，可以任意开发。只要我们能解决耕种中的那些技术难题，以这些土地养活更多的人都是有可能的。而他们呢？他们将近两万人才控制了不到我们一半的土地，这就意味着，种植对于他们来说反而只是补充而不是主要的来源。一旦尝到甜头，他们就会被迫不断把更多的资源和人手投入到丛林开发去，从而失去像现在这样随时随地对我们保持威胁的能力。

“我们都知道，他们现在是在以高压，以饥饿来控制和统治民众，而当他们开始组织人们进入丛林去干活，去寻找食物，这样的高压方式就必然会改变。何家营的高层会亲力亲为冒险，和他们一起去开发丛林吗？我觉得不太可能。他们在丛林里还能继续严密地监视人们让他们无法串通起来反抗吗？我觉得更不可能。人们将会获得藏匿粮食的机会，将会获得在工作的过程中相互认识、相互沟通、相互加深联系的机会。何家营的统治者们对于人们的控制力就会变得薄弱，也许根本不需要我们做什么，他们自己就会爆发革命，把何家营的高层推翻，踩在脚下！

“但我们会什么都不做吗？”他问道。

“同样是进入丛林，我们每过一天都会变得更强，而他们只要走上了这条路，每过一天都会变得更弱，”王牧林微笑了起来，“所以我完全赞同张晓舟的建议。即便是要把我们当前所取得的所有成果都交给他们，引诱他们开始大规模地进入丛林，我们也应该毫不犹豫地去做。”

人们目瞪口呆，就连张晓舟也是如此。别人也许不清楚，但他自己知道，他的脑海中从来就没有想过这么多复杂的情况。

“但他们毕竟是有那么多人，如果他们推翻了何家营之后……”那个执委不甘心地说道。

张晓舟终于清醒了过来：“他们有可能要经历这么多的变数，解决这么多的问题，如果我们在这种情况下还竞争不过他们，那还有什么好说的，请他们过来领导我们也是应该的。”

“大家还有不同的意见吗？”他站在主席台上问道。

没有人说话，大家都在回味着王牧林之前的那番话，也许过于戏剧性，过于理想化，但无可否认，他所描述的事情，完全有可能发生。

何家营当然有可能在这个过程中调整自己的统治手段，或者是想出了别的他们现在没有想到的办法来继续压迫和奴役这些人们，但他们也不会真的就抛出这个建议之后什么都不管。

如果那些人不敢联合，不敢反抗，难道城北这边不会想办法去煽动，甚至是带领他们吗？

就像王牧林所说，一旦何家营走向丛林，就意味着变化的开始。而城北联盟想要以弱吞强，需要的就是这样的变化。

第12章

板桥村

板桥村内，事情却并不像张晓舟等人想象的那样。

“这些家伙他妈的还真有办法。”杨勇对何春华说道。

天色已黑，两名板桥村的村民正小心翼翼地向他们演示着自己抓虫子的办法。

房间里点着火，亮光引来了无数的虫子，把窗户爬得满满的。纱窗的下沿被剪开了一个仅够一只虫子爬进来的小洞，两个人手拿铁夹子站在两旁，只要一有虫子爬进来，他们就轮番上阵，用夹子夹住虫子的身体，一刀把脑袋切掉，然后扔在旁边的一个小桶里。

“一晚上能有多少？”何春华问道。

“运气好的时候有一两百，运气不好的时候有三四十。”那两个村民用手中的夹子挡住那个孔，赔着笑说道，“把这些虫子放在铁板上，用火烘干，把那些不能吃的部位挑出来，把其他的碾碎，就是那些虫子粉了。”

“这外面都不止一两千只虫子了，”杨勇说道，“一晚上最多才一两百只？”

“看着多，但它们不一定能找到这个洞爬进来，这也没办法。还有，遇到下雨它们也不爱过来。”那个村民赔笑着说道。

“行了，你们就干你们的吧！”何春华说道，“明天早上看看能有多少收获。”

密密麻麻的虫子在窗玻璃上爬来爬去，让人感觉毛骨悚然。但如果你不去管它们，而是把注意力投到更远的地方，就能听到不远处的悬崖下面，树木的枝叶摇晃时发出的声音，偶尔还会伴随着奇怪的吼叫声。

果然和他们说的一样，有大群的动物在下面活动。

板桥村的幸存者很少，它的面积比瓦庄村大得多，甚至快要和何家营差不多了，但人却很少，还不到五百人。

原因应该是那些可怕的虫子。何春华带队过来的时候，头几辆车子上的人都被叮得哇哇怪叫，其中有两个人甚至全身肿胀起来死了。

好在他们车子上随时都备着用来驱赶暴龙的发烟球，何春华急忙指挥他们点燃这些东西驱赶虫子，随后又冒险把周围房子里的家具拖出来，在村子周围点燃了大量的烟火，终于把这些虫子都赶了出去。

这让何春华的心情很糟糕。

板桥村在他的计划里是很重要的一环。

它距离何家营的距离稍远，但从五金机电市场过去也只有四五百米。按照何春华的规划，在他们占领板桥村之后，这里将作为一个重要的种植基地，把所有的土地都利用起来，最大限度地种植玉米。

瓦庄村靠近五金机电市场，作为生产基地；板桥村面积大，作为种植基地。因为它们距离何家营都有一定的距离，而那些恐龙又一直在周围活动，没有他的这支队伍保护，任何人都不可能进入到这两个地方。

这两个地方将成为何家的自留地，换句话说，也是他何春华的自留地。

但这并不容易。

何家营并不是铁板一块，高鸿昌被杀之后，何家两兄弟现在算得上是何家营的头面人物，但这并不意味着村子里的其他家族就对他们服服帖帖。相对于一万多被他们分化统治的人们来说，两千多村民是一个整体，但这并不是说，其他家族就甘愿看着何家渐渐成为何家营的独裁者。

他们在大事上不会拆何家的台，尤其是在对那些下层居民时，立场一致，态度鲜明，而且心狠手辣。

但在村子内部，却有很多不同的声音。

“何家人想当皇帝？还早得很！”

如果何春成不是村主任，如果何春华没有在事情刚刚开始的时候带着人们把进入村子的那些恐龙赶出去，没有他带回来的那个恐龙头颅作为威慑，他们也不可能有今天的地位。

其他家族的男丁未必比他们少，但在这个世界面前，其他家族的人没有勇气去面对那些吃人的野兽，也没有机会获得足以让别人服气的威望，这让何家兄弟成了唯一的选择。但大家都知道，没有其他家族的支持，仅仅是凭借何家兄弟，不可能压制这一万多人成为他们事实上的奴隶。正是因为如此，大家小心翼翼地监视着何家兄弟，既支持他们，又限制着他们的权力。

大家都对瓦庄村和板桥村虎视眈眈，但他们没有勇气跟着何春华一起去开拓新的领土，甚至在瓦庄村的防御工事基本建成后，没有勇气也不愿意离开何家营去冒险，只想从当地获取更多的好处。

何春华给出了无数明面上和暗地里的承诺，这才让他们同意把“何家营”这个名字改为“远山自救委员会”，并且同意让他自己组织人手去食品批发市场抢粮，去攻占瓦庄村和板桥村。原本被其他家族牢牢控制在手里的物资管理和分配权不得不分出了一半，好在何春华承诺必须在半年后向村子交纳一大批粮食。

“敢打敢冲有个屁用，还不是要乖乖地把东西交回来？何家老二想趁机捞好处，想培养自己的班底？我呸！交出这么多粮食之后，看他还有多大的本事！”

如果板桥村这块土地存在巨大的隐患，没有办法达到预想的效果，那何春华就大亏特亏了。

他怀着极度恶劣的心情让手下去抓村子里的人，准备像上次一样丢给城北，但把他们抓出来之后，发现他们虽然也瘦了不少，但总体情况却比何家营的大多数人都要好。

这让何春华好奇了起来，没用多少工夫，他们便搞清楚了原因。

这个村子就紧紧地靠在悬崖边上，不知道是什么原因，从远山来到这个世界的几个小时之后，就有大量的虫子飞到村子周围开始袭击居民。

很多人因为严重的过敏反应而死去，还有些人被叮伤之后开始发烧，伤口流血不止，甚至出现了化脓的情况。人们不得不严密地把自己的门窗封闭起来，躲在家里一步也不敢出去。

他们对外界的情况一无所知，甚至还一直在苦苦地等待着救援。但在几天之后，人们终于按捺不住，冒险把全身上下都用厚厚的衣服蒙起来，走出去了解发生了什么。

其中一些人遇上恐龙被吃了，另外一些人逃了回来，并且把发生的事情告诉了村子里的人。

人们无法理解发生的事情，也不知道应该怎么办。一些人把身体蒙起来冒险向其他方向逃去，希望能够获救，并且再也没有回来，而更多的人则在绝望之中留在了自己家里。

他们也试过用烟把那些虫子熏死熏跑，但要不了多久，就会有更多的虫子从悬崖下面飞上来，根本就没有尽头。无奈之下，他们接受了这种现实，平时躲藏在家里，在下大雨的时候出来，或者是把自己包裹得紧紧的然后再出来。

没有多少人逃到他们这个地方来，事实上，逃到这个地方的人大部分在明白发生了什么事之前就已经被那些虫子吃掉了。

剩余的村民们开始尝试着自救，这些虫子不吃他们种在天台和阳台上的植物，这让他们能够有绿色植物可吃。在一名村民尝试着用油炸这些虫子并且证实它们可以吃之后，抓这些虫子然后用各种各样的办法把它们做熟成了村民们活下去的办法。

因为人少，并且在阳台和天台上种植了不少可以吃的植物，靠着吃这些虫子和绿色植物，他们这些人活了下来，相对于其他地方的人来说，可以说活得还过得去。

何春华的手下从村民家里搜出来不少虫子粉和烤干后放在罐子里保存的虫子干，他试着吃了一下，味道还算不错，是很好的蛋白质来源。

“就是太少了。”但他还是摇了摇头。这样的虫子不像蚂蚱、蝗虫之类的昆虫那么皮实，感觉就是一层空壳，没多少可吃的东西。这让他有一种感觉，这个东西或许能够成为一种补充，但绝对没法成为主要的食物来源。

烟雾过后，虫子纷纷掉在地上，他开始指挥村民们去把它们收集起来，同时指挥自己的手下按照之前的准备构筑起防御设施来。虽然村民们说这个地方因为有这些虫子，恐龙很少过来，但如果不把这些设施修筑起来，谁又敢在这个地方长住？

为了防止虫子卷土重来，他们白天干活的时候一直在周围发烟，但谁知道，天黑停工了几个小时之后，又有这么多虫子飞上来了。

这个地方注定没有多少人能常待。

这么热的天气下，人们要保持在严密的包裹下外出干活很难有什么效率，一直用烟雾驱赶它们的话，消耗的燃料又太多了。短时间这样干可以，长时间这么干，拿什么来烧火做饭？

一个个念头在何春华的脑袋里转来转去，却始终没什么解决办法。

这种时候，他真的很希望有人能帮自己出谋划策。

第二天一早何春华起来，看到那两个村民一脸的疲惫，正在一块铁板上翻炒着虫子，而他安排看着他们的那两个小弟在旁边睡得呼呼的，像死猪一样。

他的怒火一阵阵地往上冒，一脚一个把他们踢翻，揪着耳朵提了起来。

“谁他妈……春华哥……我错了，我真的知道错了！你饶我一回吧！”他们从睡梦中惊醒，正要发脾气，却看到站在自己面前的是何春华，吓得不轻，连声求饶。

何春华又踢了他们几脚，但这两个人一个是他的堂弟，一个是他的表侄，算是亲戚里面为数不多的有胆识敢跟着他干的人，他也真没办法拿他们怎么样。

那两个村民吓了一跳，缩到一边动也不敢动了。

“你们干你们的！”何春华满肚子烦闷地说道，随后又狠狠地踢了他们一脚。

他们把这里当成是什么了？自己家？

他们刚刚才占领这个地方，把这些村民的地盘和所有成果都据为己有，如果这两个村民趁他们睡着的时候一刀一个，那真是说不清了。就算他们不敢自己动手，打开窗户让那些虫子飞进来也足以把他们这些睡梦中的人全部杀死。

真是越来越不成器了！

但这也是何家营的现状，随着日子一天天推移，绝大多数村民都已经被眼前的景象所蒙蔽，似乎他们本来就是高高在上的统治者，而那些人天生就应该听他们的。

他这几个堂弟还算是好的，那些终日和他们争权夺利的家族的年轻一辈，除了玩女人和欺压平民，几乎不干什么正事。

难道他们认为，有那些吊在路灯上的尸体震慑，那些人就真的再也不敢反抗闹事了吗？

有识之士不是没有，但在众多的村民当中，根本就起不到什么作用。

何春华自然知道这样下去，何家营早晚会变成一个火药桶，嘣的一声把他们这些人都炸死。但对于他的计划来说，这些人的愚蠢和堕落也是其中的一部分。

没有他们的坏，怎么能映衬出他的好？

他可以控制自己不堕落，却没有办法控制自己的亲朋好友不有样学样。别人都在利用种种便利搞女人捞好处，为什么他们就不行？他肚子里的那些东西，这时候又不能对他们讲，以免打草惊蛇。

“还是要尽快从难民里培养一批心腹才行。”何春华对自己说道。

之前在村子里他没有办法做得太明显，但现在有瓦庄村和板桥村作为自己的基地，当然就不一样了。

杨勇这时候才讪讪地从自己睡的地方爬起来，他算是何春华竖的一面旗帜，自然不用干守夜这样的事情，但他很清楚这两个被打骂的人的身份，脸面上多少有些尴尬。

“一晚上还是有不少了。”他急忙转移话题说道。

铁板上正在烘烤的虫子大概有三四十只，而旁边的一个碗里，已经弄好的大概有上百只。

“昨天晚上运气好。”村民微微有些不安地答道。

这是什么原因他们都不清楚，大概是因为突然有很多人进了村子，血气重，被那些虫子感觉到了？

何春华随手抓起一只虫子丢进嘴里，它们已经被烘焙得又干又脆，吃起来很像是以前吃的烤虾，只是没多少肉。村子里有上千个房间，如果每天晚上都能有这样的收获，那倒也可以作为一个事情做起来。这又不需要什么壮劳力，老人、女人和小孩都能干，无非就是白夜颠倒而已。

“春华哥，这些人今天要不要……”他的堂弟从地上爬了起来，谄笑着问道。

何春华忍不住随手又抽了他一下。

何春华把瓦庄村的人送到北面去，是因为那些人已经饿得不成人形，干不了活，只是拖累。但板桥村的这些人显然都还能干活，送到北面去，那他就真是吃错药在帮城北联盟增加人手了。

“杨勇，我一会儿带着车队先回去，然后让他们把东西都带过来。你负责在这边盯着，让板桥的人动起来，尽快把防御体系搞起来！”他对杨勇说道，“我到瓦庄村那边去盯着下水道的事情。”

“秘书长你放心，我一定办得妥妥当当的！”杨勇急忙答道。

何春华的堂弟不满地看了杨勇一眼，但在他面前也没说什么。

他们带着车队重新回到何家营，他让堂弟盯着人把东西装车，自己则把那些虫子干和虫子粉作为礼物送给了自己的大哥和村里几个头面人物。

“这是好东西啊！”几个人都眼睛一亮。

远山本来就有吃油炸蚂蚱和蜻蜓之类的习惯，他们对这些东西的接受程度比城里人高多了。

“这些东西可不好弄！”何春华苦笑着说道，“为了这些东西，我昨天可是吃了不少亏，一下子就没了六个得力的手下，十几个人都叮成了这个样子！”

他添油加醋地把这些虫子吸血的事情说了一遍，还把昨天被叮得很惨的一个手下叫上来给他们看。果然，这些人看到那被咬得血淋淋的伤口和密密麻麻的肿块，头皮都发麻了，也根本没有想着要核实他所说的伤亡。

“那个地方我看意义不大，也就是能弄点虫子干，”他继续说道，“而且我带人大概算了一下面积，和你们说的差距简直太大了！”

“春华，之前我们说好的事情，你不会是想反悔吧？”果然马上就有人跳了出来。

“我何春华做事情你们这些叔叔伯伯还不知道吗？向来一是一二是二！但这个地方真的没有之前我想的那么好，你们要我交那么多粮食，那不是逼着我上吊吗?!”

“这个嘛，我看不急，不是还有半年吗？就还是按那个数字，春华你头脑灵活，一定能想出办法来的。”

“永禄叔，你这话我就不爱听了。地就那么点，还那么危险，我能想出什么办法来？要不然，换你们家小三带着他的人去好了！我投入的那些东西就当我打水漂了，他也不用多，按照我那个标准，交七成就行！”

他的目的当然不是要把机会交出去，但赵家小三他清楚得很，虽然手下也有一支将近一百五十人的队伍，但都是乌合之众，以他们的胆子，之前他又绘声绘色地讲了那些吸血虫子的恐怖之处，他们根本就不可能接招。

现在他吃定的就是这一点，何家营老一辈都没什么干大事的雄心，只想守着这个地方把日子过下去。年轻一辈倒是想法多,但真正有胆识愿意冒险的却少得可怜。除了他何春华,还有谁敢站出来订下这半年之约?

凭瓦庄村和板桥村这两个地方,这些老东西要他在半年之后交出三百吨粮食,心也真是够黑的。还有人掰着手指头给他算这两个村子的面积有多大,一共有多少地方可用,以此来证明这个数字并不大,好像村里吃了多大亏一样。

真是搞笑!

就这么两个村子,硬生生被他们算出了八百亩地!

何春华心里当然也有一本账,现在两个村子他都看过了,所有的天台、阳台和能晒到阳光的地方加起来,可用的面积不会超过六百亩。但这已经是把所有房间里能晒到阳光的地方都算进去的结果。如果单纯地算田地面积,不会超过四百亩。

虽然他没怎么种过地,但父辈那代人,甚至他哥年轻的时候都是实实在在种过地的人,把土运到天台要花多少人工,在没有化肥和农药的情况下,能有多少产出,他们一合计都能八九不离十。要是给他足够的人手,精耕细种,在这种气候下一年应该可以种三季,半年时间三百吨粮食也不是拿不出来,但那样的话,他就什么都捞不着,完全是给村子做贡献了。他前期付出的这些人的口粮,后面还得给他们留下口粮,那拿什么来挑人养兵?

“我想清楚了,之前在各位叔叔伯伯面前说大话吹牛,真是太不自量力了。就凭这两个村子的地,别说三百吨粮食,一百吨我也没本事拿出来!我算是栽了,各位叔叔伯伯,你们看看谁能办这个事情,让他们上吧!”

“你小子现在撂挑子是什么意思?要赖啊?”另一个老人说道,“之前是你拍着胸脯说大话,现在说不干就不干了?”

“九叔,要不您老自己去看看?什么都要从头来,人手又不够,半年以后你们就算是杀了我也交不出那么多粮食,既然是这样,不如现在就说清楚。”

“那你想怎么样?”

“给我一千人,都要能干活的,三百吨交不出来,顶多一百吨!”

“一百吨?你说笑话啊?”

“九叔,你帐不能这么算,干活这些人我也要花粮食养,还不能给他们吃得太少,一千人半年最少也要吃掉一百多吨粮食了。这一来一去的,相当于我还是给村里交了两百多吨粮食。”

他的话却让这些人都沉默了。

一千干活的人半年要吃掉百多吨粮食，那一万人呢？以他们现在一万六千人的人口总量，就算其中大多数人都不用吃饱，只要勉强活着就行，但他们再怎么克扣，一年下来也得要一千五百吨粮食，以他们现在的存粮，要不了一年所有人都得饿死。

平时他们都刻意地不去想这个问题，但现在，却被何春华揭露了出来。

“不管你想什么办法，半年三百吨一点也不能少！”何春成突然说道，“你自己的人口粮自己负责，交给村里一年六百吨粮食，这是底线！”

“大哥！”何春华马上大声叫了起来。

“除了粮食，你要什么都可以满足你。这行了吧？”何春成问道。

何春华看了看周围的人。

“谁要有办法一年交六百吨粮食给村里，现在就站出来，”何春成瓮声瓮气地说道，“也是一样的条件！”

所有人都低着头没说话，开什么玩笑，要是上好的田地，那倒没什么问题。但现在，种在天台阳台上，周围又不安宁，没机械没化肥没农药没牲口，全靠人力，那真不是一般人能干得出来的。

“就这么定了！”何春成大声地说道。

何春华一脸阴沉地从楼上下来，路上遇到他的每一个人都被他的样子吓得心惊胆战，不敢说话。

他沉着脸回到自己在护村队的办公室，快速地写下了一大堆东西，扔给自己留守在何家营的堂弟何春潮，让他分门别类去找管物资的人领东西。自己则继续阴沉着脸写了一张招人的广告，让人抄了好几份拿到平民聚居区域去宣读，随后把自己关在办公室里，终于忍不住狂笑了出来。

果然还是大哥狠啊！

他摇着头想着。之前他费了那么多功夫，那么多口舌，都比不上大哥几句话搞定所有问题。

他倒这么多苦水的目的，无非就是要人，要物，要政策，如果能消减一些上缴粮食的量当然更好，但村子的情况他也清楚，那几乎不可能。

村子里现在可以说什么都不缺，就是缺粮食，但那些恐龙一直在外面行动，这让他们只能看着村子西面那一大块拆迁之后留下的空地发愁。

要是能把那块差不多有七百亩的空地种上，问题至少能解决掉一大半。

但他们不敢。

虽然已经在所有的屋顶都种了粮食，但对于村里这么多人来说，杯水车薪。可以说，何春华主动跳出来去征服和开拓附近的两个村子，是他们唯一做出的有益的尝试。

如果这两个地方连一年六百吨粮食都弄不到，那他们就根本没什么指望了，只有孤注一掷发动所有人到北面去抢劫，要么拼死去把那些恐龙干掉。

但这同样有着巨大的风险。

那些平民被困在村子里，对外面的情况一无所知，每天能够看到和听到的都是何春华他们对于外界无限夸大之后的宣传，都是那些在村子周围跑来跑去吃尸体的恐龙，因此他们才会继续忍受这样的压迫。

如果周边不再有恐龙的威胁，有多少人还会留在何家营？会不会有大量吃不饱的人孤注一掷逃出去？如果让他们知道城北的情况，知道那里已经没有了恐龙的威胁，而且有了另外一个相对强大的团队，又有多少人会想方设法地逃到城北去？

恐龙对于何家营来说是一种巨大的威胁，但没有它们，他们也没有办法把这么多人控制在自己手里，让人们这么听话。

如果让大量熟知何家营情况的人逃出去，他们会不会串通起来，反过来拿起武器抢劫何家营？甚至是把曾经压迫奴役他们的村民全部杀掉？

现在何家营有将近九百人的护村队，但这些人当中，绝大多数都是来讨口饭吃的乌合之众，几乎没有什么训练，他们在面对暴民的时候，真的能有什么作用吗？

如果村民们逃到城北，会不会把何家营的情况和盘托出，让张晓舟那些人知道何家营的虚实，然后杀回来？城北那些人随随便便就能杀掉那么多恐龙，让他们对何家营望而却步的唯一武器就是巨大的人口，如果这个气球被人戳破，他们会不会马上对何家营动手？

村里的这些实权派们，包括被推为头领的何春成在内，对这些可能性讨论过无数次，而他们想出的唯一办法，就是继续把这些人控制在自己手里，继续用谎言恐吓，用劳动和饥饿让他们失去思考和反抗的能力，然后自然淘汰其中的弱者。

“如果我们只有一万人口，那情况就会好办得多。”实权派们这样自欺欺人地说道。一万人口面临的粮食压力会小得多，但同样对城北的势力具有相当的震慑力。那时候，随着人口的减少，他们在这个过程中所拉拢的心腹也会增多，也许这些事情到那个时候就能迎刃而解。

何春华对此嗤之以鼻。

但他并没有说什么，还是那句话，如果没有他们的愚蠢和狠毒，又怎么能映衬出他的好处？

以村子里这些人的尿性，不到最后关头，他们绝对不会去做那些事情，只会继续希望有人跳出来承担责任，想其他办法解决问题，然后由他们来坐收渔翁之利。

继续做梦吧！

他将以瓦庄和板桥这两个村子为根基，潜心发展自己的力量。现在大哥已经帮他落实了政策，除了粮食，要人有人要物有物，如果一切顺利，也许不需要半年他就能有足够强大的力量，而那时候，谁还敢来向他要那三百吨粮食？

他不让别人把粮食交出来就已经算是仁至义尽了！

“春华哥，应募的人我们已经挑了一遍，你要不要来看看？”门外有人小心翼翼地问道。

“让他们等着！”何春华恶声恶气地说道。几分钟后，当他再一次出现在人们面前，便又是那副极度不满而又无可奈何的样子了。

“何家老二到底想干什么？”被他称为永禄叔的男子站在楼上远远地看着这边。何春华以前就有两百多人的护村队在手上，而且算得上是护村队里最精锐的那一拨。后来他拉拢了逃进村子的那个杨勇之后，就又多了将近五十人。但现在，他要招纳的显然远远不止这个数字。

“他哪儿来的粮食？”

“那还用说，之前他们去食品批发市场的时候，这小子肯定私藏了！打下那两个村子肯定也有不少收获！”被称为九叔的老者不满地说道，“这小子就是想自立门户！他从小就不是什么好东西，那点小九九，我还不清楚？”

“那我们岂不是又被他们兄弟俩摆了一道？”另外一个人说道，“这可怎么办？”

“怎么办？要是你们家那些小子们稍稍争气一点，还用得着我们几个老家伙在这里操心吗?!”

几个人都不说话了。

几次行动他们都想逼着自家的子侄和何春华一起出去，不求有什么成果，但最起码，能够盯着他，顺便捞点声望。但这些家伙，在村里欺男霸女的时候一个比一个强，听到要出去，一个比一个缩得厉害。而他们安排到何春华队伍里的那些人，却没有多少忠诚心，一个两个都反倒被何春华拉拢过去，或者就是太蠢，什么有用的消息都没有传回来。

“回去都好好说说自己家的小子！板桥那边有虫子不敢去，难道近在咫尺的瓦庄也不敢去?”九叔恨铁不成钢地说道，“何家老二都已经把那些防御措施做好了，已经没危险了！要是这样他们都不敢去，那我们这些老家伙还在这儿蹦什么？直接让何家兄弟当皇帝就行了!”

何春华对挑出来的这四百多人还是挺满意的，虽然都被饿得不轻，但架子都还在，拉到瓦庄那边补充补充营养，训练成民兵，平时干干活，有事情的时候打打仗应该没有问题。

他现在已经有两百五十人的队伍，还有将近两百人一直跟着他干活，也可以算是他的人了。

他的计划是再分批逐步训练出一千人的队伍，这样的话，他就有一千五百青壮在手里，以这样的队伍，突然在村里发动起来，足以碾压护村队其他人的力量，把任何胆敢反对他的人全都干掉!

“春潮，干得不错!”他满意地对堂弟说道，“你放心，将来我亏待不了你!”

他生怕夜长梦多，用了一个早上的时间就把一千人挑了出来，加上之前弄出来的汽油、焊机、切割机和钢材、铁丝网等物资，分了三次才分别运到瓦庄村和板桥村，过了下午，他找了个机会去和大哥何春成商量了一下后面的事情，便跟着车队到了瓦庄村。

何春华刚刚进村，就看到留守在这里的表弟霍斯慌慌张张地迎了上来。

第13章

诱饵

“怎么了?”他皱着眉头问道。

都用亲戚就这点不好,其中大多数人都没什么本事,唯一的好处只是他们的利益都和自己牢牢绑在一起,不怕他们有二心。

“是城北！城北那边有人过来了!”

来的人让何春华吃了一惊。

“张晓舟?”

“怎么？何秘书长不欢迎我?”张晓舟笑着问道。

“那怎么可能?”何春华也大笑了起来,但他马上又板起脸来,“上次就说了,叫大哥！什么何秘书长？生分！你放心,老哥我说过的话一定作数,绝对招待得让你满意!”

张晓舟身边只有四个人,何春华心里突然涌出一种强烈的冲动:在这里就把他给弄死。

这个人的本事他清楚得很,当初他们一起被困在那个服装店的时候就已经初现峥嵘,而后面他所做的事情,上次他们回去之后,杨勇也只能老老实实地都说了出来。

但他所知道的也只是他逃到何家营前的那些事情,在后面的这一个多月里,张晓舟一定又做了不少事情,不然的话,所谓的城北联盟也不可能突然就冒出来。

这个家伙以后肯定会碍事的!

何春华有这种强烈的预感,但他看看自己身边的人,虽然有十几个,但都没什么警惕性和要动手的意识,而张晓舟身边的那四个人的手却一直放在腰后,显然是随时准备动手杀人,他们流露出来的那种狠劲和杀意,让何春华在自己的地盘上都有点胆寒。

现在动手,谁杀谁还真的说不一定。

没用的东西!

他再一次在心里骂道,如果提前知道是张晓舟,那他肯定会调更多的人过来,也会让身边的人做好准备,不可能让他们这么容易就近了自己的身。

他大笑着拥抱了张晓舟一下,随后问道:“吃饭了吗?”

“吃过了。”

“那也不行!”何春华说道,“吃了饭才来找我,那就是看不起我! 霍斯,快点多安排些人去好好准备准备! 弄点好酒过来! 今天我要和张老弟好好喝几杯!”

霍斯明显是没明白他的意思,慌慌张张地走了,过了几分钟,带着几个人抱着一罐虫子干和几瓶白酒啤酒跑了回来:“春华哥,没什么菜,我让他们弄罐头了,一会儿就来!”

何春华狠狠地瞪了他一眼,但也没有办法。

“张老弟,这几位是你的兄弟? 来来来,都坐下,大家一块儿喝几杯!”他无奈地大声说道。

“抱歉,他们几个都不会喝酒。”张晓舟说道。

“白酒不会,难道啤酒也不会? 男人哪有不会喝啤酒的? 天气这么热,来来来! 一人先来一瓶,大家都吹了!”何春华大笑着说道。

但那四个人却动也没有动一下。

“什么意思?”霍斯终于意识到了不对,大声地叫了出来,“看不起我们?”

“不好意思,我们现在在执行任务,按照规定不能喝酒。”其中一人答道。

霍斯还想说几句话挣面子,另外一个男子突然瞪了他一眼,那种无法形容的凶狠,把他的话一下子噎在了喉咙里,难受极了。

“哈哈,张老弟果然有一套!”何春华大感丢脸。张晓舟带过来的这四个人肯定是城北的精锐，说不定就是杀恐龙的那些人里的主力，自己留在瓦庄的手下与之一比，简直就是只会窝里横的弱鸡。

这让他动手的心思突然一下子就淡了。

干掉张晓舟有什么用？哪怕是把他们五个都在这里干掉，除了和城北撕破脸让他们对自己动手之外还有什么用？

好不容易才从那些老东西手里争取了一个自立门户的发展机会，在这里和城北火并起来，他们在那边估计要把假牙都给笑掉了。

“何大哥，我敬你！”张晓舟这时候举起啤酒瓶和他碰了一下，一口气干了一半，气氛终于又稍稍恢复了正常。

周围的人都没发话，两人一边漫无边际地聊着天，一边喝着啤酒。霍斯愣了一下，又一次跑了出去，过了一会儿，他们这边的几个大汉一个接一个拿着热好的罐头进来，放在桌上之后站到了何春华背后，房间里一下子挤得满满的。

“都给我出去！这么多人挤在这里，不嫌热吗？”何春华挥了挥手，大声地说道。

刚才不来，现在来有什么用，专门来丢人的吗？

“春华哥……”霍斯愣了一下，难道他又理解错了？

“你们几个留着就行了，其他人都出去，该干什么干什么！”何春华没好气地说道。

张晓舟默默地看着他们，又喝了几口酒之后，他才说道：“何大哥，今天我过来，一个是应你上次的邀请，专门过来看看你。另一个，也是有点礼物要送你。”

“那敢情好！”何春华面上毫不在意地笑道，心里却快速地盘算了起来。礼物？什么意思？有什么阴谋？“不过上次收了你的那几条恐龙，我都还没回礼，你又专程过来给我送礼物，那怎么好意思？”

“何大哥，你不是已经回过礼了吗？”张晓舟笑道，“我们这边正好缺人手，何大哥送过来那七百人，刚刚好解决了我们的难题。要不是这样，我这次也不会专程又过来。”

这是讽刺还是恐吓？

何春华拿起酒瓶咕咚咕咚喝了几口，眯着眼睛观察张晓舟的表情，却什么都看不出来。

“你喜欢就好，喜欢就好！”他随口说道。

“齐哥。”张晓舟说道。

之前开口和霍斯说话的那个男子从身后拿出一个罐子交给张晓舟，张晓舟接过来，把盖子打开，随后递给了何春华。

“这是？藕粉？”何春华有些疑惑，但他小心地嗅了一下，却没有藕粉的香味，反倒有一种说不出来的奇怪的清香。

张晓舟又从齐峰那里接过一小捆粉条，放在了何春华面前。

这是什么意思？

这些东西在现在这个世界也算是不错的食物了，但他专门为了送这些跑一趟？还是送礼为虚，示威警告为实？

“一点小意思，”张晓舟说道，“粉是树皮粉，粉条是蕨根粉条，都是我们联盟这边最近刚刚产出来的新东西，特意送过来给何大哥你尝尝鲜。”

何春华愣了一下，随即突然明白了他话里的意思，这让他猛地站了起来：“你们，你们已经下到森林里了？！”

“不错，”张晓舟坐在原地点点头，然后拿起了酒瓶，“何大哥，我再敬你！”

“好，好。”何春华随口说道，同时坐了下来。

这个信息给予他的冲击，甚至比当初看到他们杀死那些恐龙更大。虽然恐龙难杀，但在地形复杂的城市里，设下陷阱，投入大量的人力和物力，并不是完全没有办法做到。事实上，何春华自己也在计划着，等到手下有足够可用的人之后，也要想办法杀掉一些恐龙，以此来收获更多的威望。

但进入丛林，这可……这可真的让何春华震惊了。

联盟的实力已经这么强了？

“何大哥，”张晓舟却像是没有看到他脸上的表情，继续说道，“我一直都有一个想法，我们每个来到这个世界的人，都相当的不容易，能活到现在，又相识一场，都是缘分。说实话，这个世界这么大，有的是地盘和资源，但我们人类就不过这么三万多人。如果我们之间再同室操戈，那简直就连原始人都不如了。你说是吗？”

何春华摸不清楚他的意思，打了个哈哈，把这句话敷衍了过去。

“我们那边人手实在是不够，只动用了大概五百人，也没敢深入，只是在林子边上小打小闹。但一天下来收获的东西，足够给一千五百人到两千人吃一天的。”

“你说的是真的?”何春华再一次惊讶了。

“难道我专门来一趟,就是拿这个事情开个玩笑?”张晓舟笑着反问道,“不过大部分东西肯定没这么好。树皮粉是没有筛过的,含有不少杂质和木纤维的粗粉,吃多了不容易消化,解不出手来;蕨根粉稍好一点,但不高温加热也不容易消化;树枝树叶也都是能吃的都吃,还有其他的植物……”

但后面的话何春华已经听不进去了,五百人,五百人算什么?只要有粮食,村子里人有的是!

以前是那些老东西压着不让他有机会拉人,而且他手头也没有多少粮食可以拿来拉人。但现在有了大哥拍板定下来的政策,他又挑明了自己拉走的这些人粮食不用村里管,虽然不能太夸张,但一趟不动声色地拉个十几二十人,在惊动他们之前从村里弄出个两三千人,应该不会有太大的问题。

“你们干了多少天了?伤亡有多大?”何春华问道。

“到现在为止,将近十天,伤了四十几个,牺牲了五个。”

十天?那不就是自己对瓦庄动手前不久才开始的?难不成,自己送给他们那些人还真被他们派上用场了?

他这是来想要更多的人?

何春华沉吟了一下。

之前也有人出过主意,干脆把村子里那些老弱病残一股脑地丢给城北,但最终却被否决了。

这样做势必要强行拆分一些家庭,引起更多的不满,但这是小事,不在考虑的范围内。关键的问题是,这些人一旦到了城北,肯定会主动把何家营的情况一股脑儿地告诉城北的那些人。

那怎么行?

送过去消耗城北一点粮食,却给自己带来这么大的隐患,这样的事情弊端太大,还不如把他们饿死了事。反正大家都清楚,这是天灾,有口吃的就不错了,没熬过去,那是他们自己命不好。

基于同样的理由,何春华也不会同意用人口和城北进行任何交换。

但张晓舟抛出的诱饵太过于诱人,让他不禁踌躇了起来。

“张老弟。”何春华迟疑了一下，无数个念头在脑袋里穿来绕去，却不知道怎么开口。

他不知道张晓舟的话里有多大的水分，但即使是五百人只能获得一千人的口粮，这事情也值得做。

十天伤亡五十个人，这样的数字比他想象中的小了无数倍。而且万事开头难，事故肯定是在一开始的时候最多也最容易发生，哪怕五十个人全都死了，这样的代价与收益相比也完全不算什么。

但这里面肯定是有诀窍的，至少何春华现在就一头雾水。

即便是知道了进入丛林能有巨大的收益，但要怎么去做？准备些什么东西？要注意些什么？他完全没有头绪。

抛开张晓舟的诱饵自己慢慢摸索，那也不是不行，但效果和伤亡肯定就不一样了。不然的话，张晓舟也不会这么大大咧咧地过来，以此作为筹码来和自己谈判。

“口说当然无凭，”张晓舟却以为他在怀疑自己的话，于是他不紧不慢地说道，“何大哥要是有兴趣，可以自己过去看看，我保证你的人身安全。要是你实在抽不出时间，安排信得过的弟兄跟我们过去也行。”

这样的话让何春华越发迟疑了。

能过去亲眼看看当然更好，但张晓舟却迟迟不提自己的要求，无疑是在拿捏他，好在谈判中占据上风。

“不急，”于是他笑着说道，“这都是小事情，咱们先喝酒，把酒喝好了再说！”

这顿酒于是一直从下午喝到天黑，虽然张晓舟一直推脱着没喝白酒，但那么多啤酒喝下去，也让他的头晕得够呛。

“老弟。”何春华好不容易才把张晓舟背后的那几个哄得坐下来一起吃了点东西，但他们还是一口酒都没有沾。

四个人里面至少有两个人是老酒鬼了，何春华注意到他们的喉结一直在随着他和张晓舟喝酒而上下滚动，但他们能一直在这样的环境中坚持下来，这份毅力和纪律让何春华对于城北联盟的力量有了更深刻的认识。

“天也晚了，你们就别回去了，”他大着舌头对张晓舟说道，“我说过包你满意，就一定会满意！霍斯！”

“哥，你说？”霍斯醉眼蒙眬地答应道。

“你把那个……小蕊叫过来，把我兄弟给我服侍好了！还有这几个兄弟，都……都给我安排好了，一人一个，一定要让他们……开……开心！”

“哥，小蕊不是你最喜欢的……”霍斯醉是醉了，但还没完全糊涂。

“什么我最喜欢的！女人嘛，不就是拿来玩的？算……算个屁！让……让我兄弟高兴最重要！你啰唆个屁！快去！”

张晓舟的酒瞬间就醒了一大半：“大哥，这事我看就算了吧？”

“怎么？你怕不干净？”何春华紧紧地搂着他，喷着酒气在他耳边说道，“你放心，有问题的大哥怎么可能……可能会给你？女大学生！新鲜着呢！我都……都还没尝过几次……包你……包你满意！”

这样的话让张晓舟越发听不下去，何春华却搂着他唱起小调来了，让他没有机会拒绝。

没一会儿，霍斯就带着几个年轻的女孩走了进来。

“小蕊！过来！”何春华大声地叫道。

其中最高挑最漂亮的那个女孩勉强笑了笑，盈盈走了过来，她小心地坐到何春华身边，却被他直接推到了张晓舟的怀里。

女孩惊呼了一声，张晓舟也骇得站了起来。

“你怕什么？女人嘛，有什么了不起的！”何春华笑着说道，“也是招待兄弟你我才舍得拿出来，换成别人，呸！哪怕是我亲大哥也不行！”

“大哥，这……还是算了吧！”张晓舟也顾不得装醉了，对何春华说道，“今天出来的时候没说过不回去，要是晚了，联盟那边说不定还以为路上出什么事情了。我们这就告辞了，大哥要是想到我们那边去走走，明天早上在这幢房子顶上竖个红色的旗帜，我就过来接你。”

何春华还揪着他不放，说什么也不让他走，一定要让女孩服侍他，张晓舟找了个机会从他怀里挣脱开，赔笑了几句，慌慌张张地走了。

他们出去没多久，何春华便坐直了身体，眼睛也亮了起来。

“哥，这些家伙装模作样的，究竟什么意思啊？”霍斯脸红红地凑过来问道。

“装模作样？你们要是有他们一半，我也就省心了。”何春华站了起来，透过窗户往外看去，自己的手下有人点了火把，正带着张晓舟他们往北面的那个通道口走去。

“看来他们那边是真没恐龙了，要么就是他们真不怕那些东西。”他喃喃地说道。

“哥？”霍斯没听清楚。

“派人去看看，高速公路上有没有人来接应他们。”何春华说道。

霍斯答应着走了出去，几个女孩不知所措地站在那里，看着桌上他们吃剩的菜肴，偷偷地咽了一下口水。但何春华没发话，她们什么都不敢做。

“不喜欢女人？总不可能喜欢男人吧？”何春华却喃喃自语道，他看了看坐在自己身边同样不知所措的被称为小蕊的女孩，无论身材相貌都可以说是很完美，尤其是那种清纯的感觉，楚楚可怜，完全可以激发出任何男人的欲望，他不相信有男人会不喜欢。

要是以前，他这种身份的人无论如何也不可能有这样的机会，但现在，秩序已经崩塌，强者当然可以为所欲为。

所以他完全无法理解张晓舟的反应，张晓舟就像是在以前那个世界他曾经见过的那些被老司机强行带到声色场所的老实人，拘谨得甚至让何春华觉得自己是不是又回到了从前。

在现在这样的世界，太反常了。

他是担心留宿在这个地方有什么危险？还是担心这个女孩有什么问题？又或者是别的原因？

但不管怎么说，能够在酒色面前丝毫不乱，这样的人，必须要加倍警惕才行。

明天让我过去？

有什么阴谋？

他喝了一口酒，突然烦躁了起来，随即站了起来。

“赏给你们了。”他对那些女孩们说道，随后走了出去。

在他身后，女孩们低声地欢呼了起来。

“杨队长。”张晓舟站在高速路上，对第一个钻过来的人点了点头。

杨勇阴沉着脸，什么话也没有说。

跟在他后面的是何春华手下最能打的两名小弟，然后是何春华几个堂弟中最能干的何春潮，何春华最后一个从那个通道里钻了上来。

昨天张晓舟带了四个人就到他的地盘上，在这一点上，他也不肯丢了面子。

“这里以后要重新处理一下，起码要弄把像样的梯子。”何春华说道。何春潮随口答应着，把他拉了上来。

“何大哥。”张晓舟笑着说道。

“哎呀，张老弟，昨天可不好意思了。我听他们说，我昨天到后面喝高了，在你面前出丑了？”何春华一把搂住张晓舟的肩膀，大笑着说道。

“这我就不记得了，”张晓舟说道，“到后面我也不行了。”

其实他很不习惯这种勾肩搭背表示亲密的手段，但何春华却偏偏喜欢得很。

“男人哪能说自己不行？行！必须行！”何春华开玩笑地说道，“走吧！老弟，你要带我们看点什么？我可是迫不及待了！”

首先看到的当然是在高速公路下口处，新洲酒店门口那块空地上进行的民兵训练，王兴和杨鸿英两个人站在旁边辅助，主要由齐峰和两个团队的执委负责具体的训练。

这种规模的训练还只是刚刚开始，四百人的队伍看上去有点乱，但齐峰他们几个在训练新洲团队新人的过程中已经累积了一些经验，场面倒也没有失控的迹象。

“这是？”何春华问道。

“我们六个区域轮流进行民兵训练，”张晓舟答道，“每天都有两支队伍过来。”

“难怪我们在瓦庄那边每天都能听到有人叫喊的声音，”何春华一脸人畜无害的样子，就像是一个真正的游客，“你们有人才啊！”他感慨着，“对了，带队的那个兄弟昨天好像见过？”

“他是联盟战斗部队的副队长。”

“难怪，难怪！”何春华说道。他站在旁边看了好一会儿，这才跟着张晓舟离开。

一行人沿着弘昌路往北走，张晓舟也没搞什么虚的专门弄辆车来载他们过去，而是直接带他们走过去，何春华等人趁机东张西望。

“张老弟，你们这些路上的旗帜是？”

“是预警信号，”张晓舟答道，“如果有恐龙从城南翻越高速公路过来，新洲酒店那里首先会发出信号，提醒附近的人注意，同时向附近的战斗部队发警报，让他们赶过去。这些旗帜一方面可以提醒周围的人及时进入房屋里躲避，另一方面，也能让战斗部队的人及时找到它们，把它们干掉。”

“厉害，厉害！”何春华随口说道。

他们对道路两边已经被完全挖开的人行道和支路也很有兴趣，那里已经有一排一排的玉米苗，但何春华一眼就看出来，长势并不太好。

不过他什么都没说，而是继续不断地感叹着。

他们很快就走到了安澜大厦前面，之前被他们用燃烧瓶设伏杀死的那只暴龙的头骨放在门前的空地上，已经被处理得干干净净，看上去很有威慑力。

何春华的表情终于真正变化了一下。

张晓舟之前曾经说过他们杀了暴龙，但他一直都是将信将疑，现在看到实物，终于没什么好怀疑的了，但心里多多少少有点不舒服。

“这个头骨不是最大的，”陪同走在边上的高辉却故意兴致勃勃地说道，“最大的那个放在联盟总部的大楼门口，还有一个放在新洲酒店的大堂里，你们要是感兴趣的话，一会儿都可以去看看。”

“好好。”何春华随口答应道。

队伍继续往前，一路上都能看到各种年纪的男男女女在忙碌着，妇女和老人多半是在照料庄稼，而男人们则是集中在一起，用大锤、凿子和撬棍等工具，把路面和人行道表层的那些东西挖开，填上泥土，混入肥料。有些地方则是在用一种简单的机械把一筐一筐的泥土吊运到楼房的顶上去。

“你们现在有多少耕地了？”何春华忍不住问道。

“太零散，而且每天都在增加，具体数字我也不太清楚，”张晓舟答道，“不过应该快两千亩了吧？我们的计划是五千亩，还需要努力。就是缺人，到处都抓打不开。”

何春华的脸不由得抽动了一下。五千亩地，只要水平不是差到令人发指的那种，别遇上大规模的病虫害，有足够的种子，一年三季最起码也能收获三千吨玉米，要是归他管，四千吨到四千五百吨不在话下。那样的话，养活现在整个远山的人口也没有什么问题了。

这块地要是属于我……

他忍不住这样想着，太阳穴也一阵阵地抽痛了起来。

“我们要去什么地方？”他终于问道。

“前面右转就是了。”张晓舟答道。

康华医院东北方向的那块地现在已经完全变成了一个大工地，数以百计的人们在其中埋头忙碌着，张晓舟带何春华去看了那两台人力升降机和旁边同样是完全靠人力驱动的三台吊车，又站在悬崖边上看下面的情况。被他们开辟出来的那四亩多土地周围都用粗大的木头搭起了拒马，防止有大型动物冲进来，上百人在下面对木头和采到的植物进行预处理，而丛林的边缘，人们正在用斧头砍着树木。

空地中间搭了一些棚子，有人在里面烧水、做饭，一些人显然是在里面休息，他们把身上的包裹物去了，正拼命地用扇子扇风，一边喝水一边谈笑着。在他们旁边，有大概十人左右的披甲者，手持长矛等武器，靠在高大的木椅上一边休息一边戒备。

“张老弟，你们就安排这么一点防守力量？”何春华惊讶地问道。

张晓舟答道：“要对付六七只恐龙的小群落，这些人已经足够了。再说了，那上百人也不是吃干饭的。”

他并不是在吹牛。人们工作的地方附近都有武器架，上面放着足够他们用的长矛。如果真的有恐龙过来，不需要他们把恐龙杀掉，只要能和它们僵持住，战斗组的人就会尽快赶过来把它们杀光。

人们在单独面对中型恐龙的时候当然很吃亏，但只要理智不被恐惧淹没，三五个人把长矛拿起来，恐龙就不可能简单地把他们杀掉。之前那么多人被这些体型其实比人大不了多少的东西杀死，主要的原因并不是双方之间有压倒性的力量差距，而是恐惧让人们只会逃跑，把毫无防备的后背交给它们，任它们宰杀。

但这样的事情在城北联盟已经不太可能发生了。

陆陆续续死在新洲团队手上的中型恐龙已经有四十几只，算上之前张晓舟弄死的那些，已经有五十几只不同种类的中型龙死在了这个地方。它们的脑袋被放在路边作为展览，而它们的肉也早已经成了人们口中的美餐。它们的确是很凶猛，可一旦成为人们的盘中餐，恐惧就慢慢变得淡了下来。

人们身上都有厚厚的衣服裹着，多多少少能够挡一下，只要能坚持十几秒不被咬死，新洲的人马上就会赶过来把它们干掉。当然，还有一点最重要的是，在别的地方受伤几乎就等于变相的死刑，而在城北联盟，有着康华医院这个定海神针！

正好有一批植物被吊运上来，张晓舟便带着何春华等人过去，他们看到马上就有人过来分门别类地把那些东西分装在不同的筐子里，然后送到另外一边去。

“我们到现在为止已经鉴别出四十种有毒的植物和菌种，另外有二十来种植物虽然没毒，但明显含有一些对人体不好的化合物，”张晓舟说道，“这些植物要经过三次鉴别，以保证没有遗漏有毒的枝叶在里面。”

何春华马上就明白了，这肯定也是最重要的筹码之一了。

虽然也不是不能拿人命来换，但那要花多少工夫？死多少人？只要代价合适，他并不介意从城北联盟这边交换这些东西。

然后他们去看了加工树皮粉和蕨根粉的地方，何春华注意到，负责这项工作的人们丝毫也不浪费，即便是只有大拇指粗的树枝，他们依然把树木的内皮用刀子剥下来，切成小块。炒干的树皮粉放在一边用手动绞磨磨成粗粉，然后又用铁棒压成较细的粉末，装到一边的空袋子里。

他尝了一口这东西，有种树木的清香，还微微有点甜味，并不是难以下咽的，当然，这也有可能是因为他只吃了一小口的缘故。

他注意到，所有这些在劳动着的人们动作都已经很娴熟，这说明，这些工作应该并不难以掌握。

但更让他在意的却是这些人的精神状态，与他在何家营看到的那些行尸走肉完全不同，他们的脸上虽然也有着深深的疲惫，但却有着一种何春华无法形容的东西在里面。

何家营的那些人只是在苟延残喘，而现在他面前的这些人，却显然已经找到了生的希望。

意识到这一点之后，何春华的心突然就沉了下去。

他已经完全不考虑征服这片区域的问题了，这些人已经过上了这样的生活，要让他们变成何家营那种样子，绝对不可能。要征服这片区域，除非是有绝对的控制力，然后狠狠地杀掉一批人！

但这谈何容易？即便是那样，他们也绝不可能会像何家营的人们那样服服帖帖，永远都会是隐患。

现在他考虑的已经不是征服，而是自保。

绝对不能让何家营里的那些人有任何机会接触到城北的人，也不能让城北的人有机会接触到他们！否则后果将不堪设想！

他悄悄地盯着张晓舟和他身边的那些人。

这是他们的真实目的吗？假借传授开发丛林相关事项的机会，想方设法在城南制造祸端？

“这是联盟的执委会秘书长常磊，这是联盟执委会办公室主任梁宇。这位就是何秘书长了。”张晓舟给他们做着介绍。

“常警官，我认识你的，”何春华摇着头笑了起来，“就是不知道你还记不记得我了。”

“你是何主任的弟弟？真是好久不见了。”老常也笑着说道，走上来和他握了一下手。

这并不奇怪，何家营是弘昌路派出所辖区内的重点治安区域之一，那里设有警务站和好几个治安联防点，常年有三四个辅警和一名片警在那里工作。以前作为村干部的何春成理所当然是社区联防队的负责人之一，何春华也曾经是联防队的一员，参加过派出所组织的培训。

两人虽然没什么交情，但见过好几次面，在现在这个世界里，也算得上是熟人了。

几人漫无边际地闲聊了几分钟，何春华终于把话题转到了正题上。

“几位，既然都是老相识，那我也不绕圈子了。你们开个价，要是合适，我咬咬牙，这件事情今天就定下来，具体的我们再商量。要是代价太高，那我今天就当是过来开了次洋荤，长了一下见识，咱们以后照样还是好朋友。”

他自觉这话说得算是很漂亮了，冷眼观察张晓舟等人，却看到他们悄悄地交换了一下眼神，显然另有盘算。

果然没有那么简单！

张晓舟等人却在惊讶着结果竟然会这么理想。

世界上的任何事情都是免费得到的不稀奇，花钱买到的才珍惜。之前就有执委指出，如果他们送上门去把这些东西送给城南，对方说不定会反而觉得其中有诈，无事献殷勤非奸即盗,宁愿饿死一大批人也不照他们说的那样干。

张晓舟把何春华请过来,一方面当然是向他展示城北联盟的实力,让他明白这个地方不是他们能够染指的,另外一方面,也是希望能够用实际成果让他动心。

前一个目的不知道有没有达成,但后一个目的看来是有戏了。

“何秘书长果然是快人快语,”梁宇说道,张晓舟和老常与何春华都算是旧识,恶人的角色只能由他来扮了,“不过你应该也看到了,这可不是什么简简单单就能办得了的事情。我们真正动手虽然只是十天,但之前花了大量的时间来策划,提前就做了很多事情。如果不是这样,也不可能马上就弄得顺顺畅畅。”

“你直接说吧,”何春华说道,“你们要什么?”

梁宇沉吟了一下:“粮食我们现在不缺,想必你们那边也不会拿这个出来交换。那我们要汽油、对讲机、钢材、铁丝网、机器配件、轴承。你们背靠五金机电市场,里面有不少好东西我们都要。当然,人我们也要,有多少要多少。”

这里面当然有虚有实,前面那些东西的确是城北联盟想要的,但人力这块,他们是真的不想要。或者说,想要,但要过来养不起。

那七百难民就已经够呛了,如果再过来同样的数目,那为了养活这些人,他们就将不得不投入更多的人力到丛林开发上去,开发田地的事情将无限后延。而这,将有可能动摇联盟的根本。

但越是自己的软肋就越不能藏着掖着,否则的话,对方一定会看准了这个地方拼命地打。

他们的既定政策就是让对方认为人口是一种有利可图的资源,那样的话,他们就不太可能白白地把多余的人力资源倾泻过来,而是会想着拿来换取利益。这样一来,他们既能做到防止难民潮涌现,化解让联盟倾覆的危险,又能在某种意义上对何家营那些可怜的人们做出一点微不足道的保护。

谁知道呢,也许当何家营的高层们认识到人口很有价值,他们就不会再眼睁睁地看着那么多人死去。

何春华沉吟了一下,然后说道:“这我得好好想想。”

对方到底打的是什么主意?

对于他来说,从五金机电市场抢点东西倒不是什么难事。毕竟那不像食品批发市场那么远，就在瓦庄村旁边，就算动用车队也花费不了多少汽油，也不费什么时间。但那些东西太杂，品种太多，怎么确定价值？

“汽油我们也不多了，”他对张晓舟他们说道，“对讲机这东西，统共就那么几台，金贵得很，要是你们有的话，我也想要啊。钢材、铁丝网这些，我那边正在弄板桥村的防御，也没有多少多余的。机器配件、轴承还有机电市场里那些东西，怎么个算法？”

张晓舟等人生怕他说出“那你们要多少人”这句话，听到他这么说，都悄悄地松了一口气。

“何秘书长你觉得呢？”梁宇反问道。

何春华的选择果然和他们预料的一样，那事情就好办了。东西多少，甚至有些什么种类都不重要，关键是要让他觉得微微地有些肉疼，觉得自己付出了足够的代价。

“你们要哪方面的东西？”

梁宇看了看张晓舟，这就是他的弱项了，只能让张晓舟来说。

“金属工具，衡具，起重和吊运用具，木材加工和金属加工方面的工具、机器设备及配件，净水设备，水泵，电机，各种规格的轴承，如果有太阳能发电设备，那就是最好的了。”

张晓舟林林总总地说了一堆东西，何春华则把它们一一记了下来。既然城北要这些东西，那他以后肯定也用得上，得赶快去把它们占了。至于给城北什么，那就要看哪种东西多且不值钱了。

“给我几天时间，”何春华说道，“等我准备好了，还是以红色的旗帜通知你们过来？”

“好！”张晓舟说道。

中午他们设宴款待何春华一行，为了坚定他的决心，桌子上都是精心挑选出来的从丛林里弄到的各色植物、菌类和昆虫，负责做菜的师傅也是三个月来第一次得以大显身手，把这些食材做出了许多花样。唯一的缺憾是没有白酒只有啤酒，因为白酒早就被列为医用物资，统一收到康华医院的物资仓库里去了。

不过即便是这样，和昨天基本上都是罐头的“大餐”相比，真是五星级酒店餐厅和路边小摊的区别。

何春华倒也光棍，丝毫不以此为意，反倒主动拿这个事情开涮，顺便还打听了一下这些菜的来历和做法，不时地讲两个笑话，算得上是宾主尽欢。

何春潮和其他两个小弟都忘了自己是来干什么的，在旁边吃得兴高采烈，只有杨勇，一边吃菜一边喝着啤酒，脸色越来越差。

他的心情极度复杂。

这样的成功本来应该有他的一份。

以他组织起那么大一个车队的能力和威望，只要他能够带着那些人平安回来，与张晓舟平起平坐甚至是超越他也不是不可能。那联盟成立之后，他就算不是一号人物，至少也会是二号人物，这个老常和梁宇那时候又算是哪根葱？

但他现在却像是一只丧家之犬，托庇在何春华的手下，终日看他的脸色行事，甚至还要经常面对何春华那些兄弟子侄的欺辱。说是一队之长，却既没粮食又没威信更没有根基，还被树成一个靶子，只能勉强维系着自己的地位。

这就算了，但他的家人呢？他们是死了？失踪了？还是被张晓舟控制了起来？

“来来来，张老弟，我何春华服的人不多，但你绝对算得上是其中一个！杨勇，春潮，你们也把杯子举起来！咱们一起敬张老弟一杯！”

酒气上涌，杨勇突然忍不住重重地把手中的酒杯砸在了桌面上。

场面一下子冷了下来。

他猛醒过来，不得不屈辱地赔着笑说道：“不好意思啊！手滑，手滑了一下，溅到你们没有？”

何春华眯着眼睛看了他一会儿，随后又开始说笑了起来。

一顿饭吃到下午，联盟这边自然是没有什么余兴节目，何春华专门又去高辉曾经提过的那两个地方看了他说的那两只暴龙的头骨，随后才摇摇晃晃一副心满意足的样子走了回去。

“你们觉得怎么样？”看着他们消失在那个通往瓦庄村的窟窿里，梁宇低声地向张晓舟和老常问道。

“这家伙奸得很，不过我觉得他应该心动了。”张晓舟答道。

老常却答非所问地说道：“当初知道他的时候，不过是个无所事事的混混，谁知道会变成现在这个样子？”

“要是他们马上对五金机电市场动手，那事情基本上就成了，”梁宇说道，“这事你们俩就不要再出面了。尤其是张晓舟,你再过去太危险了。”

“嗯,”张晓舟点点头,“到时候让钱伟和吴工过去,虽然不指望有什么大的收获,但能弄点有用的东西过来总比没有好。”

此时此刻,何春华却在问着同样的问题:“你们觉得怎么样?”

“这件事情背后肯定有阴谋。”杨勇马上就说道。

“什么阴谋?”

杨勇愣了一下,随即说道:“如果没有阴谋,他们怎么可能会这么好心把这件事情告诉我们?就为了点物资?完全不合逻辑!虽然现在暂时还看不出来他们想干什么,但他们越是想要我们做的事情,我们就越是不能做。”

“但那些粮食……”何春潮说道,“吃完饭之后春华哥你不是让我又去看了一次?就那么五百多人,一顿饭的工夫就又弄了不少东西上来,树皮粉也是实打实的装了有十几袋,我看得有几百公斤。别的不说,就为了这些粮食也值得干啊!”

“明知道是饵也要咬?”杨勇说道,“秘书长,你千万别被这么点好处给蒙蔽了啊!”

何春华沉吟着。

饵?那是肯定的。他也绝不相信现在这个时候还会有人愿意做什么好事。

但何春华到现在也没看出来他们的后手在什么地方。他们没有在人口的问题上纠缠,也没有对合作的细则有什么说法,难道一切都还在后面等着?那把他们的后手找出来堵上不就行了?只要不给他们任何机会接触到城南的民众,他们还有什么招可以用?

他们要钓的,是自己这条鱼,还是何家营这条更大的鱼?

何春潮在旁边说道:“春华哥,要我说,就算他们想钓鱼,可咱们就把饵吃掉,不上钩,看他们能怎么办!咱们要是能有这些粮食,就能拉起自己的队伍。就像你说的,只要咱们有两千人的队伍,那还怕谁?”

这话简直说到了何春华的心坎上。

乱世之下,谁有粮食谁就是老大!如果不是为了粮食,他有什么必要过去那边,看他们炫耀武力,炫耀各方各面的成就?

有粮就有兵!从这个角度出发,只要不是马上就把人毒死的毒饵,只要真的能有源源不断的粮食能搞到手,这饵就值得吞下去。

“你说的对，他们想钓鱼，可也要我们愿意咬钩才行。钓鱼？当心老子变成鲨鱼，直接把他们那破船撞翻，连钓鱼的人一起吃掉！”

除了杨勇，几个人都大笑了起来。

“明天先去五金机电市场看看。不管应不应他们这一招，这些东西以后对我们也有用，先扒拉到自己碗里总没错。春潮，这个事情你负责！”

“好！”

“杨勇！这几天你就别管别的事情了，你帮我好好地琢磨琢磨，他们这些人葫芦里到底卖的是什么药。”

“是，秘书长。”杨勇闷闷地答道。

杨勇却一直到最后都没有看出来城北联盟的阴谋是什么。

其实何春华的想法已经无限接近于事实，但张晓舟所行的是阳谋而不是阴谋，他们拼命地想要把事情背后并不存在的东西找出来，那又怎么可能？

在他们的百般提防之下，钱伟和吴建伟过来要走了一大堆东西，即便是如此，梁宇还是跟何春潮吵了好几次，然后才把事情彻底定了下来。

杨勇心里越发憋闷。

难道他们真的就是为了这些东西？

打死他他也不信！

但那边不但把所有用得上的机械设备的清单和图纸拿了过来，还把所有进入丛林的注意事项，甚至是在自己身上出的事故都作为安全警示事例列了上去。唯一的问题在于植物的辨别，何春华既不愿意让自己这边的人到城北去学，更不愿意城北的人到城南这边来教，生怕在这个过程中双方有过多的接触，最终联盟一方只能费了不少力气，把能吃和不能吃的植物各自做了标本，分开包装好送了过来。

守着五金机电市场，又从何家营招纳了几个懂机械加工的人，把升降机和吊车做出来只是时间问题，但何春华没有心思等，他迫不及待地让人按照城北的经验先开始砍悬崖周围的树梢。

板桥这里的条件实在是不好，即便是用大量烟熏，依然不时有虫子从下面飞上来蜇人。而且他们这边悬崖的高度也达到了将近十二米，难度和危险性都要比城北选择的那个点高得多。工人们包裹在厚厚的衣服里，没一会儿就浑身透湿，精疲力竭。但何春华却没有派人专门来负责关注工人的情况，于是他们中有很多人干着干着就突然一头栽倒从树上掉下去，如果不是绳子拉着，也许其中大部分人都会死掉。

何家营南边的情况其实更适合做这样的开发，但何春华怎么可能把这样的信息平白无故地告诉村里？

“大不了就是多死几个人，没事！”他这样对负责这个事情的杨勇说道，“你给我干就是了！只要有足够的收获，没有人会说什么！”

于是在第一天就有六个人掉下悬崖，十一个人被不同程度砸伤，但他们收获了第一批树皮粉和树枝树叶，让那些劳工们饱餐了一顿。这样的收获让所有人都兴奋不已，第二天何春华便从何家营那边招募了更多的人手，开辟了更多的工作面。

更多的收获，当然，也带来了更多的事故和更大的伤亡。

工人们拒绝再到树上去，因为即便能够换来一顿饱餐，但却过于危险。于是杨勇让人们把板桥村几个月来攒下的草木灰全都往悬崖下面的林子里泼散下去，这样的做法虽然没有完全让飞虫绝迹，但却显著地减少了它们的数量，配合在悬崖边上点燃的烟雾，多多少少让它们的行动不那么猖獗，于是工人们便脱去了厚厚的外衣，裸露着身体在树上干活。

这样做虽然有可能被虫子叮咬，有可能染上疫病，但至少，不会那么容易就中暑摔下去死掉。

“何家老二究竟在干什么？”何家营的高层们很快就发现了问题。板桥那边长期烟雾缭绕，一批批的青壮年被偷偷摸摸地用车拉走。他们站在何家营最高的建筑上用望远镜往板桥那边看，却看不到他们在干什么。

“他应该已经招了将近一千两百人过去了，说不定还更多，”有人说道，“他有那么多粮食吗？”

“那小子一定私藏了一大批粮食！”九叔咬牙切齿地说道，“真是个无耻下贱的东西！”

“有人说，到了板桥那边就能吃饱，这让那些该死的难民像疯了一样等着他们过来招人！”

“有人从那边回来吗？”

“那小子精得很！过去的人就没一个回来的！”

“那他们何家的那些小子呢？想办法从他们嘴里问啊！给他们女人，想办法把他们灌醉了，我就不信他们个个都是铁打的！”

“去过板桥和瓦庄的那些一个都没回来，问那些没去过的，他们什么也不知道啊！”

“还是得有人过去制约他！”九叔说道。

谁去？

人们看着那只正懒洋洋地从村子北面走过去的暴龙，突然都沉默了。

第14章

反 杀

他们肯定有问题！严烨对自己说道。

前面那几个人鬼鬼祟祟地进了一幢房子，他停下脚步，拿出蒋老五给他的明细表看了看，用笔在上面轻轻做了一个标记。

占据了这幢房子的团队的负责人是当初康华医院还在的时候康祖业手下的小头目之一，在拆分康华医院的时候，他是第一批跳出来响应的人之一，但最终拉拢的人并不多，算上家属只有四十几个。这让他在新建立的工业区里也算不上什么有力量的人物，更没有什么影响力。

但按照蒋老五的标注，他这个团队绝对属于那种满腹牢骚最难调动的刺头之一。

可惜的是，很难混进去搞清楚他们到底在搞什么鬼。

几天以来，通过一次次的跟踪和观察，严烨已经可以确定，蒋老五的担心并不是空穴来风，更不是有意构陷，而是实实际际存在的风险。确实有一小群人成天聚集在一起，不知道酝酿着什么勾当！

对于严烨本人来说，这完全是意外的收获。

在与城南即将接触的这个时段，他突然主动向张晓舟申请到下面去协助工作，这让大家都有点惊讶。因为按照常理来说，由于对于何家营有着比别人更多的了解，这应该是他发挥自己作用的时候啊。

但没有人知道，他和王哲都在担心着会不会被人认出来。以这样的方式避开城南来的人也是逼不得已。

王哲躲在新洲酒店，并不负责接待对方，这让他暴露的可能性不大。但严烨作为张晓舟的助手，如果不想办法离开，被看到的概率简直无限接近百分之百。

“我不喜欢那些人!”严烨只能这么说道，“不想看到他们，也不想和他们说话。”

这样的理由有点勉强，但放在他这样一个十八九岁的年轻人身上也不算突兀。正好老常安排的工作在工业区的进展非常不顺利，蒋老五几次来找张晓舟和老常诉苦，张晓舟便把严烨安排了下去。

老常安排的群防群治工作倒没有什么问题，无非是定期从不同的团队抽调人员出来到工业区中心团队比较集中的地方设个点，每天轮换着在那里值班，看有没有什么闲杂人等经过。虽然没有工分可拿，但一天下来总归会有半斤树皮粉可以带回家去果腹，人们也不是太抗拒。

但思想动态这点，却执行得很不好。

“好多团队的负责人自己就是刺头，让他们来调查思想动态，给下面的人做思想工作，那不是搞笑吗?”蒋老五又是无奈，又是不满地说道。

这也是当初拆分康华医院时留下的一个尾巴，说得严重一点，甚至可以说是一个隐患。

与蒋老五直接竞争的王兴现在倒是已经成了新洲团队日常训练的教官，甚至已经在负责民兵的训练，经常能够和联盟的大人物们接触，算得上是前途远大，这让他没有了非要挑头闹事的心思，反倒彻底断了和康华医院里其他人的联系，一心一意忙自己的事业了。

但其他人却并不如此。

张晓舟当初用的那一招很有效，干净利落地把偌大的康华医院分成了十几个分散的小队伍，在很短的时间里就瓦解了他们的抵抗，让目睹了整个过程的严烨感到很钦佩。

但现在看来，在那之后没有对这些人继续采取什么手段，却是极大的失误。

而让蒋老五来负责管理他们，更是失误中的失误。

他们在联盟层面的事情上不敢有什么花招，不管是组织民兵参加行动还是每两天一次的训练都老老实实地参与。但在工业区自己内部协调和组织的事情上，却总是有意无意地和蒋老五对着干。

一些人甚至曾经想要把许俊才推上去和蒋老五打对台，要不是许俊才坚决不上当，甚至是主动帮衬着蒋老五，工业区的问题也许早就爆发出来了。

两人的队伍加起来大概有两百人，占了整个工业区三分之一的人口。因为这边空地多，新进入联盟的难民有将近两百人被分成两队安置到了这里。而剩下的，就都是当初在张晓舟的威逼下不得不主动分拆了康华医院搬到这里的人。

他们中的大多数人未必真的对联盟有什么仇恨，但意见肯定不少。从安逸的、有着许多存粮的康华医院到了新的地方，一切又都要从头开始，劳动量加大，粮食也得小心翼翼地计划起来，便多多少少有不满滋生了出来。

“拿着我们的粮食收买人心！”

“口口声声说借，明明就是抢了我们的粮食！”

这样的话几乎是人们最普遍的想法，就连蒋老五自己队伍里也有不少人这样想。

当然，在这种时候他们绝对不会想起，如果赵康和康祖业活着，这些粮食和他们也没有多大的关系，每天所能吃的，未必会比现在多。但他们却一厢情愿地想着，那些东西都是我们康华的，却被联盟占去，没有个说法。

“吃里爬外的小人！贱种！”

这是骂段宏的话，而且往往是当着蒋老五的面骂，面对段宏却什么都不说。其实大家都清楚，这不过是指桑骂槐而已，偏偏蒋老五对这些人没有什么办法。

他总不可能带着自己的手下去和这些人火并吧？况且，他手下的人也未必就没有这样的想法。

某种意义上说，康华医院的确是在他的倒戈之下才这么容易就被拆分。当初城北最有实力的团队，如今却变得和那些小团队一个样，甚至没有几个联盟中的实权人物，这让曾经隶属于康华医院的那些人们都感到非常的失落。

这让蒋老五每天都如坐针毡。

“严兄弟，你帮帮忙，把这里的情况和张主席、常秘书长他们说说，我真是没法继续干下去了。哪怕让我到联盟里当个小兵也好啊！”

这样的话严烨当然不敢胡乱答应，蒋老五明显是越来越镇不住下面的人，希望能像王兴那样走上层路线了。但这可能吗？他可不像王兴，有一技之长，作为一个没有什么特长的保安，他到联盟去负责什么？

不过严烨也确实有些同情蒋老五，换成什么人在他这个位置上都不会好过。想来想去，严烨觉得或许把其他地方某个强势的团队调过来，把蒋老五的团队换过去才能解决问题。但有这种实力的团队，怎么看也只有安澜和新洲而已。

但这可能吗？

他干脆让蒋老五把牢骚最多、问题最大的那些人指给他看，准备做点调查。

没想到，却让他查出了意想不到的东西。

这些人的行动没什么规律，通常是在白天的工作之后，三三两两地到其中某个成员的住处集中，然后一直要到晚上才出来。

严烨不由得有些气恼。新洲团队和治安联防点的不懈努力之下，那些恐龙终于在夜晚也很少会翻越高速公路跑到城北来，没想到却方便了这些家伙。

他跟踪着他们中的一些人，然后与蒋老五提供的名单对照，发现他们中绝大多数都是当初赵康、康祖业和樊武手下的骨干，尤其以樊武手下的骨干居多。

这些人当中，有十几个本身就是混混，他们不像赵康和康祖业的心腹们那样抓住机会已经成了一个个小团队的负责人，他们没有那个威望和能力，于是只能在别人手下干活。

但这些人很少会踏踏实实地干活，也许在他们的生活中就没有踏踏实实干活这样的概念。他们在工作的时候总是想方设法地偷懒，甚至是欺负旁边的老实人，以此为乐。人们对此敢怒而不敢言，团队负责人们对于他们也只能睁一只眼闭一只眼。

严烨无法理解当初吸纳他们的这些团队负责人打的是什么主意，在他看来，这些人简直就是害群之马。也许在充满内斗的地方，这些人将会是很好用的力量，但联盟严格禁止团队之间的内斗，也没有什么必须要靠争斗才能获取的利益。

招纳这些人简直就是搬起石头砸了自己的脚。

他们总是满腹牢骚，而且不停地向周围散布负能量，当前在工业区这个地方流传的对于联盟的种种不利言论里，至少有一大半是他们这些人首先说出来的。

“为什么不把这些人抓起来？”严烨曾经对蒋老五问道。

“以什么罪名?”蒋老五苦笑着反问道。其实他早有过这样的想法,并且和老常专门说过,但那时候,一方面,联盟还没开始对丛林进行开发,抓了这些人没有地方安置;另一方面,康华医院被强行分拆这件事情在这六百多人的心里已经是一颗钉子,在联盟刚刚有点起色的时候,老常和梁宇也不愿意因为这些小人物的事情而激起更多人对于联盟的误解,这件事也就这么放了下来。

以什么罪名?

这个问题让严烨也愣了一下。

诋毁联盟?这听上去很像是要搞文字狱,搞秋后算账,而且这样的事情在工业区甚至是整个联盟都太常见了。骂领导一直都是一项大家长期以来乐此不疲的消遣,再好的领导也难免被骂,以这样的罪名,会不会让从康华医院出来而又跟着骂过联盟的人们,甚至是整个联盟都人人自危起来?

消极怠工?安澜大厦以前的公约倒是有这么一条,但从来没有执行过。消极怠工的标准要怎么确定,这样的理由拿出来能不能服众?他们自己的团队都没有提出要处罚他们,联盟“越庖代俎”以这样的理由把他们抓起来?

严烨在张晓舟身边也算是有好长一段时间了,他知道,要让张晓舟下决心整治这些人,凭借这样的理由还不够。

于是他开始跟踪他们,监视他们,想要找出更有力的证据,将他们一次打趴下!

他的注意力最终放到了一个名为樊兵的人身上,他是樊武的堂弟,当初也是樊武手下最受重用的人。据说,他不止一次地在人们面前吹嘘过自己的厉害,声称如果当初他在,樊武绝不可能那么容易就被张晓舟和老常杀掉,安澜大厦也不可能一步步做人,最终推动联盟的建立。

这是个危险人物。严烨这样判断道。

虽然不知道当初到底发生了什么,但张晓舟承认过杀死了樊武,也当众杀死了康祖业。在联盟建立的过程中,赵康、康祖业和樊武的死可以说是一个转折点,不但彻底断送了他们手下人的野心,也让康华医院陷入内乱,失去了在联盟中的发言权。

他们手下的这些人也从此彻底失去了作威作福的机会。

这些人当然会对联盟,对张晓舟感到不满,而樊武作为樊武的堂弟和最亲近的人,完全有制造破坏或者是报仇的理由。

严烨的观察名单上很快又增加了更多的人,除了樊兵之外,还有康祖业的同乡和老表,这些人曾经都有成为大人物的机会,但现在,随着他们所依附的大树被张晓舟亲手斩断,他们都成了联盟最底层的普通一员。

严烨越来越相信他们这些人每天晚上聚会肯定是在酝酿着什么对于联盟,或者是对张晓舟个人不利的事情,但他却没有办法进入他们聚会的地方,更没有办法偷听他们正在策划什么。

把现在侦查到的这些东西交上去,让张晓舟来处理吗?

不,这不是什么好办法。

以张晓舟的身份,在没有确凿证据的情况下,知道了这样的事情反而棘手。其实以他在联盟的权势,完全可以未雨绸缪把这些人处理掉,但以严烨对他的了解,他不是会做出这种事情的人。

老常,或者是梁宇?

也许梁宇更合适。他们完全可以不让张晓舟知道这个事情,私下把这些人处理掉,以免让他为难。

严烨再一次抬头看了一眼那些人进去的那幢房子,准备离开,但他眼前突然一黑,一个东西套在了他的头上!

剧烈的疼痛从背后传来,有人用棍棒狠狠地在他背上砸了一下!

剧痛和冲力让他向前踉跄了一步,但迎面又是一棍,几乎让他当场晕过去!

"这小子跟了我们好几天了!干死他!"有人在不远的地方叫道。

风声继续传来,然后头上,手上,身上便是如同雨点一样落下的棍棒,那些人压低了声音,快意地吼叫着。

"我认识他,他是张晓舟的走狗!"

"打死他!"有人叫道。

要死在这里了?

剧痛之下,严烨的思路反而清晰了起来。

在何家营那样的地方没有死,逃出来的路上没有死,得了肺炎高烧没有死,甚至是在面对恐龙战斗的时候也没有死,却死在这些无能之辈的手上?

"去死吧!"那些人疯狂地用棍棒往他身上砸着。

绝不!

他狂吼了一声,左手护住脑袋,右手快速地向身后摸去,把自己一直随身携带的那把军刀拔了出来。

“靠!”旁边的人惊慌了起来。

他用力地向周边疯狂地挥动着军刀,刀子从某些人的身上划过,让他们哭叫了起来。

棍棒狠狠地击中了他的手臂,痛彻心扉,差一点就把刀打掉,但他咬紧了牙关,死死地握紧了刀,越发凶猛地挥舞起来。

那些偷袭他的人终于逃开,如同雨点一样的棍棒也消失了,他用左手拼命地把那挡住视线的口袋拉开,终于看到了那些偷袭他的人。

月光下,大部分人的脸他都看不清楚,但他却看到了那个大腿上被他划了一刀,正一边后退一边哭喊着的人。

樊兵?!

“他只有一个人!”黑暗中有人叫道,“怕什么?”

这句话让那些手持棍棒的人们又聚集了起来,蠢蠢欲动。

“想死就来啊!”严烨如同野兽般狂吼了起来,挥动着手中的军刀,人们彻底心虚了。

虽然他们人多,但面对这个青年人,他们却像是遇到了老虎的狼群,开始迟疑了起来。

突然有人丢下棍棒向黑暗处逃走,片刻之后,人们一下子就逃散开了。

这样的变化让严烨也愣了,但他很快就清醒了过来,向着樊兵走了过去。

“不要过来! 不要过来!”樊兵拼命地向后逃,但他腿上被深深地切出了一个伤口,血正如泉水一样地往外冒,根本就没有办法逃走。

他的声音正是之前一直高喊“打死他”的那个人。

这些养不熟的狗!

“不是我,不是我干的!”樊兵惊慌失措地说着。

身后有轻微的脚步声传来,严烨猛地一转身,看到一个三十来岁的男子手拿一根铁棍,正偷偷地跟过来,想要把他手里的刀打落。

去死吧！

严烨心里的凶性一下子被激发了出来。

一个在正面装可怜吸引注意力，另外一个偷袭？

去死吧！！！

他毫不畏惧，向那个手持铁棍的男子猛扑了过去。

铁棍狠狠地向他的脑袋砸过来，但却因为他的快速靠近而失去了应有的威力，他微微偏头用肩膀承受了这一击，然后一刀捅中了这个人的肚子，随后又是一下。

将近二十厘米长的刀刃直接刺穿了对方的内脏，大量的血液和内脏的碎片马上就涌了出来，瞬间就抽空了那人的力量，让他软倒在地上。

鲜血喷在严烨的身上，让他的样子狰狞可怕。

“杀人了！杀人了！”那些躲藏在黑暗中的人们终于彻底丧失了勇气，再也没有卷土重来的意思，头也不回地逃走了。

严烨向着樊兵走了过去。

他已经连求饶的话都不敢说了，严烨满身是血的样子让他想起了堂兄被杀的那个夜晚，他的身体无法遏制地颤抖了起来，牙齿碰撞在一起的声音响得就算是在很远的地方也能听到。

远处有火光亮了起来，并且正在迅速往这边靠近，应该是治安联防点的人们听到了这边的声音，或者是看到了那些逃散的人之后赶了过来。

严烨走到了樊兵的面前。

他的脸因为失血和极度的恐惧而变得惨白，颤抖着，一句话也说不出来。

这样的人留在联盟就是祸害。

但以张晓舟的性格，他绝对不会杀掉他们，只会让他们到丛林去工作，以此赎罪。

他们配吗？

他们真的会老老实实地干活？当他们好起来，难道不会又在人群中散布和煽动不满情绪，制造对立，甚至像今天晚上这样策划一次卑鄙的暗杀？到了那个时候，再惩罚他们还有什么意义？

不是每个人都有被救赎的机会，也不是每个人都有在这个世界上活下去的机会。

这样的人活着，只是糟蹋粮食。

去死吧。

严烨把刀举了起来。

消息在第一时间就传到了张晓舟等联盟的主要领导这里,新洲团队的人们也马上就知道了发生的事情,消息模糊不清,只知道严烨杀了工业区的人,已经被带到了治安联防点。

他们马上就丢下手边的事情赶了过去。

两具尸体都放在旁边,因为担心恐龙被血腥味吸引到这里,联防队员们在周边点了好几个大大的火堆。

看到张晓舟他们,联防队员们的神情都有些古怪。蒋老五和许俊才都迎了出来,严烨则神情自若地坐在治安联防点的棚子里,但他不断抖动着的双手和双腿依然透露出他的情绪并不像脸上表现出来的那么镇定。

"守好周围!"齐峰对跟自己过来的队员们说道。

虽然新洲团队已经有了五十个队员,但要管的地方也更大,人手反而变得更加捉襟见肘。出了这样的事情,他也只能把留在新洲酒店的二十个队员带了过来,联盟总部的那十名队员则没敢动,只是让他们都从床上起来备勤。

"到底怎么了?怎么会搞成这样?"刚一见面,高辉就焦急地问道,"你伤得怎么样?"

严烨的脸颊上,额头上都有紫色的瘀伤,嘴角也破了,看上去很惨。

"他们七八个人偷袭我,想杀我,被我反杀了两个。"严烨答道,同时把衣服解开给他们看。他努力让自己平静,但事情过后,他的心反而没有之前那么镇定了,声音也微微地颤抖了起来。

他身上那一条条棍棒猛击之后留下的伤痕让人们都倒吸了一口凉气,之前对他下手那么狠搞出两条人命还略微有些微词的人们也马上就转变了立场。被人这么毒打,肯定只能拼死反抗,刀枪无眼,被杀掉的两个人也只能说是他们运气不好。

"怎么回事?他们怎么会想要偷袭你?"梁宇问道。这样的事情完全不合逻辑,严烨只是临时派下来帮忙的人,怎么会在那么短的时间里就引发这么大的矛盾?

"我最近几天都在追查他们的行踪,"严烨答道,"也许他们觉得事情败露了。"

这样的措辞让人们心头都是一凛。

蒋老五在旁边急得满头大汗,不知道事情怎么会发展到现在这一步。

工业区的这些人真的是难管,但应该还没到要造反闹事的地步。他之前也只想向上面诉苦,然后设法调个区或者是换个位置干干,言语当中也许稍微地夸大了那些人的威胁性,让严烨决定对他们进行跟踪和调查,但他真的想不到,他们双方的手段竟然变得这么激烈。

难道事情真的已经严重到了这样的地步,但他却根本就没有意识到?

"七八个人?"老常说道,"人抓住了吗?"

许俊才急忙答道:"我们去的时候就都跑了,当时太黑,我们又不知道情况,就没敢追。不过平时跟他俩来往的就那几个人,要抓的话都能抓住。"

老常皱了皱眉头。现场抓住和事后抓住是两个不同的概念,不过现在这个情况,也不好苛责他们什么。

"手脚还能动吗?"张晓舟把严烨拉起来,给他进行着检查。他的运气很不错,那些伤痕看上去很可怕,但并没有伤到骨头,只是皮外伤。

他微微皱了皱眉头,但没多说什么。

"还能走动吗?"老常问道。

严烨点点头。

"当时到现场的人是哪几个?"老常对许俊才问道,"都叫上,我们一起去勘查现场。"

没有人怀疑严烨的话,但毕竟是死了两个人。

死人也许在现在这个世界已经不算什么,但被恐龙杀死、出事故死去和被人杀掉,性质完全不同,康华医院的这些人本来就是联盟的敏感人群,这件事情处理不当很有可能带来严重的问题。如果不把有力的证据收集起来,等到流言四起的时候就很难说清楚了。

他微微地有些后怕,好在今天晚上负责执勤的是许俊才团队的人,而且是许俊才带队执勤。否则的话,现在说不定整个工业区都已经闹起来了。

许俊才慌慌张张地出去召集之前到过现场的那些人,老常则弯下腰检查尸体,随即微微皱了皱眉头。

“怎么?”张晓舟问道。

“没什么。”老常答道,“我只是随便看看。”

一行人向出事的地方走去,周围的那些房子里,人们其实都已经知道了发生的事情,但他们并没有出来看热闹,而是躲在自己的房子里,偷偷地看着这边。

没有人在旁边捣乱当然好,但这种感觉却很奇怪,就好像是在敌占区活动,这让张晓舟等人都有些不舒服。

严烨一边走一边向他们讲述事情发生的过程,他被袭击的地方距离治安联防点大概两百多米,是一条小巷,之前他特意选了一个僻静的地方躲在暗处观察樊兵那些人,只是没想到他们从什么地方偷偷地摸了过来。

火把的光没法和电灯相比,只能照亮很小的一个范围,但人们还是找到了两个死者分别被杀死的位置,严烨被口袋套住毒打的位置,扔在地上已经沾满了鲜血的口袋,甚至找到了那些在慌乱中被丢弃的棍棒。

没有照相机,老常只能把现场的情况画了下来,然后让当事人一一确认签字。

即便是在严烨的复述中,人们依然能够感觉到当时情况的凶险。

“活该!”高辉呸了一口说道,“居心不良,活该被你干掉!”

所有证物都用袋子装了起来,标注上发现它们的位置和编号,以便和老常绘制的示意图对应起来。

“老齐,把你的人分一半给我! 老许,你带我们去抓人,”老常说道,“张晓舟,梁宇,这事情你们也插不上手,交给我吧。你们把严烨送到医院去验伤,最好是想办法拍几张照。尸体和证物也一起带回去!”

耽搁了这么一阵,时间已经到了午夜。

但这样的事情不能拖,按照他这么多年来的办案经验,如果不在第一时间把当事人控制住,给了他们足够的时间去梳理、串联,得出的口供就完全不同了。

许俊才首先带他们去的就是严烨一开始盯梢的那幢楼,人们其实对于这样的事情早有准备,生活在同一幢楼,哪些人今晚出去过人人都清楚,尤其是在他们慌慌张张逃回来,身上还有血甚至是有伤的情况下,根本就不可能向其他人隐瞒。

他们也没有什么相互保护的意思,抓住一个之后,那人马上就把其他人供了出来,仅仅花了一个小时的时间,老常就把事发时偷袭严烨然后又逃走的那六个人全部抓住，带回了作为联盟总部的康华医院，分开进行审讯。

张晓舟对这样的事情一点头绪都没有，只能交给老常全权负责，他只是把老常他们准备用来拍照做城北联盟成员身份卡的数码相机拿了出来，反复给严烨拍了几十张照片，然后便让值班医生帮他处理伤势，休息。

他自己则回到房间，等待着结果。

到了五点钟，天刚有点微微亮，老常便主动找上了门。

他的脸色相当差，一方面当然是因为一宿没睡，但另一方面，却是因为案情出现了巨大的反转。

张晓舟用最快的速度看完文件，脸色也变了。

“是真的吗？”

“我去看过尸体，伤口很明显。后来我又把当时赶过去的联防队员叫过来详细地问过，他们看到的情况也是如此。”

张晓舟的脸色变得很难看。

“那几个联防队员还在，我没让他们回去，”老常继续说道，“现在知情的人就只有你我，这两个看到了整个过程的当事人，首先赶到的四个联防队员和严烨本人。我反复问过，那四个联防队员都发誓说没告诉其他人。”

“你是要让我掩盖证据吗？”张晓舟苦涩地问道。

“他这样做应该有他的原因，年轻人本来就比较冲动和偏激，遇到了那样的事情之后一时收不住手也解释得过去。关键是，这样的事情说出去对联盟没有什么好处，只会让我们和康华医院那些人的关系变得更加恶劣。整个事情的经过都比较清楚了，严烨是在履行职责的过程中，遭到那些人的恶意报复，随后失手伤人。最后的细节并不是非要说出来。”

“六个人，你怎么保证他们会守口如瓶？你怎么保证他们之前就真的没有和自己身边的人说过？”张晓舟感觉自己此刻就像是电影电视剧里的大反派，正准备用一种错误去掩盖另外一种错误。

可笑的是，与严烨的怀疑完全不同，樊兵他们根本就没有胆子去策划针对联盟和张晓舟等人的阴谋，他们所做的事情，其实就是严烨在表面上所看到的那些。消极怠工、发牢骚散布谣言、骂联盟和联盟的领导者，甚至是欺负一下各自团队里的弱者。

而严烨孜孜以求的真相，只是他们偶然在工业区的一个办公室里发现了一箱白酒和一些可以用来下酒的零食，私藏了起来，不时偷偷地聚在一起喝酒吹牛骂安澜的人打发时间。

他们对于联盟当然是不满的，但这些人的本事也就仅仅是在嘴上了。如果他们更有血性，更有能力，也不会变得像现在这个样子。

樊兵在亲眼目睹樊武被杀的时候都没有勇气帮他报仇，甚至没有勇气大喊一声暴露张晓舟和老常，他又怎么可能有勇气在联盟已经渐渐稳固之后替他复仇？

他小心翼翼地隐瞒着自己曾经出现在樊武被杀的现场，被张晓舟和老常胁迫的事实，和其他人一起发发牢骚，骂骂人，散布一些谣言、坏话和段子，也吹一些没人会去戳破的牛皮，把自己的面子绷起来，仅此而已了。

而让严烨暴起的暗算，其实也只是他们在酒后的一时兴起。

"那个小子又在那里了，他妈的！跟着老子好几天了，不知道要干什么！"

"那还用说？无非就是想找我们的罪状吧？"

"小人！"

"奸细！"

"他妈的，要是以前，老子非拿刀剁了他！"

"就是！"

"我倒有个主意，拿麻袋套住他的头好好收拾他一下！看他还敢不敢这么嚣张！"

"对！好好地教训他一顿！让他们知道我们不是好惹的！"

"干死这小子！"

几个喝得半醉的人，就这样相互鼓动着，随手拿起棍棒悄悄从房子后面跑出去，绕到了严烨的背后。

问："那你们为什么要叫'打死他'？"

老常的询问笔录上这样记录着。

答："以前打人的时候都是这么喊的，打死他，干死他，去死吧，都是随口喊喊而已，并不是真的想杀人。"

说来也是，如果对方真的是处心积虑想要袭击联盟或者是张晓舟身边的人，又怎么可能在毒打了他一两分钟之后，却没有造成骨折或者是更严重的伤害，而全都是皮外伤。

如果他们真的想杀人，用口袋套住严烨的脑袋之后，直接用刀或者是用矛乱扎乱捅才合理，事实如果是那样，严烨早就已经死了。

一个带来了严重后果的乌龙事件。

但让张晓舟和老常感到为难，甚至感到痛苦的，却是整个事件最后的细节。

“我躲在暗处，看到樊兵倒在地上不断向他求饶，想往远处爬，却被他伸手按住，一刀扎在胸口。”

在战场上杀死敌人的人是英雄，如果是在敌人已经投降、放弃抵抗之后再动手杀人，那英雄的光环多半就会褪色，甚至会被称为屠夫。

严烨的做法应该叫作什么？

“前面的还好说，但最后这个细节一定不能流传出去！”也是一宿没睡但精神却依然很亢奋的梁宇说道。

之前的事情虽然也是乌龙，但七八个人突然对一个人发动袭击，乱棍加身，遇袭者慌乱之下拔出刀来乱挥乱舞造成两人重伤死亡，从道理上是能够圆过去的，只能算是正当防卫。

甚至能够让人感叹，新洲团队出来的人就是不一样，一个小年轻也这么猛。

但如果对方已经完全失去反抗的能力，甚至失去了逃命的能力后，依然冷酷地追上去一刀致命，那就无法用正当防卫来解释了。

尤其是在被杀者之一是曾经被张晓舟亲手杀死的樊武的堂弟，而杀人者是张晓舟身边最亲近的助手时，两对人的特殊身份很难不让人联想到更深层次的东西。而有了这样的联想，之前的正当防卫也就失去了正义性。

他们当然知道张晓舟不可能策划这样拙劣的行动，以他们的身份和权力，要想消灭潜在的威胁，完全可以做得更好，更隐秘。但问题是，其他人不会这么想。

“康华医院的那些人本来对我们就有怀疑，有着很强的抵触心理，如果他们因此而怀疑我们在搞事后清算，甚至是在有计划地搞谋杀和清洗，激起他们的猜忌、恐慌甚至是反抗情绪，事情就难办了，”梁宇紧紧地皱着眉头说道，“哪怕这只是严烨个人的一时激愤或者是头脑不清，人们也不会相信。”

“我知道。”张晓舟点了点头。

他当然知道梁宇在担心什么,他害怕自己会因为要坚持正义、公理这些东西而不考虑后果把事情的全部真相披露出来。

问题是,他不会。

以前的他或许会这样做,但现在,他已经清楚,当自己坐在联盟执委会主席的这个位置上,就不能因为要满足自己的道德癖或者是正义感而完全从个人出发做出任何决定。

当他身处这个位置,他的每一个决定都有可能对联盟的四千八百名成员造成重大的影响。

哪怕是为了康华医院的那六百人,为了联盟不至于因为这样一个乌龙事件而产生裂痕,他也会选择把这件事情的完整真相隐瞒下去。

他只是没有办法接受,每天跟在自己身边的严烨会是这样一个心狠手辣的人。

他为什么一定要杀了那个毫无威胁的人?

张晓舟突然想起自己第一次与严烨相遇,他从张晓舟和高辉身后的那道门突然冲出来,一刀捅向自己的后腰。

如果当时自己不是一天到晚都穿着防刺服,早就已经死了。

其实他一直都是那么暴虐的人,只是自己因为他的年轻、无害的外表和对于妹妹的爱护而刻意忽视了这一点吗?

“那六个知情者要怎么办?”他把自己的注意力重新转回当前。

同意掩盖事实已经是他的极限,再要让他策划具体的细则,那简直就是逼他去跳楼了。

“出了这样的事情,工业区那边肯定要大动,凡是涉及到的团队,其负责人都要换掉,”梁宇说道,“自己的团队里有人晚上出去喝酒,而且不是第一次,作为团队负责人知道了也不管,他们难辞其咎。把他们换掉,给蒋老五、许俊才他们的团队换换血,然后把那四个联防队员换上去做负责人。”

张晓舟和老常都点了点头。

“整个工业区的团队都要借这个机会敲打一下,蒋老五也要换掉,这件事情他也不可能置身事外,”梁宇继续说道,“以他的能力,当个七八十人的团队的负责人都勉强。当初是为了安抚人心才让他当这个执委，但现在已经证明了他根本就没有安抚人心的手段和能力，在那个位置上反而让矛盾激化，那继续让他做执委就没有任何意义了。”

老常看了看张晓舟，虽然事出有因，但这样做多多少少还是有点过河拆桥的意味，对于张晓舟的个人信誉多少会有一些影响。

但张晓舟还是点头同意：“我会单独找他谈谈。换血的时候多给他一点好管的人，让他的团队人数在一百人以上，这样他还有资格参加执委会扩大会议，落差不会太大。”

梁宇表示同意，这样做大家面子上都过得去，也都能交代得了。

“那工业区的执委呢？”他问道。

“换血之后让他们自己选吧，”张晓舟说道，“能被选出来，那至少说明在那个地方多少有一些声望和能力，应该比我们指定要好。”

“剩下那两个当事人呢？”老常问道。这才是关键问题。

联盟的第一条禁令就是绝对禁止联盟内部的恶性竞争，禁止任何形式的内讧、内斗和背叛。任何人、任何团队如果违反这一条，都将受到最严厉的惩罚。

他们这些人平日里欺压团队内部人员的事情姑且不说，那样的事情一直都难以界定，没有人告发，联盟也不可能越过地区和团队两级去管这样的小事。但他们用口袋套住严烨的脑袋，对他进行殴打，虽然按照他们的口供和结果来说都并非想要故意杀人，但这样的做法其实是很危险的，也很容易就会把人打死，绝对严重违反了禁令。

不对他们严处是不可能的。

“他们真的没有把这件事情说出去吗？”张晓舟问道。

“他们发誓说没有。”老常一边摇头一边说道。

他们都知道，这些混混的话没有任何信誉可言，即便是现在没有，也不能保证他们在将来的某个时候不说出来。老常当警察的这些年里就听到过许多这样的事情，很多罪犯仅仅是为了面子和吸引别人的注意，就会无意中把自己曾经犯过的罪当成炫耀的资本说出来。许多积年的悬案就是通过一句话而顺藤摸瓜追查下去，最终找到了真相。

这些人对于自己的罪行都不能严格保密，又怎么能相信他们会把别人的事情保密。如果让他们意识到这里面的玄机，他们以此反过来要挟张晓舟他们也不是不可能的事情。

“我们没有办法干扰裁决庭的刑罚标准，也没必要这么做，”梁宇说道，“但我们可以决定他们怎么服刑。”

当前唯一一个受到惩罚的人是李彦成，他已经正式开始服刑，但现在所做的，主要还是跟着派到丛林中的那个新洲团队的分队进行一些训练，以便在不久之后承担起寻找盐矿、盐井或者是盐湖、大海的任务。

这六个混混如果被裁决庭审判有罪，那么他们所要面临的也是同样的任务。但张晓舟当然不会让他们和李彦成一组，那样无异于把李彦成推进了火坑。

执委会对于刑罚的执行是可以有一定的灵活性的，如果张晓舟想要徇私，他完全可以安排李彦成跟着人们做一些没有什么危险的事情，人们多半也不会注意到这一点。

“我的想法是，只要他们保守秘密，我们就答应不让他们承担过于危险的任务。但如果我们在任何地方听到传闻，那他们就只有一条路可走了。”

张晓舟看着梁宇，某种意义上来说，这是对于联盟法律的一种践踏。他似乎已经看到黑幕在刑罚领域展开。现在违法的人还少，但未来呢？如果因为犯错违法而被判有罪的人越来越多，在如何执行刑罚的问题上，这样的灵活性也许会成为可怕的黑手。

本来被判轻刑的人因为执行危险的任务而死了，应该判重刑的人却一直不必冒险而安逸地活着。

更多的细则必须被提前确立下来，否则的话，如果他出了什么意外，联盟的法制不知道会变成什么样子。

但是……

“好，你去和他们谈。”张晓舟说道，当他说出这些话的时候，感觉自己的心在隐隐作痛。

这一天他所突破的东西，几乎已经快要达到他的极限。他只能不断地告诉自己，这是为了联盟，这是为了避免更多的纷争、内耗，甚至是流血。

老常却问出了他最不想听到的问题：“严烨怎么处理？你要不要再去和他谈谈？

也许他有自己的理由?”

梁宇闭上了嘴,这不是他所关心的问题。严烨是张晓舟的人,也是新洲团队的人,某种意义上,他可以说是一名军人。这样的事情,最好是由张晓舟自己来决定。

张晓舟沉默了很久,最后说道:“我会找机会和他谈的。让江晓华马上着手组建裁决庭,由裁决庭来对他们进行审判,越快越好。”

“我明白了。”老常点点头。目前所有证据都在他手上,他们所要掩盖的只是严烨最后残杀樊兵的部分,而他所要做的,就是毁掉其中的一些,和梁宇一起让六名涉案人员变更他们的口供。

这应该不会花费太多的时间。在裁决庭依照惯例抽出成员,然后由江晓华去一一与他们见面并邀请他们加入的这个时间段,所有的事情应该都能完成。

天色终于大亮了起来。

联盟的这个上午注定忙碌而喧嚣。

虽然事情发生在晚上,老常等人也努力地把消息控制起来,但斗殴、杀人这样对于平静了许久的联盟来说极其劲爆的消息还是通过一些他们控制不到的途径悄悄地,但却又迅速无比地流传了出去。

因为他们封锁了绝大多数的消息,人们所获得的信息多半是零散的碎片,当他们强行把这些东西拼凑在一起,就出现了各种各样稀奇古怪的传闻。

“你们知道吗?昨天晚上张晓舟去工业区调研的时候,被人袭击了!”

“什么?不会吧!”

“听说死了好几个人!不过都是那些动手的,张晓舟他们这边只是有人受了伤。”

“真的假的?”

“当然是真的!昨晚我亲眼看到他们把尸体运到康华医院!”

“是什么人?”

“好像是以前康华医院的那些人,还勾结了城南的人!”

“真该死!要我说,早就应该把他们都灭了!”

……

“你们知道昨天晚上出了什么事吗?”

"我听说是有人出去偷东西，被联防队员发现，打了起来。"

"放屁！不知道就别乱说！"

"那是怎么回事？"

"张晓舟之前不是杀了康华医院的那两个头头吗？他们的手下一直在找机会报仇！昨天张晓舟也是大意了，没带几个人就到他们那边去，于是他们就动手了！"

"我靠！那张晓舟没事吧！"

"你当新洲的那些人是吃素的？虽然只有两个人，但没几下就把偷袭他们的人打跑了！还杀了两个！"

"这么牛×？"

"当然！还有更夸张的，我告诉你，你可千万别往外传。"

"当然当然！你说你说！"

"昨晚抓了几个动手的小喽啰，常秘书长以前不是干警察的吗？连夜审问，把后面的大鱼都问出来了。说不好，今天就要去工业区抓一大批人了！"

"该抓！要真是这样，都该抓起来！"

……

"安澜那些人要对我们动手了！"

"不至于吧？"

"什么不至于？樊武手底下那些人的情况你还不清楚？就那些欺软怕硬的东西，他们有胆子去搞张晓舟？不过是借口而已！"

"那也不至于牵扯到我们头上吧？"

"怎么不至于?！人都被杀了好几个！还有十几个被抓了！我们以前都是跟康祖业混的，现在抓的是樊武的人，你怎么知道下一步不是我们？"

"妈的！要是他们敢动手，老子就跟他们拼了！"

"拼了？你一个人，拿什么跟他们拼？死掉的那几个说不定就是像你这么想的！"

"那怎么办？就这么等死？"

"我告诉你，咱们不能坐以待毙，得把康华的人都联合起来，大家抱起团来他们就不敢动手了！"

……

在这种情况下，江晓华组建裁决庭的事情变得无比顺利，不要说还有补贴，这种事情，没有补贴也要干！

这件事情可以说是联盟成立以来的第一大案，老常和梁宇分别向江晓华说了联盟的难处，要他站在更高的角度去考虑这个案件，搞得他压力巨大。他不得不把康华的人单独拿出来抽了两名裁决庭的代表，以保证裁决庭中一定有来自前康华团队的人，不然的话，如果运气不好，一个那边的人都没抽到，问题就很容易变得更加复杂了。

裁决庭以极高的效率组建了起来，随后，老常把所有证据和口供都移交给了他们。

"证据和口供都在这里了，当事人都在我们的控制之下，你们可以一一找他们谈话，把事情调查清楚。但有一点你们一定要明白，这件事情一定要快！"老常再一次说道，"一定要在事情被夸大、扭曲和无限扩展之前就把结果公布出来，让谣言不攻自破。不然的话，两三天之后，联盟内部说不定都要乱起来了！"

本着八卦和看热闹心态的几个裁决庭人员这时候才严肃起来，江晓华再一次向他们讲述了裁决庭工作的意义，他们终于意识到，这并不是以前在网络、电视或者是报纸上看别人的热闹，而是实实在在地要由自己去寻找真相，决定别人的生死。他们所做出的任何决定都将带来重大的后果。

"我……我大概干不了这个，江晓华，要不，你重新再抽一个人吧？"

"我们没那么多时间了，"江晓华说道，"各位，我也不是学法律的，以前也没有具体接触过这些东西。但我相信，只要我们做这些事情的时候不夹杂私心杂念，不麻痹大意更不急躁，而是踏踏实实地去问、去看、去调查，以自己最大的责任心和正义感去追寻真相，从整个联盟而不是我们个人或者是当事人个人的利益去做出判决，就一定能干好这个工作！这是联盟赋予我们的责任，也是我们每个人的权利！"

他心潮澎湃地看着房间里的人们："未来人们将会记住我们的名字，将会知道我们曾经做过什么！我们今天所做的事情，将会成为未来人们处理类似案件的标杆！各位，让我们一起加油！留名青史！"

……

处于风暴中心的严烨在这个早上却意外地没有受到任何干扰，病房紧闭，有人在外面窃窃私语，不知道在说什么，但除了段宏在清晨交接班的时候来看过他的情况，偶尔有护士进来看他有没有什么需要之外，一直都没有人进来。

他同样一晚上都没有睡着，一方面是因为身上众多的瘀肿渐渐地疼了起来，而另外一个方面，则是极度的恐惧、愤怒和兴奋之后带来的亢奋。

身体已经极度疲倦，但却一直都没有办法入睡。

我已经这么厉害了？

在所有人离开之后，他才开始回味整件事情。

其实他在新洲团队并非训练得最刻苦，效果最好的人。更多的时候，他都是作为助手和传令兵跟在张晓舟身边，训练量大概只有其他正式队员的三分之一，当然更没有办法和王永军那样的“变态”相比。

很多后面加入的新人应该都超过了他，但他一直都相信，自己和新洲团队是远山最强的队伍。昨晚的经历似乎也印证了这一点。在七八个人首先偷袭他的情况下还被他反杀了两人，那如果是他们完整的队伍，又能击溃多少这样的乌合之众？

这样的结果让他无比兴奋。

张晓舟就是太谨慎了。

严烨这样想着。

也许地质学院的长弓和弩箭的确能够对他们造成伤害，但何家营那种地方由投机者、马屁精、混混和其他乌合之众组成的护村队，绝对不可能是他们的对手！

他们有什么必要像现在这样小心翼翼地应付他们？有什么必要搞什么阳谋阴谋？

让他们攻过来，的确有可能对联盟造成损失。

但为什么要等他们攻过来？

他们完全可以杀到城南去，当着何家营那些人的面杀死一只暴龙，然后大声地命令他们打开通道，放他们进去！

他们可以明目张胆地在何家营外号召人们起来反抗，支持和鼓励人们推翻那些压在他们头上、吸他们血的人！

何家营的那些无能之辈敢做什么？

冲出来和他们打一场？他们敢吗？即便他们敢动手，新洲团队的五十名精锐也将无情地碾压他们，用这样的实际行动鼓舞那些被压迫的人们，让何家营以更快的速度自行崩溃！

不理睬他们？那他们虚弱的本质将会被人们看得清清楚楚，崩溃的速度将会更快！

新洲团队将创造一个神话，一个五十敌万的奇迹！他们将成为那些人的救世主！

也许我应该借着这个机会对张晓舟说说这个事情？

他忍不住这样想着。

曾经在何家营度过的那些日子的片段渐渐地涌上心头，但那些曾经让他刻骨铭心的痛苦此刻却已经变得模糊了起来，那些曾经在他记忆中铭刻的人的面容也渐渐变得虚无。

他发现自己竟然已经很难回想起那个曾经想要欺负妹妹的人的名字，更不要说他的样子。

唯一能够记得的，只是他像狗一样想要逃走，却被自己用刀割断喉咙时的那一幕。

无比爽快！

如果不是那一刀，他不会知道自己能够这么勇敢，也不会知道，其实站起来活着，远比跪下去要轻松得多。

那些绝望而又无助的日子，现在看起来是如此可笑。

门突然开了，他抬起头，看到张晓舟一个人走了进来，然后把门又紧紧地关了起来。

“你感觉怎么样？”张晓舟问道。

他的目光很复杂，但沉浸在自己狂想中的严烨却没有注意到这一点。他只是在想，现在大概不是个说这些的好时机，也许等我好起来一点吧。

“有点疼，不过没关系。”于是他答道。

“严淇和王哲一会儿就过来。”

“严淇也知道了？”严烨心里终于稍稍慌了起来。让妹妹看到自己这副样子，不知道她又要怎么哭了。

“这么大的事情，整个联盟的人都知道了，她怎么可能不知道？”张晓舟答道。

严烨点了点头。

“江晓华正在组建裁决庭，也许很快就会让你去做询问笔录。”张晓舟怀着复杂的心情看着严烨,从他的表情里,丝毫看不出杀人之后的恐慌和自责,他甚至还有些自得。

张晓舟自己也曾经杀过人,但他从不觉得那是一件光彩的事情。即便是到了现在,他也从来不觉得自己杀死樊武和康祖业是什么值得夸耀的功绩。当人们偶然提起这件事情,他心里从来不会觉得高兴或者是自傲。

杀人是因为自己弱小,因为对于局势无能为力,因为没有别的路可以走,所以只能采取这样最暴力也最无奈的方式去解决问题,但这不能成为一种常态。

好战必亡,忘战必危。

如果他们一遇到什么困难就首先想着以极端的暴力来解决,尤其是在对待联盟内部问题的时候如此,那么,别说征服这个世界了,城北联盟也会很快自行崩溃。

"我会好好配合的。"严烨再一次点了点头,这一点他昨晚就已经想到了。以联盟当前的情况,这样的事情肯定不可能悄无声息地过去,成立裁决庭是必须的事情。但他对此没有任何的心理负担,不管怎么看他都是正当防卫,是受害者。

"关于昨天晚上的事情,你还有什么想告诉我的吗?"张晓舟问道,"如果你有什么事情遗漏了,现在告诉我,我们还来得及处理。不要有什么顾虑,什么都可以说的。"

这是他决定给予严烨的最后机会。

严烨迟疑了两秒钟,然后说道:"没有了,我都已经告诉你们了。"

他认为自己最后所做的事情只是一件小事,不值一提?或者是认为没有人看到?

张晓舟的心里变得很难受,仿佛被人重重打了一拳。

"真的没有了吗?"他再一次问道。

"没有了。"

那就这样吧。

如果不是从王哲那里逼问出了曾经在何家营发生的事情,逼问出了他们从那里仓皇出逃的真正原因,他也许永远也不会知道,这个年轻人单薄的身体里潜藏着一头可怕的猛兽。

如果放任不管,它也许会像昨天晚上那样,一次次地出现,一次次地吞噬他周围的人。

"那好,就让裁决庭来决定吧。"张晓舟轻轻地说道,严烨却根本就没有在意。

第15章

所谓正义

“张主席。”有人在门口轻轻地敲了敲门。

张晓舟抬起头，看到那是一个大约四十岁左右的男子，瘦瘦的，个子不高，看上去很普通。

他是怎么进来的？

张晓舟有些疑惑。

在李彦成的伤人事件过后，联盟总部的办公楼已经成为治安联防重点区域，由新洲团队的一个分队和民兵负责保卫，闲杂人等已经不可能随随便便进入。

“张主席，很抱歉打扰你了，我叫邱岳，是这次裁决庭的成员。”男子主动自我介绍道。

张晓舟点了点头，原来是这样。

“你有什么事？”

“有几个小问题……”邱岳有些含糊地说道，“张主席你有时间吗？”

“没关系，你说吧。”张晓舟说道。

邱岳却转身关上了门，然后才慢慢走到他的办公桌前坐下。

这样的做派让张晓舟不由得对他产生了一些微微的怀疑。

“张主席，我想知道，常秘书长给我们的，真的是完整的资料吗？”邱岳低声地问道。

“对不起，我不太明白你的意思。”张晓舟说道。

邱岳意味深长地笑了笑，把一份文件轻轻地放在了办公桌上，右手轻轻地在上面点了一下。

“张主席，我没有别的意思，我只是觉得，在这个问题上你们有可能犯了个错误，而我恰好能帮上忙。”

“请问你是？”

“我以前是石远高速管理处的，分管后勤，一个小小的副科长。”邱岳笑着说道。

为了踏出这一步，他已经做了很多准备。

其实他对张晓舟及其身边的人已经观察很久了，也小心翼翼地打听了很多关于他们的事情。

张晓舟本身据说是一名教授，也有人说是副教授，但邱岳觉得不太像。按照他的判断，张晓舟应该是一个知识分子没错，应该也有一定的职称，但不会是在大学，应该是在某个科研机构或者是科技公司任职，与社会的接触比较少，这才能解释他的天真和迂腐。

而张晓舟所重用的人里，常磊是个多年原地踏步的老警棍，钱伟是个工厂里的普通技术工人，齐峰是个货车司机，而那两个年轻的就更不行了，一个是程序员，一个是学生。唯一一个邱岳稍微看得上的梁宇，只会列一堆条条框框然后追在人们背后让人们执行，却不懂得审时度势，这样的人可以做一个很不错的执行者，却不是幕僚的合适人选，更不可能成为整个团队的领导。

用句邱岳在网络上看到的话说，一个能打的都没有。

他们能够窃据高位完全就是一种运气，包括张晓舟在内，邱岳在观察了一段时间之后认为，他们唯一的长处也许只是比较有行动力，但论起对人心的了解和操控，他们全都不及格。

也就是被当前的形势所逼，让邱岳这样的人埋没在了茫茫人海中，没有机会向人们展现自己的能力，获得声望，否则的话，张晓舟和他身边这些人根本就不可能有任何的机会。

但联盟已经成立，唯一有竞争力的康华系已经彻底被拆分、打垮，安澜系的人已经把持了联盟的主要位置，地位牢不可破。

虽然有人天真地以为新洲团队与安澜团队不是一回事，但邱岳很清楚，那不过是换汤不换药罢了。新洲的起步完全是依靠安澜的输血，没有安澜的全力支持，所谓的新洲团队根本就不可能那么快建立起来。

虽然张晓舟很努力地想要把它洗白成为一个独立的团队，并且把它营造成联盟的专业战斗部队，但明眼人都能看出来，那不过是为了避免被人们诟病垄断而做出的姿态。

一体两面，安澜掌控行政，新洲充当武力，如此而已。

联盟事实上已经成为安澜团队的囊中之物。

康华仅存的段宏、蒋老五都是没什么野心也没什么争权意识的庸碌之辈，因此而得以重用。有点能力的王兴被收编，但毫无实权。最近风头正劲、负责法律相关事务的江晓华同样是来自安澜的人。执委中，来自安澜的王牧林不用说，段宏和蒋老五都是安澜的傀儡，锦程的孟立名早就和安澜有往来，不属安澜，却胜似安澜的人。

这充分说明，想要上位，唯一的选择就是融入安澜系，成为他们当中的一员。

但这并不容易，需要契机和彰显自己能力的机会。

邱岳一直在耐心等待，而这次幸运地被抽中成为裁决庭的一员，并且看出了现场勘查记录和证词中的自相矛盾之处，让邱岳看到了成功的曙光。

“我听江晓华的意思，对于严烨，联盟的意见是判防卫过当？”邱岳小心翼翼地问道。

“有什么问题？”张晓舟反问道。

也许杀死第一个人的时候严烨是在正当防卫，但杀死樊兵，绝对属于故意杀人了。

张晓舟一直都想不通，严烨为什么非要杀死他。

那些人也许是联盟当中的蛀虫，也许是在什么地方都让人头疼的刺头，但他们平日的所作所为，其实和当初安澜团队中的那些害群之马并没有本质上的区别，让人恶心，该罚，但罪不至死。

张晓舟可以理解严烨被袭击后的惊恐和愤怒，但作为联盟管理层事实上的一员，作为正在被培养的年轻人，他大可以通过正当手段，光明正大地把这些人送上法庭，让他们接受所有人的审判和谴责。

那些混混以这样的手段袭击他人，即使遇袭者不是严烨，联盟也一定会把他们送入丛林，让他们领教到足够的教训，改造之后再放回来。

但严烨却偏偏选择了以他的身份最不应该，也最没有必要使用的私刑。

也许像老常说的那样，他有自己的理由，但无论这样的理由有多么充分，都无法掩盖他无视联盟法纪，漠视裁决庭的本质。某种意义上来说，他也是在践踏张晓舟正在努力确立的规则。

如果连联盟的核心阶层都无视联盟的法纪，那其他人还会把它当成一回事吗？

最让张晓舟感到痛苦的是，严烨恰恰应该是最明白张晓舟想要做什么以及为什么要这样做的人之一。

他想要听到严烨主动告诉他自己这样做的理由，但遗憾的是，从严烨的态度中，他感觉到，严烨根本就没有把杀人这样的事情当作一件严重的事情来考虑，也根本就没有意识到，自己做的事情将会带来什么样的恶果。

他甚至觉得这样的事情没有必要让张晓舟知道。

这最终让张晓舟做出了决定。

严烨不适合再继续担任他的助手和传令兵，以他这种漠视他人生命的态度，继续放在领导岗位或者是有可能要决定别人生死的位置上，必定会带来灾难一般的后果。

唯一适合他的地方或许只有新洲团队，但在把他放回去之前，必须要让他接受足够的教训，必须要让他明白，这样随意夺取别人生命，随意践踏法律的做法是错的。

“当然有，而且很明显，”邱岳说道，“以我们所能看到的文件来还原的事情经过，严烨认为那些人正在策划和从事有损联盟利益的事情，而他在调查的过程中遭到突然袭击，又被套住头看不清楚周围的状况，肯定只能以自己最大的能力去保护自己的生命。如果我没记错的话，即使是在和平时代的法律，这种情况下当事人也有无限防卫的权利，杀死施暴者不需要承担任何法律责任。”

“但他杀死他们的时候，已经挣脱了套住头的口袋，而且那些人已经逃开了。”

“有趣的是，口供并不是这样写的。”邱岳把文件打开，翻到最后，放在张晓舟的面前，“张主席，是你事情太多忙得记错了，还是他们给我们看的口供，和你看到的并不一致?”

张晓舟的脸一下子烧了起来。

就像是有人残忍地揭开了他的遮羞布,把肮脏的一面无情地揭露了出来。

证据和口供由老常和梁宇去负责处理,张晓舟既不想参与,更不想知道结果。他只是对老常和梁宇说明了自己的想法,严烨在这个事情上,应当要承担相应的责任。

老常当时考虑了一会儿之后说:“那就只能按防卫过当来考虑了?”

“可以。”张晓舟说道。

老常把新的证据和证词放在他办公桌上就走了,但他因为心情不好,并没有打开看具体进行了什么样的修改。他也没有想到,裁决庭的成员会直接来向他套问事情的真相。

这样的质疑让他一下子失去了立场,也变得极其尴尬。

“张主席,你别误会,我并不想在这种事情上出风头给联盟制造麻烦,我只是想要提醒你们,现在这样的结果,出力不讨好,简直是最糟糕的处理方式。”

“你叫什么?”被张晓舟匆匆叫来的梁宇简单地听了一下事情的经过之后,怀疑地问道。

“邱岳。”邱岳再次简单地介绍了自己。

“我不记得在统计上来的人力资源清单里看到过你。”梁宇眯起眼睛盯着他说道。联盟极度缺乏人才,尤其是缺乏管理人才,如果他们在进行人力资源统计的时候看到一名科级干部,一定会对他进行考察,看他是不是能够提上来作为管理人员。

“大概是我填报的时候填漏了。”邱岳笑了笑答道。

事实上,他是故意没有填上自己的职务。因为填表的时候,联盟才刚刚建立,虽然它干净利落地把康华医院给解决了,但粮食问题依然存在,而且越发紧迫。那时候他还看不清楚联盟的前途,看不清楚掌控联盟的这些人的秉性和能力,不知道联盟究竟能走到哪一步。如果是一艘注定要沉的客轮,那有什么必要非在那种时候和它捆在一起? 如果在那个时候被人关注,甚至是因此而调去从事某种繁碎的日常管理工作,对他来说并不是最有利的选择。

他甚至在自己的团队都不是负责人,只是忽悠着一个头脑简单的肌肉男,让他心甘情愿地抛头露面,做着那些危险、辛苦而又得罪人的工作。

直到联盟对丛林的开发进入良性循环，干净利落地解决了从城南来的多达七百人的难民问题之后，邱岳才确定联盟在这场三方争霸的游戏中应该有胜利的机会，值得投资。当然更重要的是，他判断联盟应该极度缺乏他这样的人才，只要有表现的机会，虽然安澜系的那些人必定会想方设法阻挠，但张晓舟这样的人应该会给他机会。

而他一直以来都相信，自己缺乏的也只是一个机会而已。

“已经没有多少时间了，”老常说道，“我们直接进入正题吧。”

自己经手的证据链有问题？这怎么可能？他看着这个不知道从什么地方冒出来的人，考虑着应该怎么处置他。

但邱岳却什么都没有说，只是把那份文件从张晓舟桌前拿了起来，然后翻开其中的一页，用指甲在关键的那段话下面划了两下。随后又翻到另外一页，在另一个地方划了两下。

老常不经意地看了一眼，不明白他这是什么意思，但几秒钟后，他突然意识到了自己的失误。

那其实也并非很严重的疏漏，因为一般人根本就不会拿着这样的文书一字一句地去读，尤其是在没有电脑，文件完全依靠抄写员手写的情况下，辨认别人的字迹根本就是一件很费神的事情。

正常来说，人们的做法应该是一目十行地把这些东西翻过去，只关注那些比较重要的地方。会发现这种疏漏的人，要么是处心积虑地想要挑毛病，要么就是自己有毛病。

邱岳憨厚地笑了笑：“没办法，坐办公室久了以后养成的习惯，对于上级下发的重要文件总是喜欢一个字一个字地去抠，琢磨里面潜藏的含义。”

对面的三个人都默默地盯着他，于是他清了清嗓子，站了起来。

“其实最初让我感觉不对的并不是文件上的这个地方，而是江晓华引导的对于严烨的判罚尺度。因为正常来说，即使是再标榜公平公正的地方，在涉及自己人的时候，不说是故意枉法，至少也会用弹性尺度内最宽容的办法来处理。但以我们能够看到的文件和资料来判断，严烨根本就无罪，那为什么联盟还要想方设法给他一个防卫过当呢？”

他微微地笑了起来。

“我想来想去，只有两种可能。要么他得罪了人，有人一定要借这个机会整治他一下。要么，就是他所做的事情并不像文件上这么简单，另有内幕，以至于让联盟觉得不给他一些教训有点说不过去。以我对几位的了解，不可能是前者，于是我在别人去复核案件现场和证人证言的时候，重新把文件的关键部分细读了几遍，终于看出了其中的问题。”

其实邱岳还设法从江晓华那里套了一些话出来，有趣的是，江晓华应该到现在都没有意识到这一点。

“常秘书长，这份文件应该是改过的吧？别说是抄写员的笔误，我专门把其他人手上的资料拿过来看过，这两个地方出的问题都是一样的。”

“你想要什么？”梁宇问道。

“我刚才就和张主席讲过，我并不是想借这个机会出风头、捞好处、给联盟制造麻烦，恰恰相反，我是来帮你们解决麻烦的。”

“是吗？”梁宇冷笑了起来。

这样的人他一点儿也不陌生，任何单位都难免会有这样的人。

他们通常有些小聪明，自视很高，喜欢高谈阔论，卖弄自己的见识，吸引别人的眼球。大多数情况下，他们说出来的东西的确会让人觉得似是而非，很有道理，但等你回过头来仔细回想，就会发现，他们所说的那些东西，往往要么都是理论，要么都是些条条框框的东西，空洞而又缺乏可操作性。

这样的人在单位里通常都是老油条、人精，深蕴单位的人际关系和办公室政治，他们往往缺乏吃苦耐劳的精神，也不爱干具体而又繁杂的工作，总是认为自己怀才不遇，却总是在自己的位置上，一混到底。

他最厌恶的就是这样的人。

“说清楚。”张晓舟说道。

“照我现在掌握的信息来看，严烨在这个事情里，应该不仅仅是在防卫过程中误杀两人这么简单。两名死者之间的距离有将近六米，其中一个人腿上、手上和胸口分别中刀，前两者是划伤，而后者是穿刺伤；而另外一个人则是腹部连续遭到捅刺。常秘书长，我应该没记错吧？”

老常默默地点了点头，对方终于说到点子上了。当初他一看伤口就觉得有问题，但并没有说出来。

“如果他真的是乱挥乱捅无意间对那些偷袭者造成了伤害，两名死者之间的距离不应该这么远，伤口也不应该是这个样子，对吧？”邱岳在这里停顿了一下，然后才继续说道，“但他杀死的那些人并不是什么好人，也并不无辜。出于对一个有前途的年轻人的关心和保护，几位不得不采取了一些技术手段来处理这个事件，但又觉得应该要让他长点教训，所以才决定按照防卫过当处理，不知道是不是这样？”

“说下去。”张晓舟说道。

“如果事情真的是这样，那我觉得，各位现在采取的处理办法，两个目的都达不到，两头都会出问题！”

梁宇用手摸了摸脸。其实他很反对张晓舟的最终决定，但之前在安澜所发生的那些事情让他知道张晓舟这个人在涉及道德层面的问题时往往会变得很固执，所以他就没有坚持。

这个邱岳在这时把问题揭露出来，突然让他对这个人的印象又好了起来。

“为什么？”

“因为你们给出的证据和结果本身就是矛盾的！”邱岳答道，“按照现有的证据，判严烨有罪就是明显的冤案！他应该无罪释放才对。防卫过当这样的判决一定会让人们感觉到奇怪，我能看出来，产生怀疑，并且去追寻其中的原因，联盟现在有将近五千人，难道不会有人和我产生同样的怀疑？”

张晓舟无言以对。

“他说得对！”梁宇终于忍不住说道，“张晓舟，你不要固执了，对于严烨我们完全可以暂时放一放，用其他的办法来给他警告，没有必要非在现在这种时候给他教训！”

“梁主任，抱歉，我并不是这个意思。”邱岳却在这个时候打断了他的话。

梁宇和老常都愣住了。

“你说什么？”张晓舟看着邱岳，有些惊讶地问道。

“我认为，现在最好的做法并不是掩盖真相让严烨逍遥法外，而是把真相揭露出来，按照联盟的规矩来进行公正的判决。”

“你疯了吗？瞎说什么！！”梁宇对他刚刚产生的一点点欣赏马上就跌落到了谷底，他压抑着自己的嗓音，愤怒地咆哮了起来。

“现在请你离开这间屋子。”老常对邱岳说道，“但不要离开这幢房子，也不要随便和别人说什么，我们稍后再和你谈。”

邱岳点点头，转身向大门走去。

果然不出他所料，当他走到门口时，张晓舟阻止了他：“等一等！”

“张晓舟！”老常皱着眉头说道。

这样的时候，一个来历不明的人有什么资格留在这里？

“我想听听他的理由。”张晓舟说道。

邱岳于是看了看老常，表情自然而又谦逊地走了回来。

梁宇轻轻地哼了一声，邱岳对着他笑了笑，再一次站到了之前的那个位置，联盟三个最有权势的人的对面。

“梁主任的担忧我可以理解。”他依旧是压低了嗓音说道。

在这种情况下，人们为了听清他的话，反而不得不更加专注。

“第一是担心新洲团队的人们对此不理解，滋生不满，甚至动摇根本；第二是担心康华的人对这个事情过度解读，一些别有用心的人趁机引发混乱；第三是担心到了现在这种时候再反转，反而会暴露之前掩盖真相的事情，对联盟的声誉造成影响。不知道我说的有没有什么问题？”

梁宇看着他，没有说话。

“我们一点一点地来分析好了。”邱岳说道。

“我们先来说康华的人。其实最不需要担心的就是他们的反应，他们之前的确是人最多的团队，但这并不意味着他们对康华就有多少认同感。我所在的区就有一队从康华迁出来的人，干活的时候我和他们聊过，他们的确是对康华的拆分耿耿于怀，怨言很多，但对于他们中的大多数人来说，这种怨言更像是一种‘当年我们家也阔过’那样念念不忘而又没有什么实际意义的牢骚。他们现在的生活和以前的生活并没有什么不同，有些方面甚至比以前在康华的时候更好了。康华没出事的时候就是一群人分成两派内斗不止，那几个人死掉之后，分裂和内斗得更厉害，作为当事人，你们觉得他们会喜欢这样的局面？更何况，谁都能看出来，康华已经不可能被恢复了，就像这个案子里，连樊武的弟弟都已经放弃，只敢偷偷地躲起来发发牢骚，其他人又怎么会生出这样的念头？”

“按照你的说法，对他们什么都不用管了？”梁宇冷笑道。

“当然不是。”邱岳答道，“他们没有威胁，不意味着就要对他们放任不管。我完全可以理解当初联盟拆解康华医院时面临的困难，张主席那时候当机立断以他们原有的小派系把他们拆开，实在是神来之笔。但现在，联盟成立也已经快一个月了，局面基本上已经安定了下来，这种时候，让这些康华医院之前的既得利益者继续担任基层单位的领导人，非但没有必要，甚至还有很严重的阻碍。”

“为什么？”张晓舟问道。梁宇和老常已经准备借这个机会对工业区进行整治，听邱岳的意思，他还有更充分的理由？

“当初联盟需要的是稳定，所以需要这些原本在康华有一定威望和身份的人来牵头。但联盟能够给予他们的，能有当初康华医院给他们的多吗？”邱岳摇了摇头，“别的不说，据我了解，作为赵康等人的心腹，他们在康华医院吃得比一般人好，住的用的各方面都比一般人好，甚至经常能以奸淫妇女取乐。张主席，你能容许他们这样做，联盟能容许他们这样做吗？”

这样的问题根本就不需要回答。

联盟的领导层就没有在男女之事上犯过错误，张晓舟、老常、钱伟、王牧林、高辉等一大帮来自安澜的人都还是单身，饮食和日常用品上也没有和一般人拉开很大的差距，即便是稍有不同，也在人们认同的范畴里。如果不是这样，人们也不会对安澜系明显把持联盟大权的情况视而不见。

别的姑且不论，至少在个人操守这一点上，安澜系的人们眼下都做得很不错。有他们带头，下面虽然不敢说百分之百没有这样的事情，但至少，多半都是利诱而并非强逼，也没有闹出什么事情来。

“原有的福利和超然待遇没有了，向上爬升的希望也没有了，虽然在自己的一亩三分地上可以说了算，但联盟的规章制度在那里摆着，其他的团队在旁边作为对比，他们也不可能再像之前那样作威作福搞得太过分，甚至不得不拿起工具，和手下的人一样在这样的大热天干活。张主席，你觉得他们对于联盟会有好感吗？为什么康华的人怨言最多？为什么其他团队的人不一样？差别就在这里。”邱岳说道，“不管你们怎么做，这一小撮人都不会高兴，而他们作为基层负责人，一旦消极怠工传播起流言来，造成的问题肯定比普通群众要严重得多。所以我说，这次的事情正好是一个契机，那些混混出了这样的事情，他们作为负责人难辞其咎，大可以严肃处理与这件事情直接相关的团队，相关责任人都要追查到底，就地免职，让那些在日常工作中愿意吃苦，乐于奉献和承担责任的人来代替他们的位置。敲打其他团队的负责人，给他们划出规矩来。”

“这个事情不用你来操心，”梁宇突然有了一种强烈的危机感，“联盟早就已经有安排有考虑了。”

“那看来是我想多了，”邱岳不以为意，笑了笑说道，“不过，我认为联盟如果要对他们动手，就一定要站在道义的制高点上，把火力集中在出问题的那个几个团队，不扩大不牵连，盯住这几个出问题的团队负责人，把他们的问题查个底朝天然后公之于众！做到堂堂正正，师出有名！这样的话，任何人都没有话说，来自康华底层的那些群众也会对联盟产生更多的认同感。”

“你不是说他们的想法不重要吗？”

“不重要，但能够让他们忘记自己来自康华，接受自己是城北联盟的人，慢慢消除隔阂培养认同感，何乐而不为？”

这样的话完全说到张晓舟的心底去了。

“邱师傅，你继续说。”

“好，”邱岳点点头，把心里的喜意悄悄压了下去，“堂堂正正，师出有名，这对于联盟来说非常重要。某种意义上来说，甚至比任何事情都重要。”

这样的观点不要说梁宇，就连张晓舟都有点不理解。

“现在联盟中有一种说法，联盟能够成立全是靠着当初新洲的那些人，如果没有他们跟着张主席站出来与恐龙战斗，就不会有今天的联盟。”

“这有什么问题吗？”梁宇说道。

邱岳笑着摇了摇头：“联盟成立的根本是新洲团队吗？张主席是依靠新洲团队当时二三十个人的武力去逼着联盟这四千多人自愿来成立这个联盟的吗？显然不是！新洲团队的存在和他们猎杀恐龙的能力对于张主席推动联盟的成立肯定是一个重要的加分项，但它是首要原因吗？不是！真正促成联盟成立的原因是张主席的信誉、威望和名声，是因为他在之前那一系列事情当中的表现，让人们相信他可以带领大家克服困难，可以公正公平地处理团队之间的纷争，消灭分歧，分配利益，承担责任，带领大家获取一个更好的生活。最让人们对联盟坚定信心的杀死两只暴龙的事情是新洲团队做的吗？据我所知，杀死第一只暴龙的时候新洲还没有组建，出力更多的是安澜。而杀死第二只暴龙，依靠的是团队的力量，出力最多的依然是安澜。

“拆解康华时同样如此，如果仅仅凭借新洲当时的三十个人，我相信即便是他们再勇猛，再能打，最终的结果也不会如此顺利。让康华的人彻底丧失了反抗的念头，一方面是张主席你们通过内应快速越过康华的防御体系，直扑中枢，瓦解了他们的组织能力；而另外一方面则是整个联盟出动的那五百人，彻底让他们失去了翻盘的希望。

“新洲团队现在是联盟最能打的队伍，我相信他们的战斗力和对于联盟的忠诚度都没有任何问题。但如果何家营或者是地质学院真的对我们发动进攻，新洲团队能够单独把他们打回去吗？”邱岳问道，“他们绝对能够在战斗中发挥重要的作用，给敌人沉重的打击，但如果不动员和使用民兵，他们不可能单独打败敌人。”

邱岳的话里虽然带有明显的引导和倾向性，却并非没有道理。

但梁宇不再出声反驳的更主要的原因却是，新洲团队事实上与他并没有什么实质上的关联，也不归他管，但后勤却要由他想办法负责，而那实在是很让人头疼的负担。

五十个新洲团队成员和他们家属的日常供应足以供给七八百个难民，而且他们对于品种和质量的要求非常高，在粮食供给越来越困难的当下，满足新洲团队的后勤补给眼看已经快要成为他最头疼的问题了。

从成本和收益的角度考虑，新洲团队现有的规模已经远远超过联盟的生产力，开始让联盟有些不堪重负。

“话不能这么说，”老常不得不站出来说道，“如果没有新洲团队负责驱赶和杀死那些恐龙，我们的日常工作根本就没有办法开展。”

“还有另外一个作用，对吧？”邱岳笑着说道。

他们都明白，新洲团队存在的另一个重要意义是对内的威慑，有他们的存在，在当前大多数团队的总人数都不超过一百人的情况下，没有任何人能够动摇和威胁张晓舟的地位，也没有任何人能够动摇和威胁他们的地位。

老常微微有些恼怒，你有什么资格以这样的态度和我说话？

“但是，当前会有人想要推翻或者是挑战张主席和联盟的领导权吗？”邱岳却把话挑明了，“不会有吧？即便是有人这么想，联盟当前的组织架构形式也不会让他们有这个能力。而且在很长的一段时间里，只要联盟依然占据道义的大旗，联盟内部就不会有任何人能够有这样的机会。

“但道义的用处却并不仅仅如此，对内，它可以让联盟的成员们产生优越感、满足感，对联盟产生向心力和认同感，改变人们的精神状态，激发工作热情；对外，它可以让我们与竞争者形成鲜明的对比，从内部瓦解他们，甚至可以潜移默化地让他们对联盟产生向往。”

这些话让人们忍不住摇起头来。

“没那么简单。”梁宇说道。

“但也绝对没有那么复杂。”邱岳马上说道。

“联盟当前所做的这些事情，根本上已经很完美了，只是没有人来负责把它们展示到人们面前。我们应该把联盟当前在做的事情，取得的成就，以正确的方式让正确的人们知道。这并不需要增加多少额外的支出，却能够取得意想不到的效果。”他的语气渐渐变得热切了起来。梁宇看了看老常，他们终于明白了这个人的真实意图。

“抱歉，好像把话题扯得太远了。”邱岳说道。

“没关系。”张晓舟也猜出了他的想法，但这些却是之前他们忽略了的东西，有人在这个时候站出来，指出来，让他感觉很有收获。

也许在这个事情解决之后，应该把这个邱岳单独找来谈一谈？

“让我们重新回到这件事情本身，”邱岳说道，“为什么我支持把实情公布出来？因为联盟走到今天，有这么好的公信力和信誉，非常难得。我并不是说我们就必须墨守成规，被捆得死死的，但我们自己定出来的规矩，如果不带头遵守，那别人又会怎么看？如果它变成一张废纸，变成人人都可以践踏的东西，那它的存在就没有了任何意义！

“新洲团队当然有可能因为这件事情而产生想法，但那是没有人去解释，没有人告诉他们为什么要这样做，完全对他们放任自流才会发生的事情。如果让他们明白，这样做对于联盟，对于我们的事业和我们的未来的重要意义，他们还会有不满和误解吗？如果告诉他们，我们可以在规则内给予严烨最大的补偿，可以给他创造机会戴罪立功，让他可以有机会洗去自己身上的污名，减轻刑罚，甚至重新成为英雄，他们还会有不满和误解吗？即便是严烨本人，会有什么不满和误解吗？”

邱岳双目炯炯地看着张晓舟等人，却没有等待他们的回答。

“公布实情，秉公办理，把身为张主席助手的严烨依法处置，联盟一贯的公信力和威信将再一次得以深化，联盟正在努力推行的规则和法律将更加深入人心，反过来也将促进联盟其他工作的推行。裁决庭将更有权威性和公正性，联盟将要处理的康华的那些人将无话可说。如果处置得当，我们可以敲打那些把联盟的规则不当回事的人，让他们明白联盟的决心；敲打那些渴望特权的人，进一步肃正联盟的风气；也可以敲打严烨这个很有前途的年轻人，让他明白事理，更快地成长起来。何乐而不为？

“但如果我们选择隐瞒真相，除了要冒不必要的道义上的风险，却什么都得不到！联盟好不容易才经营出来的信誉一旦丢失，想要重新塑造，花费的功夫和付出的代价，就完全无法估计了。冒不必要的风险，承受巨大的代价，却几乎得不到任何好处。各位，我真的想不出来，为什么要这样去做？”

张晓舟看了看梁宇和老常，虽然最后邱岳所说的东西太过于赤裸裸，让他不太喜欢，但他的话已经完全说服了他。更何况，这本来就是他所期望的结果。

“但证据链和裁决庭那边？”梁宇说道。

“请交给我，我一定会处理得妥妥当当。”邱岳说道。

“那么，我没有什么意见了。”梁宇说道。

“要提前和严烨沟通一下吗？”老常问道。

“我觉得没有必要，”邱岳说道，“如果事先知道这些东西，他的反应也许会过于平静，反而让人们产生怀疑，觉得联盟提前操纵了裁决庭的审判结果，这并没有任何好处。”

“不用和他说了。”张晓舟说道。

想起严烨那无所谓的表情，他的心里就非常不舒服。

就敲打他一下吧。

第16章 审判结果

“经裁决庭合议，所有成员一致裁定，安澜片区新洲团队成员严烨，防卫过当罪名成立！判处从事急危险重工作五年，待其伤愈后执行！”

惊呼声从高台下面爆发了出来，这样的结果除了极少数的几个人之外，根本就没有人想到。

严烨死死地盯着念出这段话的江晓华，后面一定还有别的什么！结果不可能是这样的！

但江晓华却合上了手中的本子，对着站在台下所有人前面的张晓舟等人点了点头，表示这就是最终的结果，已经宣读完毕。

严淇的眼泪一下子就涌了出来，她拼命地向张晓舟他们那个方向挤过去，想请张晓舟否决这在她看来极度荒谬的结果，但王哲却死死地拉着她，不让她去把这件事情变得更复杂。

他没敢把自己已经将一切都告诉张晓舟的事情说给严烨和严淇听，但他从那时候就已经有一种感觉，严烨在这次的事情里绝不可能毫发无损。

其实他内心深处也很矛盾，甚至可以说是一直都有着一种恐惧。

当初他们杀死高鸿昌，杀死张德安的那一幕一直都在他的心里梗着，无法消散。

杀死高鸿昌是为了救严淇，为了逃命而逼不得已，但像杀鸡一样冷酷地杀死毫无反抗之力的张德安，完全就是严烨在发泄心中的愤怒和恐惧。

张德安也许不是什么好人，但也不是完全意义上的坏人，除了色迷心窍想要占严淇的便宜，他其实并没有真正做过什么坏事。王哲或许无法感受严烨的痛苦，但在动辄以欺压难民为乐的何家营村民里，张德安其实还能勉强算是一个好人。王哲在他手下干活的那段日子里，和他有过不少接触，甚至可以说是受过他不少照顾。

当他们逃亡到城北之后，他一次次地回想那个可怕的夜晚，总觉得，张德安其实不必死。他那时候已经放弃了抵抗，甚至放弃了大声呼救，只想保住自己的命。他们完全可以找东西塞住他的嘴，然后把他牢牢地绑起来塞在角落里。

但严烨却没有给他任何机会，毫不犹豫地杀了他。

王哲一点儿也不怀疑，在那个时候，任何人如果出现在那个地方，都一定会被他毫不犹豫地杀掉。

这让王哲其实一直都有些害怕这个比自己小很多的大男孩，从他们出逃之后，他就一直不敢过分地反对严烨的意见，甚至在大多数时候都以他为主。

当他知道严烨又一次杀人的时候，他心里的第一反应是，终于来了，他终于忍不住了。

随后便是一种不知道从何而来的恐惧感。

那种感觉并不好受，毕竟他们在出逃之后相依为命了一段时间，严家兄妹对于他来说，已经有了类似亲人的感觉，他知道，严家兄妹对他来说应该是绝对可以信任的人，他也完全相信，只要他不做出背叛他们的事情，严烨的这种暴虐就不会针对到他头上。

但无法形容，当他听到江晓华念出宣判词的时候，心里竟然很自然地就有了一种如释重负的轻松感。

他看到严烨的目光看向了这边，于是他放开严淇，让她看着自己的哥哥。

“哥！哥！”严淇大声地哭喊着。她完全不相信那些人所说的东西，一定是他们联合起来骗人的！哥哥被人诬陷了！为什么他们不相信哥哥，要相信那些人？哥哥不可能是那样的人！

在他们周围的都是新洲团队的家属们，这个漂亮而又懂事的女孩一直都是新洲团队所有人心里的小公主，马上有人挤开人群，向张晓舟跑去，要替他们兄妹俩讨一个说法。

大多数人感到意外的并不是案情和判罚本身，毕竟，之前的案情回述已经说得很清楚了。

严烨因为那几个人的鬼祟举动而对他们进行调查，是正常的职务行为。而康华的那些人虽然并没有处心积虑想要搞什么大事件，但他们同时存在私藏管制物资、消极怠工、散布谣言等行为，并且在喝醉之后意图袭击联盟的公职人员。虽然他们一直强调自己主观上并没有任何想要杀死严烨的意图，但人人都清楚，即便那是真的，棍棒无眼，他们又喝醉了，胡乱动手把人打死是很有可能的。正是因为如此，包括两名死者在内，全部被判有罪。

严烨在遭到突然袭击的情况下因为恐惧和自我保护而举刀乱捅乱挥，杀死一人，无罪；随后出于激愤而追上去杀死了另外一人，防卫过当，有罪。

挑起事端的无疑是康华的那些人，但他们已经付出了惨重的代价：两人死亡，三人受伤，活下来的六个人全都因为故意伤害罪等罪名而被判处三到五年的刑罚。

另外一面，激愤杀人的严烨也付出了惨重的代价。五年，这个年轻人算是被毁了。

真正让人们意外的是，张晓舟竟然真的不袒护自己手下的人？

所有人都知道严烨是张晓舟的助手，虽然他们未必知道他的名字，但他和另外一名高个子总是轮换着待在张晓舟身边，替他传递一些命令和信息，有时候也替他处理一些不太重要的事情。甚至有人曾经猜测，他们应该是张晓舟正在培养的人。

但谁能想到，说判就判了？

有些人叹息了起来，如果他不那么彪悍，杀死一个人之后选择逃往安全的地方而不是追上去继续动手杀人，那不就什么事都没有了？

这个判罚无疑是在表明一种态度，树立一种规则，也是在进行一种无声的宣誓，树立裁决庭的威信。

即便是张晓舟的助手犯了事也是该怎么判就怎么判，那其他人就别说了，不会有任何人例外。

有人想到了更多的东西。

现在很多人随身都带着刀，既是工作需要，也是为了保护自身的安全。杀了两个人却一点儿事情都没有？那样的话，以后会不会出现有人故意去激怒别人，然后在别人对自己动手之后进行反击，以正当防卫为理由脱罪的事情？会不会有人在争执的时候，杀死对方然后在自己身上制造伤口声称是正当防卫？

未来所有类似的案件都会参考这次的判罚，牺牲一个严烨，从而避免更多这样的事情发生？

裁决庭所展示出来的事实和很多人听到的流言差别太大，可以说，远远没有他们所期望的那些充满了阴谋和暗算的流言有意思，这让阴谋论者们大失所望。但所有的证据，包括现场的勘察结果，目击者的证词和当事人本身的供词都摆在了大家的面前，那些根据蛛丝马迹编造出来的谣言变得没有了市场，失去了存在的价值，很快就被人们扔在一边。

人们的议论声很快就淹没了严淇的哭声，他们看着来自新洲团队的人们跑到张晓舟附近，但却没有机会靠近他，他直接被新洲团队的副手齐峰和那个总是一脸杀气的王永军带到了一边。

这样的景象也被严烨看在眼里，愤怒和委屈的情绪一下子淹没了他，他死死地咬着牙，才没有因此而狂吼出来。

他并不害怕危险，如果没有这个事情，他自己也会申请去执行危险的任务。

但他不能接受这样的结果，也许他的确是闹了一个乌龙，但谁不会犯错？谁知道那些人会是这样的孬种？更何况，如果不是那些人偷袭他，事情根本就不会发生！

杀了他们有什么错？他们本来就是一群垃圾！本来就是联盟的隐患！

难道他清除这些垃圾也有错？

判他五年?！五年!!

他哪里做错了?!

两名新洲团队的成员上来准备把他带下去，他们同样感到惊愕和不可理解，在他们看来，就算是严烨有错，那也应该是关起门来自己处理。这样在大庭广众之下宣判严烨有罪，简直是在打他们所有人的脸。

好几个人当时就想闹事，但张晓舟、齐峰和王永军等人早有准备，马上就喝止了他们。

这让他们看着严烨的目光里充满了同情，却让严烨心里越发难受。

来自康华的人们却感到还算满意。

被杀的那两个人固然不是什么好东西,但大家毕竟都曾经在康华医院那个地方待过,某种意义上来说,在这个联盟里,他们身上贴着的就是相同的标签:康华。

向严烨动手的八个人当中,两人死亡,六人被判处三年至五年不等的重罚,这无疑是在所有康华人脸上狠狠地扇了一个耳光,也让很多人变得惴惴不安起来。

他们这个群体里,这两天有无数的流言在传播。很多人都在说,当初康华想要吞并安澜,樊武带着这些人去羞辱过张晓舟他们,所以现在他们要报仇了。也有很多人在猜测,联盟是不是觉得他们这些人当中,有很多人还对康华被分拆耿耿于怀,心怀不满,是潜在的威胁,所以正准备对他们动手。甚至有人信誓旦旦地说,这一次是对樊武的人动手,下一次就是康祖业的人了。

樊武以前其实并没有太多的人。他进入康华医院的时间太晚,那时候赵康和康祖业已经各自拉拢了本地派和外来派对峙起来。作为晚辈依然能够成为主要的负责人之一,完全是因为赵康想要利用他的力量去制衡康祖业和许俊才。

曾经在康祖业手下待过的人却很多,包括蒋老五和许俊才在内都应该算是他的人,如果这样的猜测是真的,那波及的范围就广了,整个工业区里,一半以上的人都要糟糕。

这些流言让人心马上就慌乱了起来,尤其是在江晓华宣读了对那六个人的刑罚后,他们都有一种感觉,张晓舟他们真的是在借这个机会整人了!

好在到了最后,对于严烨的判决也下来了。

五年!

来自康华的人们就像是捞到了救命稻草,在他们看来,这无疑是联盟释放的信号:这件事并不针对某个特定的群体,而是就事论事,有错就罚。不管他是来自康华,来自新洲,还是来自别的什么地方,甚至是联盟执委会主席的助手也一样。

审判已经结束,但人们却意犹未尽地留在原地,大声喧哗或者是低语着,围绕的话题却都是之前的审判。

裁决庭在审判结束后就自动解散,于是人们围拢着相熟的裁决庭成员,向他们打听着其中的内幕。老常和梁宇安排的那些人于是趁着这个时机开始在人群里引导人们的舆论走向,为下一步对工业区的调整进行铺垫。

联盟不能乱起来,但该做的事情,还是必须要做。

“我陪你一起去?”齐峰对张晓舟问道。

严烨被带走时,眼中的愤懑、委屈和不满他们都看在眼里,直到现在他都不认为自己有任何错,这才是最可怕的事情,也是他们最不愿意看到的事情。

如果是成年人,也许已经明白老板的意思,开始反思自己的作为,考虑事情为什么会变成这样。但很显然,正处于偏激年龄段的严烨根本就没有这样的反思。对于别人来说,冷置一段时间让他自己思考是恰当的做法。但对于他这样的年轻人来说,如果不尽快告诉他原因,他或许会更加偏激,甚至走上无法挽回的道路。

“不用,你抓紧时间去做队员们的工作,一定要让他们理解和支持这个结果。”张晓舟说道,“严烨那边,我一个人去就行了。”

人们聚拢在裁决庭的成员们身边,说来也很奇怪,之前李彦成的案子,关注度根本就没有这么高,那次的裁决庭成员也没有这样的被人拥簇和关注的机会。

邱岳在人群里面带微笑地说着什么,看到张晓舟从不远的地方走过,他悄悄地点了点头。

到目前为止,事情都还在按照他建议的步骤进行。

严烨已经被押进了医技楼,按照裁决庭的判决,他将在这里继续接受治疗,在伤愈之后才会正式服刑。

张晓舟随口回答着路边的那些人们的问题,虽然他并没有多说什么,但这也让他耽搁了很长一段时间。

但让他没有想到的是,在他进入医技楼之后,却首先碰到了一脸愤懑不满的高辉。

“为什么!”他大声地责问道。

身边的卫兵们脸上有些尴尬,张晓舟只能拉着高辉,找了个没人的房间走了进去。

“你没听裁决庭的结案陈词吗?”

“当然听了,可那算什么狗屁理由?!”高辉理所当然地答道,“又不是他去惹那些人,是那些人想杀他!一个人对八个!而且已经被对方打了那么多下,他不下狠手怎么保得住自己的命?!照这种逻辑,难道别人来杀我,我不能还手?”

“你没有听裁决庭的陈述吗?他杀的第一个人,正当防卫,无罪。”

“那第二个人又有什么不同？难道他之前没对严烨动手？那些人都说了，他是领头的！严烨怎么知道他有没有威胁？那种情况下，已经被打得头昏脑涨，心里一片混乱，看到眼前有个敌人，顺手一刀有什么问题？”

张晓舟气不打一处来：“你别胡搅蛮缠！证人的供词说得很明确了，那个人已经受了伤，倒在地上，严烨是杀掉一个人之后转身看到他，追上去把他杀掉的，并不是你说的那种情况！”

“但是严烨并没有这么说！你宁愿相信康华那些人的话也不听严烨的？”

“那你认为老常在说谎？段宏也在说谎？”张晓舟说道，“现场勘查的结果也在说谎？”

高辉一时语塞，突然被逼出了一句话：“那又怎么样？一个混混，垃圾！杀掉就杀掉了，有什么关系？”

“砰！”

高辉下巴上挨了结结实实的一拳，踉跄着向后退了一步，两人都愣住了。

“我以后不想再听到这样的话。”张晓舟微微有些后悔，不应该打他，但他无法接受一直跟在自己身边的两个人都是这样根本不把别人的生命放在眼里，把那视作可以随意夺取的物品的暴虐之徒。

难道他教给他们的，都是这样的东西？

“如果你真的这么想，那就回新洲去找齐峰报到吧，我身边需要的是助手，不是杀手，更不是屠夫。”

这一拳让高辉一下子头昏脑涨，耳朵里也嗡嗡的，甚至没有听清楚张晓舟前面的话，只听到了最后几个字。

“你搞笑吗？”他愤怒地叫道，“什么叫屠夫？别人都杀到你面前了，棍子都到你头上了，你还不敢还手，这就对了？你当这还是以前？每个人都应该安分守己像绵羊一样？你口口声声说希望每个人都有面对敌人和危险的时候站出来拼命的血性，可你这算是什么？你这样做，谁还会有血性？谁还敢有血性！？”

“你不要胡搅蛮缠！什么叫血性？面对敌人面对死亡不怕死、敢拼命的才叫血性！杀已经没有还手之力的人，那叫什么血性？杀自己人，那叫什么血性？！”

“他们算什么自己人！”

“他们加入联盟，接受联盟的管理，在联盟之内生活、工作，怎么不叫自己人？犯了错就不是自己人了？那以前安澜犯错的那些人是不是敌人？你是不是也要把他们杀掉？李彦成是不是敌人？你是不是也要把他杀掉？”

两人的争执吸引了不少医生护士和来看病的人，他们小心翼翼地站在门口，张晓舟走过去把门关了起来。

这么一来，两人却突然争执不下去了。

张晓舟沉默了一会儿，终于说道：“你觉得发生这样的事情我很高兴吗？你认为我会很高兴看到他面临这样的结果吗？但他做错了事情，就必须受罚，否则的话，就是在鼓励他继续往这条危险的路上走下去，到最后，要么毁掉别人，要么毁掉自己。

“我知道你想帮他，但你这不是帮他，而是在害他。我希望你们能够明白，对敌人可以无情，可以残忍，但这样的事情不能发生在联盟内部，这样的手段不能用在自己人身上。哪怕那个自己人你不喜欢，甚至是厌恶和讨厌他。你可以在联盟允许的范围内堂堂正正地尽自己最大的力量去反对他，但你不能认为自己凌驾在联盟的规则之上，可以为所欲为。如果每个人都像他这样，随随便便就可以把别人杀掉，随随便便就把别人牺牲掉，那我们辛辛苦苦构建的联盟带给人们的就不是希望，而是地狱。”

高辉梗在那里，用手摸着被打的地方，一句话也不说。

张晓舟再一次沉默，随后说道：“我不会让他像那些人一样服刑。我会给他和李彦成创造我们能够创造的最好的条件，让他们有机会去立功，去赎罪，而我会在他们成功之后用执委会主席的权力去赦免他们，让他们重新回到我们当中。”

高辉还是站在那里，没有回答，于是张晓舟拉开门，慢慢地向楼上走去。

他的脚步变得有些沉重。

如果高辉在这个事情上都这么偏激，那严烨又会是什么样子？

严烨并没有被关起来，而是被押回了位于医技楼三楼的病房。门口安排了一个民兵负责守卫，既是防止他离开，也是为了防止有人来骚扰他。

“张主席，”看到张晓舟，守卫的表情有点紧张，“这个……他妹妹在里面。”

张晓舟明白他是担心自己责备他没有履行好守卫的责任，于是笑着摇了摇头：“没事。”

推开门，严淇正抱着严烨小声地哭着，严烨用手轻轻地抚摸着她的头发，小声地安慰着她。

看到张晓舟，两人的表情都变得很不自然，严淇显然对张晓舟很恼怒，而严烨更多的则是一种不解和遭到背叛的痛苦，甚至有些冷漠。

场面甚至比之前在一楼面对高辉时更僵。

“严淇，让我和你哥哥单独谈谈好吗？”

她的嘴撅了起来，眼睛又红了，明显是在说：“你这个坏蛋！你又想干什么？”

但严烨轻轻地推了她一下，她还是站了起来，不情不愿地走了出去。

张晓舟关上了门，当他转过头的时候，看到严烨紧紧地咬着嘴唇，像是要哭，但下一秒钟，他的脸又变得冷漠了下来，变得就像是一个他从未见过的陌生人。

“张主席，你请坐。”他冷笑着说道。

这样的态度让张晓舟突然不知道应该怎么开口，在从那个高台走到这里，再从一楼走到三楼的整个过程里，他都在想严烨会有什么样的反应，但他没有预料到会是这样的景象。

“你觉得自己很委屈？”他叹了一口气问道。

严烨笑了起来，那样的表情让张晓舟看了觉得瘆得慌。

“张主席，我不委屈，只要是联盟的决议，我都无条件地接受。”他快速而又大声地说道。

“你觉得自己很委屈，是吗？”张晓舟再一次问道。

“不，”严烨再一次笑了起来，“一点儿也不。你们肯定有你们的考虑，是吧？没关系，只要对联盟有利，什么样的结果我都愿意接受。”

张晓舟想要开口，但他却毫不停顿地继续说道：“我已经想得很清楚了，我的确是做错了，接受这样的惩罚也是罪有应得。我本应该把这件事情向联盟报告，由联盟去处理他们，而不应该擅自做出任何决定。我没有资格决定他们任何一个人的生死，也没有资格粗暴地夺去他们的生命。我错了，而且错得很离谱，很过分，给你们带来了很多麻烦。这件事情，最难受的不是我，而是夹在中间左右为难的你们。很抱歉，张主席，真的很抱歉给你们添麻烦了。但没关系，你不用替我担心，我还年轻，用五年时间去让自己成熟起来，很值得。而且你们一定会替我创造最好的条件去立功，缩短刑期，对吧？”

张晓舟可以感觉到他的每一个字表达出来的都是完全相反的含义，但看着严烨那带着无法形容的冷笑的脸，他完全不知道自己应该怎么说。

如果他愤怒，痛哭，大吵大闹，甚至是像高辉那样一言不发，张晓舟都不会感到意外，但他偏偏都没有。

冷静得不像是一个正常人。

他几次张开嘴，但在严烨冷漠而又复杂的目光注视下，却一个字也没能说出来。

他想要说的都已经被严烨用一种极度曲解的语气说了出来，他还能说什么？

可怕的死寂，让他感到很难受，就像是有一团火在心里烧着，却没有任何办法能够扑灭它。

最终他站了起来。

“你好好休息吧。”

“那你慢走，张主席，我就不送你了。你放心，我一定会好好改造，好好服刑，争取早一点出来，继续跟随你。”

那团火烧得更猛烈，更令人无法忍受了。

整个上午张晓舟都没有心情去办什么正事，但他毕竟是联盟执委会的主席，就算他不去找事，事情也会来找他。工业区涉及这个案子的团队要进行调整，甚至要打乱了重新编制，蒋老五要找来谈话，打消他的心理负担和多余的想法，甚至许俊才也要找来谈话，让他出面配合和支持这个工作。

开始忙碌之后，严烨恶劣的态度所带来的负面影响便被强制压了下去。

工业区的事情并没有出现太大的波澜，在那个位置上干了将近一个月，蒋老五自己也苦不堪言，早就萌生退意，唯一的问题在于，他希望能够到联盟任职，或者是带着自己的队伍调换到其他区域去，张晓舟好说歹说才把他安抚下来。

许俊才则简单得多，他本身也没有什么野心，更没有什么胆量，张晓舟还没有开口他就表示一定会全力支持和配合联盟的工作，甚至还主动把自己团队里几个曾经和樊兵等人一起喝酒闹事的人也供了出来，不停地向张晓舟道歉认错。

张晓舟对他的这种态度简直哭笑不得，他一再地告诉他这件事情不会扩大，更不会牵连，除非真的是存在很大的问题，或者是有人出来控告和检举，否则不会在这个时候进行处理,而是会给他们改过自新的机会。

“那就好,那就好。”许俊才连声地说道。

张晓舟和老常亲自带队下去,案件涉及的五个团队都被调查,四个团队负责人被免职,由相关团队的成员现场推选新的负责人顶上,而这四个严重失职并且自身也存在不少问题的团队负责人则被带到联盟总部,准备接受一段时间的思想教育。

这也是邱岳的主意。

这些团队负责人的问题还没有严重到必须成立新的裁决庭来进行审判,但让他们留在原先的团队,新当选的那几个团队负责人会很难办,不利于他们建立自己的权威,推行自己的想法。以思想教育的名义把这几个人从团队里抽调出来,可以把空间留给这些新人,同时也可以对这些刺头进行适度的敲打。等到把他们的刺磨平,新负责人应该也已经建立了权威,那时候再让他们回去,就不会有什么问题了。

五个团队中的刺头也被一并带走,这样一来,第一批要接受思想教育的名单已经有了十五个名字。

张晓舟其实并不想这么快就把邱岳调到联盟总部,虽然联盟求贤若渴,但有了严烨的例子,而且联盟也日趋正常化,用人也应该有一定的规则和选拔机制。一步登天这样的事情对于联盟的稳定并不是什么好事。

他希望能够对这个人进行更多的观察以后再决定要不要用,怎么用他。

但梁宇和老常都不想去做这样的事情,也没有多余的精力去做这些事情。最终,张晓舟在执委会办公室下增设了一个宣教组,把邱岳从他之前所在的团队暂时借调出来,在里面担任一名干事,专门负责思想教育和对工业区这次改组的后续宣传教育工作。

张晓舟并不觉得在当前的这种形势下,搞什么思想教育和舆论宣传会是个好主意。在他看来,人们的注意力应当更多地放在如何做好眼前的事情上,活下去,这才应该是他们关注的重点。

但就像邱岳所鼓吹的那样,这个事情并不需要花费和投入太多的资源,他也就本着试一试的态度,把这个事情交给了他。

但在一天的忙碌之后,当人们离去,周围安静下来,严烨的事情却又涌上心头,让他的心情沉重了起来。

“我听说，你和高辉吵了一架?”李雨欢小心翼翼地问道。

她的伤恢复得不错，按照段宏的说法，再过两天就能恢复做一些基本的日常工作，只要注意别触碰到伤口，别过于劳累就行。这对她来说真的是一个再好不过的事情，因为女生病房里就只有她一个人，每天除了能够接触一下来得越来越少的护士和医生，就是在休息时间和张晓舟聚在一起，帮忙抄写和校订一些要下发的文件，简直已经闷得要发疯了。

张晓舟的脸色稍稍有些难看，他早已经习惯了那两个活宝跟在他身边，白天有好几次他习惯性地发出指令，却很久都没有回应，然后他才意识到，两个人今天都没有跟在他身边。

“只是误会，他那个人你应该知道的，不是个记仇的性格，生几天闷气，很快就会好了。”他勉强地笑了笑，对李雨欢说道。

“我听说……严烨他……”

“别提这些事情了好吗？你一整天待在这里，从哪儿听说的这么多事情?”张晓舟笑着摇了摇头，“对了，今天我去看过工业区开垦的那些土地，上个礼拜播下去的那些种子已经出苗了，提醒他们在上面用网覆盖保护幼苗之后，我感觉长势还不错，比之前那些好得多。所以说后发制人还是有道理的，最起码，一上手就能按照最新最好的办法来干。”

“是吗?”李雨欢做出一副很感兴趣的样子说道。

其实她还想和张晓舟谈谈，因为白天她在女卫生间里遇到了躲起来偷偷哭泣的严淇，听她说了很多关于她哥哥的事情。她觉得能够对自己妹妹这么好的人，不应该会是一个冷血而又残忍的人，一定是什么地方弄错了，于是答应帮他向张晓舟求情。

但她也看出来张晓舟的心情很差，不想继续听到关于他们兄妹俩的事情。

换个时间吧?

她这样想着。反正严烨的伤还没有好，要真正开始服刑也是至少几天以后的事情。也许，等张晓舟的心情好一些，她就能帮助他们消除误会。

但事情却不像她想象的那样，第二天一早，严淇就惊慌失措地跑来找她，问她有没有向张晓舟说情。

“雨欢姐，我该怎么办?！我哥他一早就去找医生，说自己已经好了，可以开始服刑了！你帮帮我，求你帮帮我吧！”她精致得如同瓷娃娃一样的脸让人本能地就想去保护，这让李雨欢突然内疚了起来。

“你别着急，先稳着你哥，让他别乱来，我现在就去找张主席！”

但她忍着伤口的疼痛跑了好几个地方才找到张晓舟，对他说了这个事，张晓舟却没有像她想象中那样丢下手里的事情赶回去。

“既然是这样，那就让他出院吧，”他愣了一下，脸色随即变得难看了起来，“他已经是成年人了，必须要为自己的言行负责。我们不是他的父母，既没有资格，更没有必要去为他操心。”

“你这个人怎么这么冷血啊！”李雨欢忍不住责问道，“他一天到晚跟在你旁边，没有功劳也有苦劳吧？你就不帮帮他？”

“我冷血？”张晓舟的声音一下子拔高了，但他很快就把火气硬生生压了下去，“做错了事情就要受罚，即使是我也不例外。雨欢你在病房里，只是道听途说，不知道具体发生了什么事，就不要掺和了好吗？这件事情已经定下来了，没有办法改变，也不可能改变。我作为联盟执委会主席，更加不可能带头破坏联盟的法纪。你先回去，有什么我们晚上再说。”

李雨欢觉得很委屈，自己专门跑这么一趟，疼得一身大汗，就得了这么几句话？

但在周围那么多人面前，她也不好和张晓舟吵架。

她转头就走，张晓舟在后面叫了她几声她都没有回头，他只好拜托旁边的一位大姐陪李雨欢回去，自己则留在原地，继续做他该做的事情。

这让李雨欢越发委屈，但那个大姐根本不知道他们之间出了什么事，只当他们是小两口之间闹脾气，一路上都在说张晓舟的好，让李雨欢越发又气又急，却没有办法对她发火。

好不容易看到康华医院医技楼的大门，李雨欢连忙对大姐说道：“我已经到了，谢谢你大姐，你赶快回去吧！”

“那怎么行？张主席可是让我把你送到病房的！妹子你也是的，身体都不舒服了还跑出来找张主席闹别扭，这又是何必呢？张主席他可是个好人……”

李雨欢恨不得把自己的耳朵用东西堵起来，她刚刚走进医技楼大门，就看到严淇坐在楼梯的台阶上，眼巴巴地等着她。

“雨欢姐!”她楚楚可怜地站起来,往这边跑来。

李雨欢张开双手抱住她,伤口被撞得有些疼,她微微地皱了一下眉,什么也没有说。

“张主席他怎么说?”严淇眼巴巴地仰起头问道。

“对不起……我……”

“你没找到他?”

“不是,我找到他了,可是……”

严淇的眼泪一下子涌了出来,她猛地推开李雨欢,大声地叫道:“你们都是骗子!骗子!坏蛋!”

李雨欢的伤口被她推了一把,冷汗一下子就流了出来,但她并不怪严淇,伸出手想要拉住她,给她一些安慰,严淇却直接从医技楼的大门跑了出去,很快就消失在了她的视野里。

“严淇!严淇!”李雨欢挣扎着追了两步,但疼痛却让她眼前一黑,差一点就晕了过去。

“这个小姑娘看着挺漂亮,怎么疯疯癫癫的?”大姐不明就里,在旁边说道,“李技术员,那我就……你怎么了?啊!你怎么出血了?医生!医生!”

“没什么大事,”段宏对张晓舟说道,“但这是怎么搞的?好端端的都快出院了,怎么又弄成这样?”

“对不起,对不起,段医生,麻烦你了。”张晓舟连连地对段宏说道。

李雨欢躺在病床上,闭着眼睛装睡。既是不知道该怎么面对段宏,也是不知道该怎么面对张晓舟。

“唉!”

段宏出了病房,张晓舟在她身边长吁短叹起来。

“雨欢,就算我不对,你也没有必要拿自残来威胁我吧?”

“你才自残!”李雨欢气不打一处来,眼睛终于睁开,却看到张晓舟一脸关切地看着自己,还顺手握住了她的手。

“别生气,”张晓舟低声地说道,“我知道是怎么回事,你别怪她,她只有十二岁,还是个小孩子。当然也别怪我,我也是没办法。”

“就是要怪你!”李雨欢气鼓鼓地说道。但经过这么一闹,她心里的那点气早就没有了。

她让张晓舟握着自己的手把玩着,许久之后才问道:“真的没有办法了吗?”

“你搞清楚事情的本末了吗?”张晓舟反问道,“严烨这次犯的,真的不是批评教育就能混过去的事情。但最关键的是,他到现在为止都不认为自己是错的,还在闹情绪。除非他能真的搞清楚自己错在什么地方,真的想改,否则的话,谁也帮不了他。让他磨炼一下,去去戾气对他有好处。”

李雨欢沉默了一会儿,又问道:“那么严淇呢? 她长得那么漂亮,现在哥哥这样了,总不能看着她……”

“你放心,她在新洲那个地方就是公主,没有人会欺负她。而且我也请杨鸿英家老两口帮忙照顾她,他是新洲的枪术教练,人也正派,有他看着,没人敢动歪脑筋。”

李雨欢叹了一口气,终于不再想这个事情了。

就在这时,有人轻轻地敲响了房门。

“这么晚了,会是谁啊?”李雨欢惊讶地说道。

张晓舟打开门,却看到严淇捧着一个不锈钢碗,含着眼泪站在门外。

“你怎么?”

她看了张晓舟一眼,却一句话也没有说。

“是谁?”李雨欢问道。

张晓舟把挡住门的身体让开,李雨欢惊讶地说道:“严淇? 你怎么? 快进来!”

严淇捧着那个碗慢慢地走了进来,刚刚走到李雨欢面前便“哇”的一声哭了出来。

“雨欢姐,对不起! 我真的不知道! 我真的不是故意的!”

“没关系……没关系的。”李雨欢向她伸出双手,连声说道。

“这些虫子是我好不容易才弄到的,都烤得香香的……雨欢姐,这都给你吃,你一定要快点好起来。”

李雨欢终于把她搂在了怀里,严淇小心地避开了她的伤口,小声地抽泣了起来。

她反正是不理张晓舟,这让他尴尬地站在门口,进也不是,出也不是。

“你回办公室吧。”李雨欢终于解了他的围。

第17章

重要的任务

裁决庭解散之后，所有的事情都按部就班起来。

工业区最终推选了许俊才作为新的执委，但他是真的不想干这个事情，张晓舟和老常找他谈了好几次，承诺给他最大的支持力度，他才终于把这个担子接了过去。

新洲专门安排了一个十人支队过去常驻，一方面是就近猎杀那些从城南跨过高速公路的恐龙，另外一方面，也是给许俊才和那几个新上台的团队负责人撑腰，终于让工业区的事情踏上了正轨。

唯一的新鲜事大概只是思想教育班和新出来的宣传栏。

思想教育班被设在康华片区的一幢小楼上，和那些服刑的人住在一起，吃在一起，生活规律也完全相同，只是劳动强度有差别，从事的工作危险性也不一样。

每天早上天刚亮就得起床整理内务，一边唱歌一边跑步，然后做操，吃早饭，跟着工人们一起下到丛林去工作，一直到吃晚饭才能回来。但随后不是休息，而是学习。

当然，他们也可以拒绝接受这样的安排，拒绝干活，拒绝学习，那随之而来的，就是被关押到曾经让李彦成差点发疯的那个医技楼地下室的小黑屋里，关上一天。

这样的软暴力非常有效，几次之后，几乎就没有人再犯事了。

晚上要学的就是各种规章制度，但联盟并没有太多规章制度可学，于是学完了规章制度之后，就开始学安规，再到后面，邱岳干脆组织他们把之前康华医院上层所进行的内斗，那些欺压下层的内幕，甚至是那些祸害他人的事情一一整理出来，模糊了当事人的名字，编成一个个的故事，进行自我批判，然后贴到宣传栏上去给大家看。

宣传栏在每个区的中心位置都设了一到两个，主要张贴联盟的各项规章制度、安规，联盟当前取得的各项成绩和工作进展，主要工作的公示，账目公示。除此之外，就是好人好事、先进分子事迹之类的东西。

大家其实并不太爱看这些东西，但每天除了干活和夫妻、情侣间的那点事，人们的精神娱乐真的已经匮乏到了饥不择食的地步，吃完饭天又没黑的那段时间，闲着没事也就习惯性地过来看看宣传栏上又贴出了什么新的可供打发时间的东西。

好人好事、先进事迹这些东西，当事人和他们的亲戚朋友很喜欢看，还经常拉着其他人过来显摆，但其他人除了内心的一点点羡慕之外，并没有太多的兴趣。

于是被人们称为“康华秘闻”的那些故事开始刊登之后，一下子成了大家最喜欢的东西，甚至有人天天去问邱岳：“今天更不更新？”

这让邱岳大受鼓励，他专门去找了梁宇，拉着他一起来找张晓舟，要求扩大宣传栏的版面，并允许他去对一些人进行采访，请他们口述或者是自己写稿，给予少量的报酬。

这样的事情张晓舟没有理由反对，于是“康华秘闻”的内容变得越发精彩起来，赵康、康祖业和樊武留下的那不多的一点点好印象迅速消失，只剩下黑得不能再黑的名声。

紧接着，由难民口述的“瓦庄村的苦难”也新鲜出炉，主要讲述他们悲惨的经历，目的在于勾起人们对于之前那些朝不保夕的生活的痛苦回忆，顺便揭露何家营的所作所为。

而在夏末禅找到张晓舟要求找点事干之后，“地质学院堕落本末”又成了人们最新的谈资。

邱岳本想从严烨那里搞一些素材，但那小子完全不配合，于是他只能找上王哲，又从瓦庄村的难民那里弄了些素材，炮制出了“人间地狱何家营”这个宣教组最重要的项目。

人们一开始的时候都是本着看热闹的心态去看这些东西，但邱岳一手炮制的这些东西里绝大多数都是现实，只是在人们不太容易查证的地方做了一些夸张。那些东西往往很符合人们的经历，也合乎逻辑，于是人们渐渐地开始把这些东西与自己的经历结合起来，并且最终受到了影响，把这些东西等同于现实。

他们当然还是把这些东西都当成是故事看，也知道里面有些东西是被夸张和放大过的，但在他们的心里，已经潜移默化地有了这样的印象：那些地方虽然没那么夸张，但应该大致上就是这个样子的。

何家营就算不是人间地狱应该也没多大差别！地质学院那些人纯粹吃饱了撑得慌，你没看他们的委员都受不了逃到我们这边了？康华医院就别说了，整个就是一黑社会窝点，自己斗得比外人还狠，难怪轻轻松松就被干掉了。

相比下来，联盟虽然算不上天堂，每天累得要死，也没什么好东西可吃，但最起码，上层比较清廉也愿意干事，基层不敢欺善怕恶徇私舞弊，比较公平，老百姓有活下去的希望，不会被践踏、被侮辱，也不会被当成奴隶，一切还在向好的方向发展。

没有对比就没有幸福感，有了这些东西的对比，原本对于联盟还多多少少有些微词的人们，渐渐变得对联盟骂得少了，干活的时候怨言和抵触也少了。晚上无聊的时候造谣和传谣的谈资也不再集中于联盟的各级负责人，而是渐渐地转移到了何家营、地质学院和康华医院已经死去的三个负责人的身上。

康华的人们开始不再以康华人自居，一个月之后，甚至有人因为在工作之余被嘲笑是来自康华医院的人，愤怒地冲上去和那个人打了一架。

“你妈才是从康华来的！”他被联防队员抓住之后还在气急败坏地大声地叫嚷着，“老子是联盟的人！滚你的蛋去！”

他的结局当然是去思想教育班待上两个礼拜，但张晓舟看到这样的报告，心里的感触却很难用言语表达出来。

事实证明，邱岳是对的。

这样的变化当然不可能仅仅是宣传教育的作用，联盟的正常发展和各项工作的顺利推行是最重要也最根本的原因，另一方面，老常大力推行建立居委会组织，从方方面面去关注人们思想动态，及时进行有针对性的工作也起到了很大的作用。

当人们的生活真的有变好的趋向，他们才会开始相信那些宣传的东西。但不可否认，宣传教育在这个过程中的确发挥了很大的作用。

“那么，这方面的事情就拜托你了。”张晓舟对邱岳说道，同时在正式成立宣教部并任命邱岳为宣教部主任的文件上签下了自己的名字。

“请你放心吧!”邱岳微笑着说道,“下一步,我们准备在六个区搞一次劳动竞赛活动,相信应该能进一步激发起人们的工作热情。只是对劳动模范的表彰和奖励这块……”

“没问题,只要不太夸张,我一定大力支持。”

邱岳心满意足地拿着文件走了出去,高辉和梁宇看着他的背影,撇了撇嘴,却什么都没有说。

“还有什么事?”张晓舟问道。

“我们马上就要没有盐了,”梁宇说道,“以我们现在的储量,如果不控制用量,最多还能撑一个月! 必须要行动了!”

准备工作一直都在做,但却永远都像是做不完,因为谁也不知道他们将会遇到什么,要怎么应对。

虽然每天都有许多人到悬崖下面去工作,为联盟带来宝贵的食物、燃料、木材和其他东西,但张晓舟从来都没有放松过对那个地方的警惕。

所有人每天进入升降机下到丛林之前都必须要集体复诵一遍安全条例,而其中最重要的条款就是在丛林边缘时绝不让身体裸露在外,以免被蚊虫叮咬;绝不进入丛林超过五米的距离;永远关注自己头上有没有什么东西正在起吊或者是有人在工作;每半小时一定要停手休息,喝淡盐水补充体力;手边永远要有一把长矛。

他们其实从来都没有真正进入过丛林,而是把丛林一点点地蚕食,变成洒满草木灰的空地,用不断向外扩充的火堆和烟雾把那些生存在这片区域的生物赶走。

然而,现在将要进入丛林的这些人,将要真正面对这个世界了。

“以这片区域的降雨量,盐湖存在的可能性几乎不存在,你们要寻找的是盐碱地和盐矿,存在可能性最大的是盐碱地、盐土和盐矿。你们的任务是带回足够的样品,并且把发现它们的位置记录下来。”

“最可行的方法是跟随植食动物的群落一起行动,或者是寻找它们留下的脚印。如果自然规律没有发生根本性的改变,那它们从树叶和蕨类植物当中就不可能摄取到足够的盐分,必然会需要定期进行补充。但恐龙的生态更像是鸟类而不是哺乳动物,也许它们需要的盐分会比哺乳动物少得多,补充盐分的周期也会更长。这就意味着，你们也许要花更多的时间和一些运气才能找到盐。”

“这些是你们有可能遇到的恐龙，但你们遇到的肯定远远不止这些品种，一定要小心！即便是鸭嘴龙的爪子也足以直接杀死你们！你们的任务不是狩猎，发现它们之后，一定要注意保持距离！”

“你们这次的行动有可能遇到的最大的危险是迷路，在丛林里，你们能够看到的距离也许不会超过三十米，所以你们在行动的时候一定要选定合适的、不会混淆的参照物，并注意留下路标，这样的话，如果你们真的迷路，我们也可以通过这些路标找到你们。最好的选择是跟着那些自然形成的标记走，溪流、河沟，倒下的巨木，在环境难以辨认的丛林，这些东西都是最好的路标。”

“一定不要吃没有见过的东西！联盟现在已经辨识出了将近四百种植物和菌类，但你们不必把它们全部记下来，只要记得其中最常见，能够提供最多能量和营养的就行。还有这些昆虫，它们能够为你们提供足够的蛋白质，你们要记住它们最喜欢活动的地方，避开其中有毒和有强烈攻击性的品种。”

“夜晚最好是到巨树上去休息，我们已经为你们专门设计了一种帐篷，用的是联盟手边最轻最结实的材料，能够保证你们在树枝间休息而不至于掉下去。”

“出现外伤时一定不能慌张，冷静的判断才能帮助你和你的同伴活下来。浅表性伤口大多可以用包扎的方式止血，但如果伤到动脉，情况就会非常危险，必须通过施压来阻止血液流动，及时止血。”

包括张晓舟自己在内，各方各面的人都被安排来给队员们上课，他们不知道该说什么，于是几乎把自己能够想到的东西都说了。

队员主要来自新洲团队，就目前而言，也只有他们才具备进入丛林完成这项任务而不是去送死的可能性。未经足够的训练，没有足够强烈的完成任务的欲望和意志，那派多少人进去都只是浪费时间和宝贵的物资。

有二十一名队员自愿报名参加这项行动，在经过一系列的筛选之后，最终只留下了十二个人，分成两组，准备采取两种截然不同的方式行动以提高任务的成功率。

一组以他们所在的位置为中心，向周围以扇形路线进行探索，希望能够幸运地找到盐矿或者是盐井。这个组的危险要小得多，虽然也会携带宿营装备，但如果不是有意外情况发生，他们都将采取朝发夕归的方式进行活动。当然，他们成功的可能性也小得多，对于他们来说，更主要的任务是搞清楚他们已经开拓的这片土地周边究竟有些什么，有没有河流、沼泽、池塘或者是别的东西，有没有食植恐龙的群落在附近行动。

这个组的队长是武文达。这个曾经的旅行社领队在发掘了自己在投矛上的天赋之后，渐渐成了新洲团队重要的成员。每天他都要拿着自己亲手加工出来的专用投矛器练上一两个小时，即便是在联盟已经成功地制作出了更容易使用的长弓后依然如此。目前最好的长弓手发射弓箭的速度也比不上他，当然准头和威力同样比不上他，对于他的坚持，张晓舟等人也只能无语地摇头。

而另外一组则直接向东南方向前进。

站在新洲酒店的楼顶可以看到那个方向有一片很大的水域，距离远山最近的地方估计距离应该在十五公里左右。这段距离如果在平路上不过是三到四个小时的事情，但在这样的原始丛林中，当然不可能这么简单。因为距离太远，他们无法确定那是一座巨大的湖泊还是大海，只能派人过去实地勘查。

如果是大海，那盐的问题就完全解决了，同时还能给他们带来更多的食物来源，鱼类、贝类、虾蟹甚至是海藻对于他们来说都是渴求的美食。但即便是湖泊，对于他们来说也不完全是坏消息，淡水鱼类应该是比恐龙更容易捕捉也更容易养殖的猎物，湖边应该也能找到更多的食物，有更多的生物活动。追随它们活动所留下的脚印，也有可能在附近找到盐矿。

这个组的组长是王永军，在张晓舟看来，他其实并不是最好的选择。他可以算得上是新洲团队中训练最刻苦，也最凶悍的成员，体能状况也极好，可他这个人很容易冲动，有时候甚至会失去控制。

但张晓舟手边却没有更好的人选，有些人也许比他更适合去做这个事情，但却不够勇敢，不够坚定。在这个时候，完成任务所需要的，却恰恰是勇气和决心。

李彦成和严烨都选择加入第二组，这个组的风险当然更大，但如果成功，能够获得的荣誉自然也更大，对于他们来说，因此而获得减刑，洗去耻辱的可能性也更大。李彦成的训练成果其实并不适合加入这一组，但因为这样的理由，他还是被选了进去。

“你一定要冷静。”张晓舟一再地告诫王永军，让他不胜其烦。

“你放心吧，我知道轻重缓急，”他对张晓舟说道，“不管遇到什么困难，我们一定会完成任务的！”

钱伟给他们送来了当前能够弄到的最好的装备，锋利、坚固而又轻巧的长矛，便于在林中开路的砍刀，轻便结实容量大而且防水的背包，可以帮助他们快速爬上大树的钩爪和每一卷都有三十米长的尼龙绳，专门设计可以在大树的枝杈间铺开并且牢牢固定在上面的单人帐篷和轻型睡袋，不锈钢制成的可以派上烧饭装水等多种用途的军用水壶等等。

段宏则为他们精心准备了急救包，里面放着抗生素、抗组胺类药物、止痛药、强效止泻药、碘酒、高锰酸钾、纱布、敷料、脱脂棉球、绷带和简易夹板。

梁宇也竭尽所能，给他们配了最好的靴子，轻便而又透气的服装，他们从派出所弄到的防刺服全都给了他们，还配上了指南针、防风打火机、防水火柴、鱼钩和鱼线，配置给他们的食物也都是高热量而又易于携带的。

一切都是为了提高他们的生存率，让他们能够活着完成任务。

征求了队员们自己的意见之后，行动的开端并没有大张旗鼓地进行宣传，只是由联盟的主要负责人和队员们的亲友进行了送别。

每个人在出发前都写了一封信，交给张晓舟封存，虽然没有明说，但每个人都清楚，如果他们没有回来，那就是他们的遗书了。

“每天宿营的时候记得烧一堆火，弄点烟出来让我们知道你们到了什么地方。”

“知道，”王永军简短地答道，“都培训了快一个月了，每天都重复这些东西，烦也烦死了。我们会活着回来的，都别他妈的婆婆妈妈了。”

但张晓舟还是和每个队员都拥抱了一下，只是在即将面对严烨的时候，严烨却提前走开了。

“哥，你一定要回来，一定要回来。”严淇忍着没有哭，只是一直在这么说着。

李彦成在送别的人群里努力地寻找着王蓁蓁的身影，却始终都没有找到她。

“走了！”王永军大声地叫道。

全家都已经被恐龙杀死的他，最受不了的就是这样的景象，一股火焰隐隐约约地又在他的体内燃烧了起来。

六名队员背起各自负责的装备，拉起面巾，相互之间保持着两米左右的距离，跟在他身后，沉默着，义无反顾地向丛林走去。

第18章 丛林

刚刚进入丛林的时候还能听到身后正在辛苦劳作的人们发出的呼喊，听到斧头砍在树干上时发出的响声，嗅到置于丛林边缘那些火堆散发出来的烟火的气味，但仅仅是进入丛林三十米的距离，这一切就消失了。

潮湿的空气扑面而来，光线迅速变得昏暗，那些高大的树木几乎遮蔽了所有的光线，只留下些许从树叶间的缝隙散落进来。虫鸣和不知道是什么动物的叫声取代了那些他们熟悉的响声，不时有水滴从高处掉落下来。

嘀嗒，嘀嗒。

身后唯一还能听到的只有砍树的声音，但也变得闷闷的，如果不全神贯注就很难听得出来。

就像是换了一个完全不同的世界，在这里，每一株植物都在尽自己最大的努力向上生长着，即使是蕨类植物也有半人高。王永军一手挥舞着砍刀，努力地在队伍前面清理出一条可以通行的道路，另一只手用矛不断拍打和扎着眼前的树丛，将那些可能存在的危险动物赶走。他的衣服很快就被浸湿，凉凉地贴在身上，非常不舒服。

太阳被遮蔽之后，温度也降低了，否则的话，像他们这样严密地包裹在衣物当中，要不了半个小时就会因为大量出汗而不得不停下来补充水分。

那些之前在训练中反复被提及的东西此时终于变成了现实，当他们身处这里，终于能够明白张晓舟他们的担忧从何而来。除了之前已经经历过这种景象的王永军和严烨,其他四个人都变得有些缩手缩脚起来。

“换我来吧。”严烨的声音打破了丛林中的寂静,王永军的动作停顿了一下,随即点了点头。

负责开路消耗的体力比他想象中还要更大一些,那些挡在他们面前的蕨类植物都比未来的同类要繁盛得多,茎叶也坚韧得多,有时候要连续砍两三下才能够把它们砍倒,这消耗了他大量的体力。但更多的疲惫却来自对于未知世界的恐惧和警惕心,来自选择前进道路所要额外付出的精力。

他砍出一条通往旁边大树的通道,用手中的砍刀削去了一大块树皮,然后在上面刻了一个大大的箭头,指向他们前进的方向。

严烨从他的手里接过砍刀和指南针,继续往前。

他的个头比王永军矮一些,力量也没有王永军大,这让他必须付出更多的努力才能做到同样的事情,不到半个小时,他便已经感到精疲力竭,不得不把开路的任务交给了身后的同伴。

但回头看看他开辟出来的道路,却根本就没有想象中的那么长。

一个多小时之后,王永军又走到了最前面。

“找个地方休息一下吧。”李彦成把刀交给他的同时说道。

“在什么地方休息?”王永军问道。

周围几乎都是一模一样的环境,又高又密的蕨类植物,横在半空的蔓藤,高大的乔木,如果不是每换一次人都在路边做过记号,他们几乎要怀疑自己根本就是在同一个地方打转。

到处都湿答答的,头顶上一直有水珠在往下落,他们的身上也全都是水。

在这样的地方根本就没有办法坐下,仅仅是弯下腰,周围的蕨类植物都马上就会把他们遮得严严实实,如果坐在这里,他们将看不到周围,也无法预知危险的临近,甚至连彼此之间都没有办法照应。

“再走两个小时,我们就停下来烧水吃东西,好好休息。”王永军说道。

人们只能继续奋力向前。

前行的速度很慢,在几乎完全相同的密林中行走,身体的疲倦渐渐开始干扰精神，让他们变得麻木起来，李彦成等人都在不断地喝水，一次次地调整着背包的位置。

每个人的负重都在三十公斤以上，短时间内没有什么感觉，但两个多小时来一直这样背着它慢慢地往前走，肩膀、后背和屁股这三个受力的地方都变得酸痛了起来。

王永军的脚步再一次停了下来，严烨向前走到他身边，准备接过开路者的责任，但王永军却并非想要交替，而是低声地问道："你听到什么声音吗？"

人们都安静了下来，甚至是半蹲下来，把自己的身体藏起来。

但却什么都没有。

严烨刚刚要开口，王永军马上嘘了一声。

不远的地方，啪的一声，似乎是有什么植物的枝干被扯断了。

他们等待了一会儿，更多同样的声音从同一个方向传来，但并没有向他们靠近。

王永军向后挥了挥手，人们慢慢地向后退去。

"那是什么？"退后将近十米之后，李彦成终于忍不住兴奋地问道。

"不知道。"王永军答道。

他只透过茂密的树丛看到一个模糊的影子，大概有六七米高，两只脚站立，几乎看不到尾巴，肚子圆滚滚的，几乎贴在地上，看上去很笨拙。它的身上满是密密的绿色羽毛，就像是一棵覆满了苔藓的树，让人很难在这样的环境中看到它。如果不是它立起来用前肢把那棵树上的花朵和果实拉下来吃掉，发出了声响，他们或许要走到离它很近的地方才会发现它的存在。

"怎么办？"

"从南面绕过去。"王永军答道。

他们悄悄地继续一路砍着树丛向南绕行，无法避免的是，所有人的注意力都一直放在那东西身上。它的脖子又细又直，高高地向上伸着，脑袋与身体相比非常小，看上去就像是一只行动迟缓的巨大的鸭子，应该不是很聪明的动物。

这东西是怎么活下来长到这么大的？

严烨这样想着，却看到它缓缓地举起一只前爪去抓高处的树枝，那条前肢几乎和它的身体一样长，巨大的爪子在空中一晃而过，将一根粗壮的树枝瞬间掰断，落在它的身边。如果以它身边的那些蕨类植物做参照物，它的爪子至少有两米长，简直就是恐怖到了极点的凶器。

“镰刀龙!”一个名词马上跃入他的脑袋。

关于恐龙的这部分知识是由张晓舟来负责讲述的,虽然严烨对他极度不齿,但他却并没有傻到故意不听他所讲述的那些课程。

我会活着,成为一个英雄回来,然后打败你!让所有人都看清楚你卑鄙、伪善而又愚蠢的本质!

他们花了将近半个小时才远远地绕了一圈离开那个东西,走到了一片植物稀疏的区域,从周围的痕迹来看,这应该是之前那条巨兽一路吃过来时曾经走过的通道。路上隔一段就能看到一个巨大的粪堆,里面有很多虫子在爬来爬去。许多被啃得光光的树枝被丢弃在地上,半空中的蔓藤也断了一大片,地上的蕨类植物要么被吃掉,要么就被踩得扁扁的,就像是被压路机碾过一样。

这样的情形一直延伸到远方,凭空在丛林里开辟出了一条通路,这让王永军毫不犹疑地带着队员们沿着这条路向前走。

只有在经历了之前那痛苦的开路过程之后才会明白,在这样的丛林中能够有一条相对平坦的道路是多么幸福的事情。

当他觉得距离那东西已经足够远了,才停下脚步,放下背包,对身后的队员们说道:“休息半小时。”

人们低声地欢呼了一声,迫不及待地放下背包,开始喝水,甚至是拿糖果和干粮出来吃。但他们更多的还是在讨论之前的那个东西,毕竟那是他们几个小时来唯一看到的大活物。

“镰刀龙,”李彦成很肯定地说道,“张晓舟说过这东西,它是植食动物。”

这很容易就能从那巨大的爪子判断出来,但它们同样也在宣示,这东西不是好惹的。以它庞大的体型再加上这巨大的镰爪,即使是暴龙也不一定能够在它面前占到什么便宜。

就像张晓舟一再告诫他们的,在这片丛林当中,即使是植食动物也不是他们能够轻易招惹的对象。

但很快,队员们就开始讨论起这东西要怎么杀,好不好吃的问题来。

“这东西其实不难对付,只是我们没带对家伙,”王永军喝了一口水之后有些惋惜地道,“要是老武在,今天晚上联盟就能加餐了。”

那巨大的爪子当然很可怕,但如果是站在几十米外用投枪和弓箭向它发起攻击,它的爪子就没什么用了,以它笨重的脚步不可能追上猎手,也不可能逃走,唯一的命运只能是不断失血后死去。也许暴龙会拿这个庞然大物毫无办法,但它的迟缓注定了它只要遇上人类就只有死路一条。

王永军甚至有一种冲动,想要赶回去拉一支队伍过来把它干掉。他们出来之后将近三个小时才遇到这条镰刀龙,但这是因为开路前行严重地拖慢了他们的速度。按照他的估计,他们距离开发营地应该还不超过三公里。沿着他们已经开出来的道路,应该很快就能跑一个来回。

但湿透之后紧紧贴在背上的内衣很快就让他冷静了下来,张晓舟反复说过,他们的首要任务是确认那片水域的情况,然后是寻找可靠的盐源,狩猎根本就不在他们的任务清单上。这样跑回去,说不定反而会被唠叨一顿。

“看它的样子,应该是一路吃一路慢慢走,搞不好等我们回来的时候它还在附近,到时候再来收拾它。”严烨看出了他的想法,笑着说道。

王永军点点头,打消了自己之前的想法。

这场小插曲洗去了他们的困倦和麻木,在喝了点水,吃了些东西补充体力之后,他们沿着镰刀龙开辟出来的林间大道继续向前,但走了没多久,他们就痛苦地发现,这条道路已经彻底偏向了北方。

“我们的目标在东南方向,”王永军叹了一口气说道,“走吧!我们是来冒险,不是来享福的。”

他们不得不选择了一个看上去树木比较稀疏的地方重新向东南方向走去,砍刀又一次被挥舞起来,人们不时地回头看着那条已经变得有些看不出来的林间大道,心中恋恋不舍。

“也许过一会儿我们就能找到另外一条兽道了。大家加油!”严烨大声地叫道。

一开始的时候他们还小心翼翼地生怕惊到林中的野兽,或者是把某种危险的动物吸引过来,但事实证明,这片广阔的丛林里或许有着大量的动物,但却相当分散,并不是他们想遇就能遇到的。

也许这也是那些猎食者们一旦偶然进入城市后就再也不想出来的原因。方圆百里以内，也许没有哪个地方还有这么多容易获取的猎物聚集。

张晓舟在给他们上课的时候反复强调要提高警惕，注意安全。严烨之前给他当助手的时候他们曾经讨论过这个问题，张晓舟认为附近丛林还有大量肉食恐龙的可能性已经非常小，甚至可以说几乎不存在了。

对他们威胁更大的其实是那些行动能力相对比较弱的动物，毒蛇，他们曾经遇到过的巨型毒蜘蛛，蜈蚣，蝎子之类，还有就是蚊虫之类吸血的虫子。

所以他的表现反而比其他人都要自如，别人在开道的时候既要观察身边和脚下，又要时刻紧张地观察远处，而他的注意力则主要都放在自己身边。

李彦成却对他的表现很不满意，在他看来，严烨这样的表现无疑是在拿大家的生命开玩笑。

“别那么大声！把那些东西引过来怎么办？”他压低了声音叫道。

严烨根本不想理他，继续带队向前。

两人的年龄相差不大，又是以相同的理由加入探险队，本应该成为相互扶持的伙伴，但事实上，他们彼此之间却看对方非常不顺眼。

李彦成心里一直都认为高辉是个凭借幸运才偶然一跃成名的小人，连带着，他对张晓舟身边的另外一个助手严烨也没什么好印象。他不过是大一学生，懂什么？竟然还杀人？这样的人也能混到张晓舟身边，真是没天理！好在他自己因为愚蠢而暴露了自己，否则的话，真的让他继续在张晓舟身边待下去，不知道还会搞出什么过分的事情来，把张晓舟的名声和联盟的名声彻底毁掉都不是不可能。

而严烨则根本就看不起李彦成这种自我感觉良好，怨天尤人，只会把问题都推在别人身上的人。李彦成的案子出来的时候，他作为张晓舟的助手看到了整个案件的审判过程，自己能力差没种出不了头就怪别人，怪女朋友，怪别人抢了自己的机会，还拿刀去威胁女人？简直就是孬种里的孬种！败类中的败类！

两人都觉得对方的存在简直就是对自己的侮辱，如果对方还一直混到最后，和自己一起分享成功的荣誉，那简直就是被人强行喂屎。

但现实却让他们不得不忍着这口气。

他怎么就没有自知之明呢？这家伙活着简直就是联盟的不幸，死在路上就好了。

他们不约而同地这样想到。

折向东南大约一个小时之后，他们终于遇到了第一条小溪，这让所有人的精神都是一振。

“休息十分钟。”王永军说道。

之前并不是没有遇到过水源，但那多半是错落分布在林间的大大小小的死水潭。它们往往散发着腐臭的味道，还有大量的虫子聚集，让他们只能小心翼翼地绕开。张晓舟反复提醒他们要注意和躲开这样的地方，宁愿去收集树叶和树木枝杈间留存的雨水也不能去喝那些地方的水。

但溪流则完全不同，不断流动的活水决定了虫子很难在里面产卵，相对开阔的空间也让人能够比较容易看清周围的情况。

水很浅，大概只有脚踝那么高，而且清澈见底，溪流边上有许多大大小小的石头，难得地裸露在外面而没有被植物覆盖。队员们解开面巾，放下头盔，坐在石头上把面巾洗净，然后擦去身上的汗渍。

丛林的虫子对于盐分非常敏感，一直有很多小飞虫追着他们，应该是感觉到了他们身上的汗液。

王永军在周围绕了一个小圈子，找到一片植物相对比较少的平地，把他们叫了过去。

“我们在这里吃午饭。李根，张开印，你俩负责警戒，其他人和我一起把场地清出来！”

人们纷纷拔出自己随身携带的军刀，和他一起把那块地上的植物砍倒，压平，反复地拍打确认里面没有躲着能够伤人的东西。然后两个人到小溪边上去搬石头，准备用来铺在潮湿的地面上生火，而另外几个人则到周围去寻找可以用来做燃料的东西。

“相互注意，不要走远了！”王永军大声地提醒道。

但他话音未落，溪流那边就传来了队员的声音：“看我抓到了什么！哎哟！我靠！”

他急忙抓起长矛向那边跑去，却看到一名队员正用力地甩着手，把手指放到溪流当中冲洗，而另外一名队员则用军刀戳着一只巨大的蛙类，它的身体还在不断地扭动，四肢不断地屈伸着。

“怎么回事?”

“抓到一只大青蛙,可这鬼东西竟然有牙齿! 咬了我一口!”那个正在冲洗手指的队员说道。

王永军急忙把他的手抓起来看,食指和中指上有一排明显的齿痕,好在血液是红色的,看上去没有中毒的迹象。

“不是早就说过这些东西不能直接用手接触吗?”他责问道。

“我不是故意要抓它,刚好洗手呢,看到它往旁边的树丛里跳……”那个队员小声地说道。

“你这就是找死!”王永军怒气冲冲地说道,“严烨! 把急救包拿过来!”